U0139768

观念的叙述

考古学的认知与散记

汤惠生　著

西北大学出版社

·西安·

图书在版编目（CIP）数据

观念的叙述：考古学的认知与散记 / 汤惠生著. —
西安：西北大学出版社，2023.10
ISBN 978-7-5604-5184-8

Ⅰ. ①观… Ⅱ. ①汤… Ⅲ. ①散文集－中国－当代
Ⅳ. ① I267

中国国家版本馆 CIP 数据核字（2023）第 132887 号

观念的叙述：考古学的认知与散记

GUANNIAN DE XUSHU：KAOGUXUE DE RENZHI YU SANJI

汤惠生　著

出版发行　西北大学出版社

（西北大学校内　邮编：710069　电话：029-88302590　88303593）

http://nwupress.nwu.edu.cn　E-mail：xdpress@nwu.edu.cn

经　销	全国新华书店	
印　刷	西安奇良海德印刷有限公司	
开　本	889 毫米×1194 毫米	1/32
印　张	11	

版　次	2023 年 10 月第 1 版
印　次	2023 年 10 月第 1 次印刷
字　数	230 千字

书　号	ISBN 978-7-5604-5184-8
定　价	88.00 元

目 录

黄河岸边的考古岁月

　　现在的李家峡已经是风景区了，水色天光，青山连绵。但20世纪90年代初的李家峡几乎没什么风景，只有寻常百姓的村落和日常生活，日子平淡如水。李家峡考古发掘已经是30年前的事了，很多事件和场景我已经淡忘了，但当初那些印象依然清晰，感受如昨，此情可待成追忆。

　　1990年，青海考古所为配合李家峡水电站的建设，对化隆回族自治县雄先藏族乡境内的李家峡水电站库区和淹没区的沙柳湾、上半主洼和下半主洼三个地点进行抢救性考古发掘。陈海清负责沙柳湾，我负责上半主洼，王武和刘国宁发掘下半主洼。上半主洼和下半主洼离得很近，只有3公里左右。上半主洼为藏族村，而下半主洼则为回族村。这种多民族不同文化混杂现象一看便知是最近才形成的，他们都是不久前从其他地方迁居而来，至少回族是这样。

　　上半主洼村坐落在黄河左岸的二级台地上，这个台地高出黄河约50米，高耸而狰狞。从化隆县来要沿着黄河岸边西行，到了上半主洼后，弃车爬上50米的高台便到达上半主洼村。

爬上台地后首先是一片空地广场,广场的东西两侧是 30~50
米高的悬崖。在台地上俯视黄河,居高临下,视野很好,有一
种沧桑感。空地上立一长杆以象征通天,再往北便是一院庄
廓,庄廓南边外墙上镶嵌着三枚硕大的猪头骨,南墙外有一棵
巨大的杏树。这片空地之上永远有四个老头,冬天靠在庄廓的
南墙根晒太阳,夏天则盘坐在杏树下乘凉。我在这里发掘的三
个月中,来来回回路过这里,永远是同一幅场景和同样的四位
老人。四位老人从未对我讲过一句话,每次路过都是以同样的
姿势和目光默默地注视着我。岁月静好,日子古老而悠长,他
们已经成了这里的风景。这时我脑海里会冒出三毛的诗句:"要
做一棵树,站成永恒,没有悲欢的姿势……一半洒落阴凉,一
半沐浴阳光。"其实第一天从黄河岸边爬上这个台地时,一抬
头蓦然看到这个场景,一下子就觉得进入了时间通道,来到了
青铜时代。

　　迎接我们的是村支书尕多杰,他把他家的正房腾出来让我
和张义军住。尕多杰老婆有病,干不了地里的农活,只能在家
里操持家务,家里倒也整洁干净。他有两个女儿,大的 11 岁,
小的 6 岁,已经能帮家里做很多事了,譬如驮水(用驴从黄河
里驮水)、割草等似乎永远是小女儿的事。尕多杰人很热情,
看上去也很朴实厚道,住在他家,方便商谈青苗赔偿和民工等
事宜。第二天一早我便去找他商谈赔偿与民工事宜,我问小女
儿她爸爸起来了没有,他女儿说没有,说她爸爸昨晚喝酒喝醉
了,可能要到晚上才能醒。到了晚上,我再去找他,结果他老
婆说他又出去喝酒了。第三天下午,尕多杰出现在我门口,满

用驴从黄河里
驮水的小女儿

嘴酒气，对我说："汤老师，我们村里的地你随便挖，人你随便用！谁敢说个不字，你告诉我，我来收拾他！"这分明还在醉酒状态！就这样，尕多杰一直醉了一个星期，根本无法商谈任何事情。这使我想起了"赵襄子饮酒，五日五夜不废酒"的故事。希罗多德描写斯基泰人时也说到斯基泰式的喝酒方式，一醉一个月。大约过了一个礼拜，终于有一天他女儿兴奋地闯进我屋子说："我爸醒了！"这是这一周以来最动听的一句话！尕多杰果然朴实直率，谈判很爽快，末了，他说："汤老师，我们村里的地你随便挖，人你随便用！"看来真是喝到一定境界的人，醉不醉都没关系，说的话都一样！

　　刚开始我和北大考古系毕业的张义军一起工作，后来张义军考取了研究生便离开了，换了孙明生。我岁数最大，35岁，孙明生和张义军都比我小，我们三个都还没结婚，正值年轻力壮，肚量小、饭量大的时候。为我们做饭的炊事员常常因我们胃口之大而感到震惊。刚开始只有我和张义军时，炊事员每天早上要给我和张义军做一个差不多用掉两斤生面团烘烤出来的焜锅馍馍。烤好的馍馍直径 20 厘米，厚 10 厘米，我俩一人吃一半。晚上只能吃面片，不敢吃拉面，每人要吃四五碗，一个炊事员都忙不过来啦！有一次炖了两只鸡，想着慢慢吃，结果一顿就给吃完了……凡此种种，好听的说是年轻人长身体，而尕多杰说是小时候饿出来的"病"。后来孙明生来了，情况好多了。孙明生心灵手巧，善于管理后勤。杀完羊能自己灌肠，买了十来只鸡自己喂养，自己熬制杏酱，在黄河边上屠狗、钓鱼，他钓过的最大的鱼居然有 5 斤多重！伙食一下子有了质的飞跃，墓地的日子鲜活起来。20 世纪 90 年代初枪支管理不严，

作者（左）与尕多杰（右）一起在马家一带打猎

猎枪可以公然出售，而且打猎（打野鸡、野兔、野鸭类小动物）也是允许的。尕多杰有一次带我去村后面的山上马家一带打猎，带回了6只黄鸭、1只野鸡和14只野鸽子。这是我一生中最有成就的一次狩猎，然而，也是罪孽最为深重的一次杀戮。

我要发掘的是60多座青铜时代的卡约文化墓葬，坐落在村子后面（北面）的山坡上。这个墓地于1988年第一次发掘，清理了80多座墓葬，都在库区淹没区，这次清理的是侵蚀区。150座墓葬的墓地应该不算大聚落，但比现在村落的居住规模要大得多，也就是说3000年前居住在上半主洼的人要比现在多。黄河岸边的平地上种的是小麦，是水浇地，而台子上坡地里种的是粟和大麦。卡约文化的墓葬就坐落在种着粟和大麦的地里。6月份对于内地来说已到小麦收割季节，而青海的小麦却刚刚开始抽穗。藏族村民们看着我们把麦田毁了，心疼不已，说我们光管死人不管活人。

每天有10~20位村民帮我们发掘，对他们来说，在工地上发掘更像是聚会和过节。藏族比汉族开放，没有汉族那些礼仪的拘束，也不像在下半主洼回族村里有严格的伊斯兰教的规定，所以村民们在发掘工地上最开心的事就是男女间彼此的挑逗和开一些粗俗的玩笑。下半主洼是回民村，民工大部分也是女性，但是无论干活的效率还是工地的热烈气氛，都与上半主洼村有天壤之别。回民女性一般不会抛头露面，在工地上只会默默地干活，很少开粗俗的玩笑和打闹，对异性的态度更是男女授受不亲。别以为这样她们就会专注干活，恰恰相反，她们比藏族女子柔弱得多，干活效率也低得多。青海有句俗话：回民的小伙藏民的婆。意思是回民小伙子能干，而藏民却是女子能干。原因很简单，伊斯兰教很严格，禁酒禁烟等，男性只能干活；而藏族的喇嘛教则宽松得多，男的很多都是朝亦醉，暮亦醉，日日恒常醉，干活的大多都是女性。

　　青海 6 月份的气候是最宜人的，平均温度在 20℃左右，只是早晚有点凉。进入 7 月份，黄河谷地也变得燥热起来，有时气温甚至超过 30℃。超过 30℃的气温在中原或南方不算什么，但在青海，却是令人无法忍受的热，因为青海没有空调。为了躲避炎热，我们每天中午都去黄河游泳。半主洼的黄河不宽，在 40～60 米之间，但水流湍急。有羊皮筏子便可横渡黄河，不过现在鸟枪换炮了，羊皮换轮胎了。划动两只桨把羊皮筏子从河这边划到对岸，除了力气和技巧外，更需要些胆量。第一次站在岸边看着窄窄的黄河，心中有些许失望，即便横渡过去也没什么好炫耀的。我的确非常轻松地游过去了，然而在返回的时候差点被淹死！原来由于河道走向的缘故，黄河在这里的主流虽然还是由西到东，但下面的暗流则是由北向南，所以我游过去（由北向南）时非常轻松，正是这个错觉让我觉得回来也会同样轻松，然而回来时怎么游都不前进，而是顺流而下，渐渐脱力呛水，胳臂也划不动了。但此时思维却越发清晰：我就这么死了吗？我还没结婚就要死了吗？我使劲地朝岸上的孙明生挥手，尽管他只会狗刨游 10 米，根本没能力救我，但还是想让他知道我溺水了，可他一点反应都没有！他还没开始屠狗，他要杀的狗还活着，而我却要死了。正在我以为我快要死去的时候，突然觉得双脚可以踩着河床了！后来孙明生说他根

划羊皮筏子横渡黄河，需要的不是两膀子的力气和技巧，而是十足的胆量

本没看出来我溺水了，他以为我向他招手炫耀呢！"远怕水，近怕鬼。"这种谚语光理解是远远不够的，必须体悟。

　　3000 年前的上半主洼、下半主洼居住的是同一个族群，不像现在有藏民、回民，还有汉民。上半主洼和下半主洼墓葬的形制、葬式、随葬品等都是一样的。其实我一直主张将墓葬考古列入认知考古学的范畴，因为墓葬是人类意识形态的反映。半主洼墓地有个非常突出的特征，就是割肢、迁葬或二次葬的比例很大。许多个体人骨残缺不全，且埋葬凌乱。关于这种葬俗与葬式，一般有两种解释，首先是因为战争所致，许多埋葬凌乱、残缺不全的个体人骨，都有可能是战乱争斗所造成的。这种割肢、剔尸（剔除肌肉）、剥头皮、碎颅、迁葬、天葬等之列的墓葬应属二次葬，是宗教因素所致。

这种二次葬俗在恰特儿·休于遗址中被普遍发现，据该遗址的发掘者英国考古学家梅拉尔特（J. Mellaart）解释，这是一种剔尸二次葬的仪式的表现（Excarnation），即人死之后将各关节卸开，并将肉全部剔下来喂食秃鹫或其他昆虫野兽等，或直接让秃鹫啄食死尸（谓之曝尸），然后再将骨殖殓葬。该遗址出土许多散乱不全的个体人骨，包括被敲碎的颅骨，这些都被认为是剔尸二次葬的遗迹。美国著名的考古学家金布塔斯（M. Ginbutas）认为这种剔尸二次葬和二次葬（Two-stage burial: excarnation and reburial）是一种属于萨满教的"断身"仪轨，意在使其再生。萨满教的断身仪轨大都在梦中或迷狂（Ecstasy）体验中进行，最著名的是西伯利亚雅库特人（Yakut）人的萨满入教仪式。

青海地区青铜时代的卡约文化被认为是藏族先民羌人的文化，而该文化中的二次葬也有剔尸、曝尸和割肢的现象，属于断身丧葬仪轨；西藏地区吐蕃墓中也发现过这种剔尸或曝尸二次葬的断身丧葬仪轨，如昌都市贡觉香贝石棺墓和昂仁县布马村一、二号墓，发掘时人体尸骨不全，埋藏凌乱，甚至人骨与动物骨骼混杂在一起。研究者推断"可能是被肢解后葬入的"。这种人骨和动物骨骼混杂埋藏的现象甚至在青海地区齐家文化中亦有发现，古代文献对此也有记述，《旧唐书·东女国》云："贵人死者，或剥其皮而藏之，内骨于瓶中，糅以金屑而埋之。"《新唐书·吐蕃传》甚至还提到对死人头骨进行环锯的丧葬仪轨。至今流行的藏族天葬习俗，就是建立在萨满教再生观念上的断身丧葬仪轨。

生命可以通过骨头再生的观念不但贯穿古今，而且见诸世界各地。在此我们略举两端。最著名的是弗雷泽在他的《金枝》一书中所记述的相关资料，如美洲许多米尼塔利（Minitari）印第安人相信："那些被杀死和剔除血肉的野牛骨头会重新生长出血肉和生命来，并且在来年的6月，这些牛又会长得肥壮到可以宰杀的程度。"

萨满教研究学者艾利雅德（M. Eliade）在其名著《萨满教古代迷狂术》一书中也记载了世界各地关于通过头骨重构生命的民族学材料：

"最著名的是《圣经·以西结书》中的例子，尽管这与萨满教是完全不同的宗教。主将手放在我的头上，用他的神性把我拽了出来，然后把我放在充满骨头的山谷中间……主对我说，我的孩子，这些骨殖还能再生吗？我回答道，我尊崇的主啊，您是唯一的知晓者。主又对我说，为他们做个预言，对他们说：干裂的骨殖，仔细聆听主的神谕。尊崇的主将对你们这些骨头说，将为你们注入呼吸，你们将重新恢复生命，这样你们就会知道谁是主。我按要求做了预言。在我做预言时，忽然有了吵闹声，一种吱吱嘎嘎的声音，然后看见许多骨头都凑到一起，筋肌出现其上，然后覆以皮肤……"

虽然上半主洼现在流传的是喇嘛教，但实际上在整个河湟地区，原始苯教，或者说原始萨满教的痕迹依旧非常明显。上半主洼有个巫师叫才旦，他已经50多岁了，他对我聊过他当上巫师的经过。他说他在年轻的时候患上了"心口疼"的病，看遍了所有的医院都治不好，后来寺里的活佛对他说，他得的不是一般的病，是神要选他当拉娃（巫师）了。活佛说给他治，帮他加速这个过程，他便答应让活佛给他治。那时正值冬季，结果活佛把他绑在大经堂的柱子上用凉水泼他，他困的时候用针扎他，不让他睡觉。就这样折磨他三天三夜之后，活佛把他从柱子上解下来说：好了，你的病治好了，你可以当拉娃（巫师）给人治病了。从那以后，他的天眼开了，能看见神鬼世界，包括附着在人身上的各种鬼怪污秽（疾病）。于是他从此正式成为一名神选巫师，开始给人治病以及做其他法事。

还有一件事充分体现了上半主洼村的巫觋之风。8 月份的青海是麦子成熟的季节，但也正是雷雨冰雹的季节。为了防冰雹，很多田地中央都有一个土坯砌成的直径 30 厘米、高 1 米左右的圆柱状祭台，里面可以燃烧柏香以祭奠掌管雷雨冰雹的龙王。一开始便提到的庄廓外墙上镶嵌的猪头骨，也是对龙王的供奉，都是为了免受雹灾。但是光凭这些手段是不够的，有一天黑云压顶，暴风雨马上就要来临，这种天气很可能下冰雹。一旦下冰雹，这眼看要收割的麦子可全都保不住了。乡政府的方向有人正在发射驱雹弹，但作用似乎不大。这时突然看见才旦左手拎个包袱，右手攥着一条"炮儿绳"（也就是抛石器）匆匆进了院子，顺着我们住房的梯子上了房顶，之后从包袱中拿出早就制作好的小圆球放在抛石器中，然后抡圆了抛石器，将小圆球抛射到空中。这些小圆球是用麻渣（菜籽榨完油后的残渣）和猪油等混合制作成的，可以作为祭品供奉给龙王。屋顶上，他褴褛的衣衫和长发被风吹起，如御风而行的仙人一般，一边抛射，嘴里一边念念有词，别人听不懂。但他看上去就是一个活脱脱的现实版的屈原，仿佛在吟唱：室家遂宗，食多方些。稻粢穱麦，挐黄粱些。

尽管 3000 年前的卡约人和现代藏人在文化上有着传承关系，但人种或者说族群却不是同一类。根据大通县上孙家寨村出土的卡约人骨的 mtDNA（线粒体 DNA）遗传分析来看，3000 年前卡约文化时期的上孙家寨先民与现代西南地区藏缅语族人群较为接近，居住在青海河湟一带的古代羌人随着历史上的数次人群迁徙，发展成为现代西南少数民族的一部分了，也就是说卡约人与目前居住在河湟和大通河流域的现代藏族没什么关系，而是辗转迁徙到西南地区去了。可以说这在某种程度上从遗传学的角度证实了童恩正先生提出的我国考古学文化半月形传播带的理论。

树挪死，人挪活。人是在不断流动和迁徙的。3000 年前的卡约人已经迁往我国的西南地区，那么他们是从哪里迁到上半主洼的呢？可以从发掘出来的考古出土物中窥得一二。卡约墓地出土了一些海贝，有些是真海贝，也就是子安贝，有些是用羊骨仿制出来的。前一种海贝只产自印度洋，说明卡约人或者卡约文化中有来自印巴次大陆的文化因素。1983 年湟源大华镇的卡约墓地出土了一件名震天下的青铜器，叫"犬戏牛鸠杖首"。这个杖首上的牛被理所当然地认为是牦牛，但多少年之后，有动物学家告诉我这不是牦牛，而是瘤牛，特征是它的肩部隆起。青藏高原上没有这种瘤牛，瘤牛的原产地是印巴次大陆。检索中国的考古材料，瘤牛被加以表现的尚有云南春秋时期的铜鼓、晋宁石寨山贮贝器、李家山青铜器等，而青海的这

犬戏牛鸠杖首　　　　　　　　卡约文化出土的北方草原风格的七
　　　　　　　　　　　　　　　孔管銎钺

头瘤牛应该是最早来到我国的那条。这头孤独的瘤牛是如何穿
越千山万水来到青藏高原的呢？又是谁把它带来的？

　　卡约人或卡约文化也有可能来自北方草原，很多卡约文化
的青铜器，譬如湟中下西河村发现的七孔管銎钺、管銎斧、啄
形器、刀等，带有浓郁的北方草原或欧亚草原文化的风格。不
过也有人，如日本学者三宅俊彦认为湟水流域青铜器铸造技术
优于黄河流域，其时代早于北方草原文化的青铜器，所以这些
青铜器就是当地铸造的；甚至有些俄罗斯学者认为卡约文化的
青铜器影响了北方草原的青铜文化。不过对于考古学文化因素
的辨识远不如 DNA 或其他生物学证据来得直接和科学，区别
在于文化因素只能确认到之一，而生物学则能精确到唯一。

印度瘤牛，7000 年前印度驯化的品种

云南晋宁石寨山出土的贮贝器上的瘤牛

　　山中日月长，山乡的日子很难令人感到岁月的流逝，直到
终于有一天发现村头的风景有所变化：四个老头只剩三个了。
后来一问才知道有一个老头已经去世。转眼已是 8 月底，发
掘结束了。岁月不居，如同这里的黄河一样，流逝得平静而
凶险。

　　发掘结束临走之前，我请尕多杰喝酒。席间我劝他少喝酒
或别喝酒了，他很诧异地望着我说，那活着干吗？没承想一个

现在的半主洼村已经是汪洋一片，分不出上下了，村民搬迁了，村落也不存在了。不，应该都在，只不过被深深地掩埋起来了……

小小的建议竟惹出这么一个深奥的哲学问题！还是喝酒吧，最后他醉了，我也醉了。回去不久便听说孕多杰在一次醉酒之后，从黄河岸边爬上台地后走错了方向，从东边的悬崖上跌下去摔死了。

岁月依然静好，只是世界已经苍老！

孤独考古 · 寂寞怀旧

青海省乐都县第一中学（乐都一中）是我儿时最熟悉的地方，我在那里读书，在那里生活，在那里长大……在这个明代始建，被称为碾伯卫的老城里，关着我儿时的全部记忆，高大厚重的古老城墙，便是我们儿时最豪华的游乐场，那里存放着我们永远的嘉年华。

城墙的外面是农田、果园、村舍，那是另外一个世界。每次我们这些孩子偷偷摸摸溜到城墙那边，不是上树摘果，就是下地偷瓜，都是探险，要么被看瓜果的人追赶，要么回来挨家长和老师的惩罚。现在回忆起来，如同熊偷蜂蜜一样，有一种被蜇痛的甜蜜感。

乐都一中位于老城的西北角，学校后面的明代城墙现在已残破不堪，虽然还能推想出原来的风貌，但已神韵尽失！在我眼里，这城墙不仅是家园，更是我们的家人。家园被毁，家人被欺凌，故园目断伤心切，痛何如之！

记得我儿时常常爬上城墙，眺望村落那边被岁月切割成巨大柱子般的北山。尤其在夕阳下，整个北山红彤彤得如同燃烧

裙子山远景

的火焰。儿时我对这座山最多的回忆就是歌曲《童年》中的一句歌词："山里面有没有住着神仙？"有没有住着喜欢偷窥赶考书生灯下读书的玉面白狐？

儿时的我不明白为什么北山会是红色的。多少年以后，我才知道这叫丹霞地貌。北山看上去像一排竖起来冲天发射的火箭，之所以被切割成这个样子，完全是因为风雨侵蚀，岁月消磨。

不过1992版的《乐都县志》对于北山的描述却完全是怀瑾握瑜的君子观想，满满的正能量："县城西北2公里处有一红山，山峰前崖由于常年被雨水冲蚀，在半山腰形成一排90度的山峰竖切面，切面如折叠的红裙，故名'裙子山'。每个

裙子山近景，山体被风雨侵蚀得像一排擎天柱

褶纹如根根通天大柱林立山脚……每当雨过天晴或斜晖夕照之际，红崖如火，一如秋雨季节，云霭绕于山峦，衬托得裙子山绚丽多彩，蔚为壮观，故名曰：红崖飞峙。"

虽然我离开乐都已有四十年，但"四十年来家国"，几乎每年暑假我都要设法来乐都住两天，是清凉之旅，更是怀旧之旅。今年回来我发现乐都县城几乎发展到裙子山下了，突然看到在赤红的崖壁之上居然还有些洞穴之类的遗迹。询及当地人，许多人告诉我这洞穴不是人为遗迹，是自然形成的。查了查相关的方志文献，果然有所记载。顺治年间的《西宁志》有条简洁的记载："（西平）城东北一百余里。有空洞，幽僻奥曲，人迹罕到。"康熙时的《碾伯所志》"峡谷"条中对此也有一条简洁至极的记载："所治北境，红崖洞。"仍不知是什么洞以及如何形成的，我得上去看看。

"这就是史书上说的远古时期人们用来躲避洪水的，或穴居时代人类的住所。"我的发小、当地时贤兰建业先生站在山坡上对我说，语气像央视播音员一样、我不由自主地都要相信了！

这是供人居住的洞穴吗？有这种想法的不止兰建业一个人。乾隆年间的《西宁府新志》"地理·山川·碾伯县"条云："红崖洞，县北二里许，有空洞，可以栖止，人迹罕到。以其山赤因名。十二景之一，所谓'红崖飞石（峙）'者是也。"看来这些山洞并非无人知晓，只是现代人无人知晓而已。但问题来了，若是住人，是什么人住在这里？阿里巴巴与四十大盗？与人邀约的女萝山鬼？或是藕孔藏身的寻常百姓？又是什么时候的事？

洞穴方方正正，大小似宜于居住，人工痕迹明显

"往上攀升"和"向下跌落"都属于考古学
的一个部分

这显然是人工凿制的山洞，凿刻痕迹表明技术
熟练，颇有一定的程式与章法，绝非草率的临
时行为

随着调查的深入，后来发现共有 4 个地点、5 座山头都凿有这种洞穴，居然有 90 个之多！不过洞穴供人居住的假设很快就被推翻了，最主要的原因是大多数洞穴太矮、太浅、太小，有的进深不到一米，根本不足以容人栖止！所有的洞穴均被严重风蚀，但大多洞穴本身开挖的深度就不够，无法用于

北山 LDI 区石窟立面分布示意图（由北至南分别为 1—27 号石窟）

北山 LDII 区石窟立面分布示意图（由西至东分别为 1—18 号石窟）

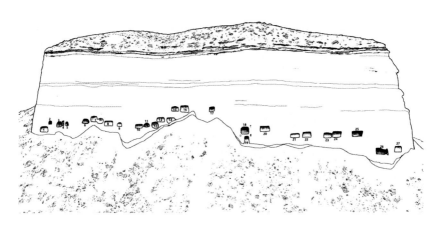

北山 LDIII 区石窟立面分布示意图（由西至东分别为 1—27 号石窟）

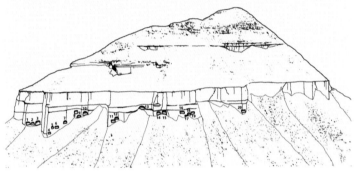

北山 LDIV 区石窟立面分布示意图（由西至东分别为 1—20 号石窟）

居所。居所的设想被推翻后，只有一种可能性了，即佛教石窟。但所有石窟中的塑像和壁画已被风蚀（或被人为破坏）得片甲不留，唯余开窟的凿痕！

尽管岁月无情，但岁月的"斩尽杀绝"不仅是态度，更是一个高度。在一个石窟里，我居然发现了一些壁画的残迹。虽然仅存一些残迹，但毕竟可以确认，画面上的黑白彩色是明确无误的。

不过我并不是唯一一个看到过壁画残迹的人，清人袁进

大多数洞穴都太矮、
太浅、太小

敷在窟内石壁上的泥仗也是一个明确的壁画证
据。这些泥仗用草拌泥制成，在很多洞窟都有
遗留，有些泥仗表面甚至尚遗黑色

表面涂以黑色的泥仗

就看到过，其诗云："丹崖飞峤似裙山，根根赤柱高参天。悬崖穴屋遗文物，天工造化在何年？"《乐都县志》也提道："红崖壁上有许多圆洞，据传洞内有壁画，系北魏遗迹，后因风蚀，壁画脱落。"显然有很多人看到过壁画，这不奇怪；但能一口认定是北魏遗迹，这就很了不起了！我们知道《西宁志》《西宁府新志》，包括《碾伯卫志》，不要说时代，就连壁画都未提及！而出版于1992年的《乐都县志》不仅能准确地认定其为石窟，而且还能认定其为"北魏遗迹"！这种超能力的推断，肯定还有其他什么相关资料可供《乐都县志》参考。

尽管攀爬有些困难，但绝不至于像《西宁府新志》所说的"人迹罕到"，有很多人，英勇好奇如我者，定然都到过这里，且所有洞穴都是敞开着的，不需要"芝麻开门"之类的密码。

后来经过查询资料，果然，《乐都县志》的说法原来是有所本的。青海民院（现在的青海民大）李文实教授在其1986年发表的《南凉兴亡及其故都遗址的发现》一文中对这些石窟进行了记载和初步的推断："裙子山峭壁上，尚留有几处洞窟，据说那里面有壁画遗迹，由于老早就形成断崖，洞窟高悬，无法登览，我推断那恐怕也是北朝时佛窟的遗迹。因为《水经注》上所提到的西平土楼山神祠，是晋时的佛龛，我们在目前的西宁北山寺洞窟中，同样看到壁画的残迹。其中有两处已倒塌的断崖上佛龛藻井的图案，设色和风格，基本与敦煌千佛洞所见相类。当时佛法东来已久，从库车、敦煌、安西以迄张掖，现在都有佛窟遗留，其传入西平，或更在南凉之前。南凉鲜卑，也信佛教，这些遗留在裙子山崖上的佛窟，其开凿更在傉檀筑

这些显眼的洞窟不惹人注目是不可能的

大城之前，说明当时佛教文化已经在湟水流域广泛流行。"李文实先生师承顾颉刚先生，自然功力非凡，虽然只是推断言论，但对乐都地方史志的编写者来说，李先生能说其性质，断其年代，当真是真知卓识。《中国文物地图集·青海分册》对该洞穴亦有记载："碾伯镇城北裙子山下系乐都八景之一。在红色砂岩的裙子山崖壁上，开凿大小洞窟数十处。原有泥塑、壁画、佛堂等，尔后被破坏，现仅存洞窟遗址。"不过这里的"佛堂"不知指的是什么，还有认定为宋代文物的依据是什么，最后十来处数字与实际上 90 余处的洞窟数据也相去甚远。也就是说整个行文都是一种道听途说的风格，可信度严重缺失。

从乐都北山石窟的大小尺寸来看，鉴于石窟进深最大的只有 4 米多，口阔者也不到 5 米。从现在的情况来看，有些石窟中可能普遍有壁画，但塑像（至多也仅仅是一身而已）可能只是曾经存在于个别洞窟，如 LDIII：2 洞窟，所以我们不难想象这些石窟与传统意义上的石窟寺应该是有所不同的。而且所有石窟很难攀爬，即便是多少年以后山脚下已经因雨水流逝堆积出很大的锥形堆积土坡，但很多石窟还是很难接近。早期开凿为什么刻凿在这种难以登临的悬崖峭壁上？这正是早期佛教石窟的特点之一，这些石窟并非为人观瞻佛像或接受朝拜的寺宇，而是供僧人修行的禅窟。譬如敦煌莫高窟北区就有很多禅窟，兼有修禅和观象两种功能。通过考察北山Ⅳ区的石窟，我们可以发现很可能是当年开凿后即封闭起来用于禅定修行的封闭禅窟。为了避免外界的打扰，不但要选择常人无法企及的高度开窟，还要加以封闭。

LDIV 区有封门的禅窟

　　禅定窟，修习禅定的窟宅。出家僧人为避免喧闹，多于偏僻幽静的山林岩窟间坐禅，故名。《南本大般涅槃经》卷二十八曰："师子吼言：如来何故入禅定窟？善男子！为欲度脱诸众生故。"①重禅定，多禅僧，是五凉佛教的一大特点，习禅者多觅僻静之地，特别是水边崖际更是开凿窟室、禅行观影的最佳去处。所以早期佛教石窟多与禅僧有关。五凉时期既弘佛法，又聚禅僧，文献记载新疆以东最早的较具规模的开窟造像，始于沮渠蒙逊在凉州（今武威）南山兴凿的凉州石窟，并非偶然之事。7 世纪道宣撰《集神州三宝感通录》卷中云："于（凉）州南百里，连崖绵亘，东西不测，就而断窟，安设尊仪，或石或塑，千变万化，有礼敬者，惊眩心目。"②

北朝时期的高僧大德们都带着众多弟子在这种禅定窟中修行，如麦积山石窟，著名僧人玄高就曾经率领数百僧俗在此地进行禅修，而且数日不食，却面无饥色。《高僧传》云："帛僧光（昙光）少习禅业……光每入定，辄七日不起。"释僧周："性高烈，有奇志操，而韬光晦迹，人莫能知，常在嵩高山头陀坐禅。"照片上的这个禅定窟定然也是用于高僧禅定修行的。从崖壁侵蚀程度来看，也应该是很早的东西。这个封闭的密室难以攀缘，里面的一切也都应该是原貌。史载法显西行曾在南凉夏坐，所谓"夏坐"指印度高僧夏天雨季都不外出，全部封闭打坐修行，这里该不会是法显夏坐的地方吧？

敦煌莫高窟北区部分石窟（出自彭金章：《敦煌莫高窟北区洞窟清理发掘简报》）

麦积山石窟（出自李铭：《麦积山石窟第4窟研究》）

　　苦于无法登临，但我很好奇里面有什么。高允《鹿苑赋》云："凿仙窟以居禅，辟重阶以通术，澄清气于高轩，仁流芳于王室。"通天的流芳清气不敢奢求，且早已泄漏，但愿能求点遗簪坠屦什么的。

　　那么乐都裙子山上的石窟究竟是什么时候开凿的？我们用石窟壁上泥仗中的草做了两份碳 14 测年，分别表明是从晚唐至北宋初期的(一个是 760—882 年之间，另一个是 1116—1218 年之间)。现在的科学使我们不必再用人文的考证方法去推论裙子山的开窟时代了，碳 14 测年，既精确又科学。那我们就应该根据这一科学测年来考察一下晚唐至宋代河湟地区佛教的传播、流行、教化以及开窟供养等情况。

　　"一朝燕贼乱中国，河湟没尽空遗丘。"安史之乱以后，整个五凉地区陷于吐蕃，所谓"自凤翔以西，邠州以北，皆为左衽矣"[1]。整个河湟地区虽然沦为蕃地，但这种开窟坐禅的隐修传统却依然被继承下来，禅宗依然流行。吐蕃时期的佛教文化分为卫藏、敦煌、宗哥三个流派。8 世纪拉萨僧诤之后，卫藏地区主要接受印度佛教，敦煌佛教以法成系统为主，宗哥佛教是由摩诃衍传承的藏人的禅宗传承——善知识传承。"顿渐之诤"之后，摩诃衍返唐回到了宗哥，在宗哥建立了禅宗的传播基地。[2]

① 司马光. 资治通鉴新注：第 223 卷［M］. 西安：陕西人民出版社，1998：7537.
② a. 张亚莎. 吐蕃时期的禅宗传承［J］. 西藏民族学院学报，2004（1）. b. 佟德富. 试论禅宗在吐蕃社会的传播及其影响［J］. 内蒙古社会科学（汉文版），1999（3）. c. 万么项杰. 喇钦贡巴饶赛尊师二汉僧新考［J］. 西藏研究，2015（1）.

摩诃衍自述本宗旨归为："离一切言说相，离自心分别相，即是真谛。"正如《五部遗教·大臣遗教》所云："和尚摩诃衍说，身之坐法和身之安法二者中，此开示身之坐法。坐在舒适的坐垫上，身体伸直，两眼观鼻，舌顶上颚，紧结跏趺坐，三门不放逸，如法而坐。"①因为心性与佛性无任何差别，清净心即佛性是天赋观念，本无须人为洗涤与布施，所以，只要定心修得了真理，就可以得到真理而成佛。这显然是慧能"即心即佛"之本体论的翻版；次为"修得无念无贪即可成佛"。摩诃衍说："善者转为善趣，恶者转为恶趣，迨破除身语一切善恶意念之后，则顿时可入无念境界"而成佛。三为不立文字，不研习佛经的"顿悟成佛"法。②摩诃衍主张不须修法以扫除文字蔽障，但凭扬眉动睛，坐观静思，徐徐入定，方寸不乱，便可直指人性，体验佛性。③正是由于禅修的宗教特性，只需观象，而无须供奉修行，我们方能理解乐都北山的禅修窟何以如此狭小和不易攀爬。这些空间狭小的石窟正是为了"坐观静思，徐徐入定"的禅修，之所以修建在常人不宜攀登的崖壁高处，也正是为了修行不受打扰。

宗哥城在哪里？根据雍正年间的《甘肃通志》，李智信认为乐都县的大小古城就是宗哥城。④铁进元等人反对李智信的

---

① 戴密微. 吐蕃僧诤记［M］. 耿升，译. 兰州：甘肃人民出版社，1984：200.
② 巴卧·祖拉陈瓦. 贤者喜宴［J］. 西藏民族学院学报，1983（1）.
③ 黄奋生. 藏族史略［M］. 北京：民族出版社，1985：116.
④ 李智信. 关于宋代邈川、宗哥、保塞等城堡地望的探讨［J］. 青海社会科学，1989（5）.

说法，理由是宗哥政权以佛教为统治基础，李立遵等人将 12 岁的唃厮啰立为王，没有佛教活动，其统治是极难维持的。而大小古城迄今无佛教遗迹发现，所以认为乐都县的大小古城就是宗哥城的论点难以成立。①而事实上大小古城距北山石窟南只有两公里，这样一个规模的石窟群，堪比一个大规模寺院。如果大小古城真是宗哥城，那么北山禅窟的存在就更加顺理成章了。

宋代亦然，宋代河湟地区吐蕃部落民众普遍信奉禅宗的看法在学界已达成共识，学界认为河湟吐蕃部落信奉的佛教虽归入藏传佛教范畴，但受汉传佛教禅宗影响。②吴均认为五代时期"河陇地区原吐蕃移民与当地诸属部以及嗢末部、党项、吐谷浑、突厥、回鹘诸族部及近百万汉族人民交错杂居，互相依存，走向融合发展的道路"③。这也就是说在河湟地区，还是汉人占多数。因此，对于宋代河湟吐蕃部落民众所信奉的佛教可归入佛教禅宗的范畴，然而其又有自己的特点，如藏汉双语是佛教语言；所诵经籍是贝叶傍行，修行方式是不守戒律，因

---

① 铁进元，易光华，徐显成. 安夷县址、宗哥城址考辨［J］. 青海社会科学，1994（2）.
② a. 祝启源. 唃厮啰——宋代藏族政权［M］. 西宁：青海人民出版社，1988：272-279. b. 蒲文成. 青海佛教史［M］. 西宁：青海人民出版社，2001：37. c. 吴均. 论拉钦贡巴饶赛［J］. 青海师范大学学报，1990（1）. d. 秦永章. 唃厮啰政权中的政教合一制统治［J］. 青海民族学院学报，1988（1）. e. 朱普选. 宋代藏传佛教及其在青海的传播［J］. 青海民族学院学报，2008（4）. f. 芈一之. 西宁历史与文化［M］. 沈阳：辽宁民族出版社，2005：242-244.
③ 吴均. 论喇勤贡巴饶赛［J］. 青海师范大学学报，1990（1）.

此我们可称之为禅宗系统的宋代河湟佛教，①或者可以称之为唃厮啰政权佛教抑或青唐佛教。②

大中祥符七年（1014），李立遵将唃厮啰迁移至宗哥城独自立文法一事则说明佛教势力已远远超过苯教势力，佛教已经成为河湟人的主要宗教信仰，并且被河湟统治者加以利用。熙河之役之后，北宋收复了熙、河、兰、会、峨等州，宋统治者认为"蕃俗佞佛，故佛事怀柔之"，于是"乃敕数州皆建佛寺"③，目的是借助佛教达到统治稳定。

有人统计唐代僧尼人数与人口数的比例是 1∶322，而宋代的平均比例是 1∶60，最高时的比例达 1∶43。④由于唃厮啰政权时期所建的寺院数量有限，寺院经济尚未充分发展，所以绝大部分僧人还是居家修行，相当一部分僧人居留在数百个大小部落中间。⑤宋代《岷州广仁禅院碑》记载了大部分僧人修行的情况：

> 西羌之俗，自知佛教，每计其部人之多寡，推择其可
> 奉佛者使为之，其诵贝叶傍行之书，虽侏离缺舌之不可辨，
> 其音琅然如千丈之水赴壑而不知止。又有秋冬间，聚粮不

---

① 张虽旺. 宋元时期佛教在河湟地区的传播和影响［D］. 西安：陕西师范大学博士学位论文，2015：140.
② 芈一之. 西宁历史与文化［M］. 沈阳：辽宁民族出版社，2005：240.
③ 张维. 陇右金石录：第3卷［M］. 兰州：甘肃省文献征集委员会校印，1943：37-39.
④ 刘长东. 宋代佛教政策论稿［M］. 成都：巴蜀书社，2005：167-172.
⑤ 祝启源. 唃厮啰——宋代藏族政权［M］. 西宁：青海人民出版社，1988：276.

出，安坐于庐室之中，曰坐禅。①

　　史料记载反映了河湟僧人普遍存在的修行特点，即不守戒律，在家修行，诵读经典。这也说明河湟僧人的修行场所在村寨而不是庙宇，这正是河湟地区佛教流布的特点。②居家或辟洞坐禅是汉传佛教禅宗的修行方式，也是河湟僧人修行的特点。③

　　有学者总结道，晚唐至北宋初期，或吐蕃至唃厮啰时期，"河湟一带的西蕃佛教仍保持着修禅特点，显然与这一地区历史上曾流行禅宗的传统有关，而前弘期（吐蕃时期）藏族禅宗的发祥地在晚唐五代时又成为卫藏后弘期佛教文化复兴的发祥地，这两者在地理位置上的重叠显然就不是一个历史的偶然了。"④

　　前面我们只是分析了唐末宋初，或吐蕃到唃厮啰时期，亦即从吐蕃前弘期到后弘期开窟修行的禅宗在河湟地区发展的历史背景，那么我们再跟进一步，具体是谁或在谁的直接影响下开创了这种在山洞内坐禅的静修方式？在历史文献中我们可以查验到很多此时与洞和窟直接相关的资料。我们还是从前弘期

---

① 张维. 陇右金石录：第 3 卷［M］. 兰州：甘肃省文献征集委员会校印，1943：37-39.

② 祝启源. 唃厮啰——宋代藏族政权［M］. 西宁：青海人民出版社，1988：276.

③ 张虽旺. 宋元时期佛教在河湟地区的传播和影响［D］. 西安：陕西师范大学博士学位论文，2015：147.

④ 张亚莎. 吐蕃时期的禅宗传承［J］. 西藏民族学院学报（哲学社会科学版），2004（1）.

开始："益西央禅师在他 80 岁那年坐化在赤伽蒙约的山洞里，这个隐蔽的禅修地也是当年虚空藏禅师坐化的地方。益西央圆寂后，他的弟子们将他的遗体运往安琼（An-cung）的隐蔽地。"① 在敦煌写卷中提到"安琼山"，又称安琼南宗（或阿琼南宗），为"坎布拉十八宗"之一（"宗"即山峰），坎布拉即今青海化隆境内。益西央是虚空藏的徒弟，而虚空藏则又是摩诃衍的徒弟，师徒三人在公元 790 年至 840 年之间在宗哥一带活动，使禅宗得以流行传播。

10 世纪末吐蕃末期名僧，也就是射杀吐蕃赞普达磨的拉隆·贝吉多杰，在他射杀达磨时，"智勇双全的密咒师拉隆·贝吉多杰正在岩洞内闭关修习"②。他正在叶尔巴岩洞修习。叶尔巴，也称扎叶巴，距拉萨市东郊 36 公里处，现属达孜区管辖。③拉隆·贝吉多杰可能就是叶尔巴修习地的开创者。当然，开创期所谓的佛殿很可能是岩洞或简单的避风建筑，而不像现在那样高阔华丽。④在拉隆·贝吉多杰将长矛刺入赞普胸膛（有不同的说法，有的说用弓箭）之后，"藏了道具，剪了马鬃，把马放于旷野，回到了修习的岩洞，封住了洞口，闭

---

① a. 张亚莎. 吐蕃时期的禅宗传承 [J]. 西藏民族学院学报（哲学社会科学版），2004（1）. b.［日］冲本克己. 敦煌出土的藏文禅宗文献的内容 [C]. 李德龙，译//国外藏学研究译文集（第 8 辑）[M]. 拉萨：西藏人民出版社，1992.
② 娘·尼玛韦色. 娘氏宗教源流 [M]. 拉萨：拉萨人民出版社，1988：438.
③ 扎西当知. 吐蕃末期名僧拉隆·贝吉多杰生平拾零 [J]. 西藏大学学报，2010（3）.
④ 不过吴均先生说拉隆·贝吉多杰修行的岩洞就在今循化孟达天池附近的东如山中，参见吴均. 论喇勤贡巴饶赛 [J]. 青海师范大学学报，1990（1）.

关修行"①。有趣的是，有人认为这个洞穴就是青海省尖扎县的安琼南宗洞窟②，也就是我们前面谈到的虚空藏和益西央坐化的地方。尽管这些传说之间难免有穿凿附会和张冠李戴的地方，但在乐都北山Ⅳ区发现的尚保留有封门的石窟，似乎是对这个说法为基本史实的印证。

以上文献中的各种线索中，可以与乐都北山石窟使用考古学交叉断代（Cross dating）的物质证据就是今青海省平安区城湟水北岸有白马寺（古称玛藏岩寺）和今化隆县境内的丹斗寺（亦称丹底寺）。在这两个寺的洞窟中，都发现有壁画的残存，据研究认为这些壁画残存都具有宋代的风格。③关于这个白马寺的创建人，学者们虽然看法不一④，但一般都认为是10—11世纪开始创建的。白马寺的开始创建时代或许对理解和推定乐都北山石窟的时代及其性质有所助益，我们这里援引吴均先生的说法：

先是，三智士晚年，离开丹斗，来到今青海平安区城
湟水对岸，藏饶赛与玛尔释迦牟尼于北山红岩金刚崖下凿

① 芭·丹杰桑布. 苯教源流弘扬明灯 [M]. 北京：中国藏学出版社，1991：184.
② 吴引水，吴均. 循化孟达天池古建筑遗墟及地理文化考辨 [J]. 青海民族研究，2009（4）.
③ a. 吴均. 论喇勤贡巴饶赛 [J]. 青海师范大学学报，1990（1）. b. 索南才让. 藏传佛教后弘期下路律法发祥地——丹斗寺 [J]. 群文天地，2011（12）.
④ a. 吴均. 论喇勤贡巴饶赛 [J]. 青海师范大学学报，1990（1）. b. 黎宗华. 河湟古刹白马寺 [J]. 青海民族学院学报（社会科学版），1987（4）. c. 万么顷杰. 喇钦贡巴饶赛尊证师二汉新考 [J]. 西藏研究，2015（1）. d. 谢佐. 白马寺小史 [J]. 青海民族学院学报，1982（1）.

洞静修，约格迥则于其东西的山谷修行。喇勤晚年，利用
其社会力量，于此红岩金刚崖下，大规模地凿山辟洞，修
建佛殿、塑造佛像等，命名为玛藏岩寺，作为讲学中心，
此寺今通称白马寺……白马寺原来的规模，建筑艺术，堪
与炳灵寺比美，但由于地处交通要冲，在历史长河中，屡
经兵燹，被焚毁而又重建多次，加之湟水北侵，冲刷剧烈，
自红岩子沟口至寺东被湟水冲塌的悬崖处，一里多长山崖
上多处洞穴，已经被毁坏或坠入湟流之中，但悬崖之上
的栈道痕迹，洞窟遗墟，尚可依稀辨认。尤其是寺东那
一部分，30 年代，还能通行车马大道，但 40 年代中，受
湟水冲刷的山崖相继崩塌，道路移至河之南，从那些崩塌
的洞穴中，还可以看到零星残存的壁画纯属藏传佛教的风
格，与西宁土楼山东部遭坍塌、焚毁的壁画残迹相同。据
考证，两者属于同一时代，系宋代作品。①

　　当达磨灭法时，卫地曲卧日地方的藏饶赛（Gtsang Rab
Gsal）、约格迥（Gyo Dge Vbyung）、玛尔释迦牟尼（Dmar Shakya
Mu Ni）三名僧人（藏史称"三智士"）立即携带律藏和论藏等
经籍，逃亡西部羊同（阿里）转赴黎城（新疆南部），接着又
辗转东行，到达大藏尕甘的宗喀地区，隐居于今青海平安、贵
德、尖扎一带。后来常驻丹斗寺，晚年收喇勤贡巴饶赛为徒。

　　白马寺后期经过大规模的扩展后，形成现在的模样。而根
据上述记载，实际上当初的情形应该就像乐都北山一样，都是

---

① 吴均. 论喇勤贡巴饶赛［J］. 青海师范大学学报，1990（1）.

白马寺的禅窟，与乐
都裙子山的如出一辙

空间狭小的禅修窟；现在依然可以从没有完全坍塌的洞窟中看到当
初的风貌。

《西宁志》云："西宁，万山环抱，三峡重围，红崖峙左，青海
潆右。"这里的"红崖"即指丹霞地貌，与位于西宁西面的"青海
（湖）"形成对应。应该说丹霞地貌是从西宁到兰州及天水整个河湟
地带和黄河沿岸的地貌特征，只要你打开旅行图或奥维地图软件，
你就会被这一片片红色所吸引。丹霞地貌的红色是因为地层中存在
赤铁矿，赤铁矿是重要的铁氧化物，其中的铁均为三价铁，干热氧
化后，便形成这种红色地层。青海东部构成丹霞地貌特征的红色碎

屑岩主要为第三系和白垩系,为山麓—河湖相沉积。根据地质学家的建议,乐都北山的丹霞地貌被称为"陡崖式丹霞地貌景观"。这种景观的特征除了红色外,其形状特征为"平顶、陡壁、缓坡"。

组成赤壁丹崖的厚层红色砂岩,其岩性结构致密均一,硬度较小,易于雕刻,因而留下大量摩崖石刻、摩崖造像、摩崖壁画等,青海西宁的北山寺、互助红崖子沟的白马寺、乐都裙子山,甘肃的马蹄寺、炳灵寺、拉稍寺等,无不开凿在丹霞崖壁之上。

丹霞地貌和石窟寺就这样干柴烈火般一经相逢,便朝朝暮暮燃烧了甘青地区,并成为当地的特色风光:佛教石窟是西北地区丹霞地貌的风物;丹霞地貌为西北地区佛教石窟的特色景观。

乐都北山石窟在岁月的侵蚀下,除了洞窟本身勉强保留下来外,其他能说明问题的特征与证据几乎全部毁坏殆尽。由于载录阙如,我们在历史文献中也无法查询。所幸,我们借助现代科技的测年手段来确定其年代,然后顺着时间这个线索顺藤摸瓜,再从历史文献中去寻找与之相关的记载与著录,从而廓清一段被湮灭的历史事件和真相,同时也了解了乐都北山石窟的开凿时代及其开凿的原因和功能。可以说乐都北山石窟的发现,是青海省或整个藏东地区首次发现的禅宗遗迹,它们为历史上河湟地区禅宗的传播和流布,为传说中高僧大德们传道护法时所做的那些贡献与事迹,同时也为语焉不详、细节阙如的历史记载,提供了物质证据。

钻石谷·钻石·金刚石

  记得我小时候看《一千零一夜》时，深深迷恋于航海家辛巴达九死一生的冒险生涯和书中傎诡奇谲的故事情节，那是对我们平淡与贫乏生活的一种治愈。我写《异域的讲述：哈拉帕文化田野发掘速写》的第十四篇时涉及辛巴达航海，巴基斯坦离辛巴达更近一点，所以感觉更亲切，看着大街上的每一个巴基斯坦人都像辛巴达。写完之后我脑海里经常浮现出辛巴达把自己绑在一只巨鹏的腿上在天上飞翔的画面，这是《天方夜谭》里辛巴达在宝石谷的奇遇场景。于是回过头再次阅读辛巴达和宝石谷的故事，不经意间发现一个惊天秘密……

  《天方夜谭》中水手辛巴达讲述了他如何在悠闲的生活中变得焦躁不安，然后再次出海，一心想周游世界，却又一次被同伴们意外抛弃。他发现自己被困在了一个小岛上，岛上有大鹏的鸟蛋。他用头巾把自己绑在大鹏上，然后被运送到巨蛇谷。巨蛇大到可以吞食大象，而这些蛇却又都是大鹏的天然猎物。这深谷的坡太高太陡了，无法攀登，谷底布满了钻石。第二天，他发现大块的肉开始从天而降，当肉落到谷底时，很多钻石便会粘在上面。当大鹏飞到谷底时，会把粘着钻石的肉带到它们的巢穴。这些肉是想收集宝石的人扔下去的，而大鹏们在该地区筑巢，必须喂养幼鹏，于是猎人们便利用大鹏的飞翔能力来收集谷底的钻石。辛巴达以前听说过这个故事，当时他觉得太荒谬，没想到这居然是真的。于是辛巴达把自己藏在一块最大的肉下面，紧紧地抓着，最终他和肉、钻石一起被大鹏带到了安全的地方，这也让钻石猎手们惊奇不已。

［美］伯托尔德·劳费尔
（Berthold Laufer）

辛巴达已经不在了，宝石也捡完了，不过这则故事却穿越时空，至今流传于世界各地。这是一则世界文化交流史上的经典故事，它以不同的语言版本出现在许多国家，几乎包括古希腊、古罗马、波斯、印度、亚美尼亚、俄罗斯、蒙古国等丝绸之路沿线的主要国家。当然，作为这条线路终端的中国也不例外，而且，这故事好像就是冲着中国来的。

从事中西文化研究的许多学者，似乎也都关注到这个传说，如美国汉学家劳费尔、日本学者白鸟库吉，中国学者钱锺书、张星烺、张绪山等。此间劳费尔最早注意到这个问题，他的《中国与希腊民间传说中的钻石之研究》（*The Diamond：A Study in Chinese and Hellenistic Folklore*）考证精当，梳理清晰。

《太平广记》卷八一引《梁四公记》云："西至西海，海中有岛，方二百里。岛上有大林，林皆宝树。中有万余家。其人皆巧，能造宝器，所谓拂林国也。岛西北有坑，盘拗深千余尺。以肉投之，鸟衔宝出。大者重五斤，彼云是色界天王之宝藏。"就按成书于宋太平兴国年间的《太平广记》来计算，这则故事也是记录的是 977—978 年间的事。

《马可·波罗行记》对此也有同样的记载，在谈到木夫梯里国（Muftili）时云："此国出产金刚石，采之法如下，境内多高山，冬降大雨，水自诸山流下，其声甚大，构成大溪。雨过山水流下之后，人往溪底寻求金刚石，所获甚多。及至夏季，日光甚烈，山中奇热，登山甚难，盖至是山无水也。人在此季登山者，可得金刚石无算。山中奇热，由是大蛇及其他毒虫颇众。人在山中见有世界最毒之蛇，往者屡为所食。

"如是诸山尚有山谷，既深且大，无人能下。往取金刚石之人掷最瘦之肉块于山谷。山中颇有白鹭，以蛇为食，及见肉掷谷中，用爪攫取，飞上岩石食之。取金刚石之人伏其处者，立即捕而取其所攫之肉，可见其上粘结谷中金刚石全满，盖谷中金刚石多至不可思议。然人不能降至谷底，且有蛇甚众，降者立被吞食。"

《马可·波罗行记》还说："尚有别法觅取金刚石。山中多鹭巢，人往巢中鹭粪内觅之，亦可获取不少，盖鹭食人掷谷底之肉，粪石而出也。彼等捕鹭时，亦可剖腹求之，可得石无算，其石甚巨。"

这种在猛禽粪便中捡拾钻石的著录也见于明代的记载。明洪武年间，也就是 14 世纪晚期，曹昭的《格古要论》"金刚钻"条中也记载了宝石谷，而且宝石的种类明确记载是钻石：
"出西番深山之高顶，人不可到，乃鹰隼打食在上，同肉吃于
腹中，却于野地鹰粪中获得。看大小定价，如辨真伪，于炭火
中烧红入酽醋中浸之。假者疏而易碎，真者乃硬而可用。如失
去和灰土扫在乳钵内擂之响着是也。"

我们注意到元代以前的文献中还不明确宝石的种类，只
是统称"宝石"，从马可波罗开始到曹昭，原来的宝石便明确
改为"金刚钻"，即钻石，这似乎意味着"钻石谷"与佛教之
间的联系。其实最早在《梁四公记》中"彼云是色界天王之
宝藏"的记载中也反映出钻石谷与佛教之间的关系。由宝石
到钻石（金刚钻），可能与藏传密宗的流行与普及有关，即金
刚乘（Vajrayana）。这从《格古要论》中认为金刚钻"出西番
深山之高顶"的记述中亦可见端倪。

除了汉语文献外，古罗马和古印度以及阿拉伯古代文献中
也都有类似的记载，劳费尔认为，最早的钻石原型见诸拜占庭
帝国文献。在拜占庭帝国文献中，塞浦路斯岛康斯坦提亚（Con-
stantia）地方的主教艾比法纽斯（Epiphanius，315—403）谈及
斯基泰人时说，人们到那个绝壁山谷去寻找国王的石头，他们
住在附近，宰了羊，剥了皮，把它们从岩石上扔到陡峭的、深
不见底的山谷里去，这些钻石便粘在羊肉上。在悬崖上飞翔的
鹰闻到了肉的香味，便向谷底猛扑下来，把羊肉带走吃掉，这
样石头就留在山顶上了。于是国王让那些被判了刑的囚徒到鹰
把羊肉运抵吃完的地方，把石头找回来。所有这些石头，无论
其颜色，都是宝贵的。这些石头有这样的性质：将其放置在猛

烈的炭火上时，它们本身只是轻微地受损，而煤炭则立即熄灭。据说这种石头在帮助妇女分娩时很有用；据说它也能以类似的方式驱散幽灵。

在古罗马和古印度，也有类似的故事流传。经学者们整理研究，劳费尔认为该故事最早起源于地中海的古希腊，然后经过波斯、印度传到中国；而白鸟库吉认为钻石最早起源于印度，然后向东西两边分别传播到中国与古希腊，因为钻石最早是公元 4 世纪在印度发现的。

虽然这个"钻石谷"故事穿越时空，通过各种语言文字流传至今，但这个故事太过奇幻的情节和玄怪的叙事方式掩饰了其中的历史真相与文化意味。这个故事中的三个主要因素是蛇、鹰以及钻石。

第一个因素是可以"吞食大象的巨蛇"（Giant snakes which can swallow elephants），这不仅与中国俗语"人心不足蛇吞象"（明人罗洪先《醒世歌》曰："人心不足蛇吞象，世事到头螳捕蝉。"）暗合，而且与经典文献的描述毫无二致，《山海经·海内南经》："巴蛇食象，三岁而出其骨。"屈原《天问》："一蛇吞象，厥大何如？"两者都是以吃象来形容其大。这样一个极富个性的修辞，是同步还是复制（Synchronicity or copy）？其次钻石谷中蛇与珠同样是值得深究的文化隐喻。《搜神记》载："昔隋侯因使入齐，路行深水沙边，见一小蛇长可三尺，于热沙中宛转，头上血出。隋侯哀之，下马以鞭拨入水中。一夕，梦见一山儿持珠来，见隋侯，且拜且曰：'曩蒙大恩，救护得生，今以珠酬，请勿却。'及旦，见一珠在床侧。其珠

璀璨夺目，世称'隋侯珠'，乃稀世之珍也。"《淮南子·览
冥训》高诱《注》也说："隋侯，汉东之国，姬姓诸侯也。隋
侯见大蛇伤断，以药敷之。后蛇于江中衔大珠以报之，因曰
隋侯之珠，盖明月珠也。"

　　实际上这也可以理解为结构主义的隐喻，只是区别在于这
不是一个关于对立关系的结构，而是因果关系的结构。这种因
果关系的结构一般都是与文化相关联的诸如善有善报、恶有恶
报、天道酬勤、彰善瘅恶等道德价值观的表达。也就是说在玄
幻故事外表下包裹着的是宗教思想和文化观念。

　　第二个因素的大鹏，《天方夜谭》使用的词是"大鹏鸟"
（Roc），而这种吃蛇的大鹏，也见诸古代汉文献，《庄子·逍遥
游》："鹏之背，不知其几千里也；怒而飞，其翼若垂天之云。"
"鹏之徙于南冥也，水击三千里，抟扶摇而上者九万里。""有
鸟焉，其名为鹏，背若泰山，翼若垂天之云，抟扶摇羊角而上
者九万里，绝云气，负青天，然后图南，且适南冥也。"

　　这是一种什么样的鹏？ 14 世纪的摩洛哥旅行家穆罕默德·
伊本·巴图塔（Muammad Ibn Battuta, 1304—1368）在他 1358
年出版的《伊本·巴图塔游记》（*The Travels of Ibn Batuta*）中
也提到这种大鸟（Rokh），说他在中国南海靠近苏门答腊航行
时见到一个巨大的东西，海员们以为是座山，而事实上却是一
只巨大的鹏。海员们怕得要死，以至于相互祷告作为人生最后
的告别。而其下的一条注释云：根据乌德国王的波斯语词典
（*The King of Oude's Persian Dictionary*）解释，这是一种只生活
在卡夫山（Mountain Kaf）上的神话动物，叫安卡或西姆格

（Anka or Simurg）的巨鸟。这些巨鸟经常用一头大象和犀牛来喂养它们的幼崽。

说到这里，其实已经离我们考古学家所熟悉的动物很近了，这就是格里芬（Griffin），或称狮鹫、鹰头狮（拉丁语gryphus，意思是"弯曲"，指弯曲的喙或钩鼻）。这是一种神话动物，尾巴和后腿是狮子，头和翅膀是鹰。

格里芬

早在安纳托利亚的乌拉尔图王国（The Kingdom of Urartian，前1200—前700）时期，就出土了这种狮鹫的石碑。到了青铜时代，这种狮鹫的形象便传到地中海、中亚，甚至随着斯基泰人远播亚洲和远东。在失传的斯基泰人古诗《独目人》中，狮鹫像老鹰一样筑巢、产卵，居住在从现代乌克兰延伸至中亚的斯基泰草原中，在那里金子和宝石的储量非常丰富，它负责看管金矿和暗藏的珍宝。古老的埃兰人在他们的建筑中广泛地使用了狮鹫的标志。狮鹫在波斯神话里被称作Homa，并且狮鹫的形象被用作宫廷里的雕塑和标志。在建筑图案里，狮鹫通常以一只长着四只脚、一对翅膀，拥有豹子头或者鹰头的神兽的形象出现。

安纳托利亚的乌拉尔图王国时期的狮鹫石刻

　　到了希腊和罗马的文本中，狮鹫就和中亚的金矿联系在一起了，正如老普林尼（Pliny the Elder）所写的那样："据说狮鹫在地上的洞穴里产卵，这些巢穴里有金块。"从此以后狮鹫就成了以守卫宝藏和无价之宝而闻名的神兽了。后来在很多中世纪文学作品中都对守护宝藏的格里芬有所描述，最著名的是约翰·弥尔顿在《失乐园》以及但丁的《神曲》中，都提到格里芬与黄金之间的关系。这种关系似乎也是一种因果结构，用以表达种瓜得瓜、种豆得豆的观念与思想。

　　传到亚洲特别是东亚草原地区的格里芬，多以鹰首鹿身的造型出现。后来，鹿角往往呈波浪状或梳状，鹰首鸟喙变得更富装饰风格。欧亚草原大陆上的鹿石上呈现出的向太阳飞翔的鹿，就是这种晚期的格里芬风格。

陕北出土的战国时期的鹿身格里芬

蒙古国岩画中的鹿身格里芬

蒙古国的鹿石

新疆富蕴县的鹿石

　　最后一个就是钻石问题。中国古代没有钻石，人们也不认识钻石，所以没有这个名称。后来随着佛教的输入，才有了钻石的概念与术语，这就是"金刚"。唐明皇李隆基主撰的《大唐六典》（卷二十二）就明确提道："金刚钻……出波斯及凉州。""钻石"就是以"金刚"为钻头的石头。只有用"金刚"为钻头的钻，才能钻得动材质很硬的如瓷器之类的物什，李时珍的《本草纲目》中就有"其砂可以钻玉补瓷，故谓之钻"的说法。李时珍所说的补瓷应该就是锔瓷，这也就是俗话所说的

"没有金刚钻，别揽瓷器活儿"。

金刚最主要的义项是"钻石""雷电""霹雳"以及外貌威猛怖畏的形象等，根据读音，旧译缚日啰、伐折啰、跋折啰、伐阇啰等。唐玄奘《大唐西域记·缚喝国》曰："伽蓝北有窣堵波，高二百余尺，金刚泥涂，众宝厕饰。"季羡林等校注："梵文 Vajra，音译跋折罗，即金刚石。佛教之金刚常喻坚贞不坏。"也引申喻如来之智慧，所以有各种以"金刚"命名的佛经，如《金刚般若波罗蜜经疏》《金刚般若经赞述》《金刚仙论》《金刚顶疏》等，经论中常出现金刚坚固、金刚不坏、金刚身、金刚顶、金刚界、金刚心、金刚座等词汇，以喻般若之体。对于密教而言，金刚一词往往也指武器，即金刚杵。根据印度教的说法，金刚杵是因陀罗的兵器，其造型如独钴（即独股形状之金刚杵或金刚铃）、三钴、五钴等，具有摧破众生之烦恼、去除惑业之障难、惊觉众生等各种含义，所以有金刚菩萨、金刚持、金刚力士等造像。

藏传佛教文化中的金刚杵

藏传佛教文化中的金刚持菩萨

藏传佛教文化中的胜乐金刚

　　上面说的都是汉语文献，"金刚"在藏语和藏传佛教中另有意义。所谓藏传佛教，指的是在藏区流行的佛教。藏传佛教尽管有宁玛、噶举、格鲁等不同教派，但他们的主要经典文献都是一样的，分为三大类：一是由佛陀的话组成的《甘珠尔》，二是包括来自各种来源的评论的《丹珠尔》，以及密宗（Tantric Buddhism）和密宗技巧的金刚乘（Vajrayana）。乘即乘载，意思是乘载修行人到达成佛彼岸的交通工具；"金刚"一词亦来自梵文，同样指我们现在所说的钻石。密宗经典《大日经疏》中讲：金刚比喻实相智慧超越了一切语言及修行道路，适无所

藏传佛教文化中的大威德金刚

依，不示诸法，不可变易，不可破毁，所以叫金刚。这就是说佛的真实智慧好比钻石一样坚固不坏，永不变易，清净无染，恒久不变，世间最硬，没有物质能与它相比，难以用语言表达，所以把佛的智慧比喻为金刚。

除了比喻之外，藏传佛教五大金刚本尊的观修，亦即胜乐金刚、喜金刚、时轮金刚、密集金刚和大威德金刚，也是金刚乘的主要内容之一。这一点上同样是源自梵文 vájra 一词中"外貌威猛怖畏形象"的义项，所以就有了各种属于本尊神的色彩强烈且外貌怖骇的金刚造像。

脑洞大开：医术还是巫术

2002—2004 年重庆万州胡家坝和瓦屋汉魏墓出土近 10 座碎颅葬。这是目前考古发掘中所观察到的一种新的葬俗。这些墓葬中的头颅均为葬前被人工有意击碎，其痕迹至为明显。有

重庆万州胡家坝出土的 IVM10 碎颅葬

的头颅被砸击得非常细碎，头颅如饼状摊在墓底（如胡家坝
IVM5、IVM7，瓦屋 M25、M14、M18）；有的头颅上则为一明
显的坑状击打痕迹（如胡家坝 IVM10），由于头颅上方并没有
发现诸如石头之类的任何硬物，所以这个坑状当为死者埋葬之
前所产生。假如没有 IVM7、IVM10 墓葬中的饼状碎颅现象，
我们也许会认为这个头部坑状是墓主人受伤致死的原因。正是
由于其他墓葬中的碎颅习俗，故 IVM10 墓葬中有坑状的头颅，
我们推测亦属碎颅之列。这种碎颅现象估计先前也有，只是没
被注意到或者被忽略了。这种墓似乎只出现于战国至西汉。

《素问》曰："头者，精明之府，头倾视深，精神将夺矣。"
关乎人的精神，所以死人碎颅，活人则开颅。从古至今，头
颅永远是最被人关注的人体器官。这里我们将涉及另一个风
行于史前至历史时期的习俗，即开颅术。开颅与碎颅定然有
着密切联系，都涉及人类的灵魂问题，这种习俗同样在世界
范围的各种文化中都非常流行。颅顶钻孔的医学术语叫环钻，
即环锯钻（Trepanation, Trephination, Trephining or making a
burr hole）。词根来自中世纪拉丁语 Trepanum，该词来自古希
腊语 Trypanon，意即钻孔。这是一种古老的外科手术，即将
颅骨通过钻孔的方式使硬脑膜暴露出来，便于治疗或释放损
伤引起的压力血液积聚。

尽管我在哈拉帕（Harappa）文化的发掘中尚未遇到环钻
头骨，但哈拉帕文化出土的环钻头骨是众所周知的。不仅哈拉
帕文化，即便是与哈拉帕文化相关的位于克什米尔地区的布尔
扎洪（Burzahom）史前文化中，也出土有多次钻孔的头颅。

于是学者们便很轻易地将哈拉帕文化的环钻头骨与布尔扎洪的环钻头骨联系在一起了。在有些学者的心目中，环钻头骨便不再作为一种史前神秘的医疗或信仰实践而存在，而是作为两种文化有渊源的实物证据。不过问题也随之而来，头骨环钻几乎是一种全球性分布的考古现象，在喜马拉雅山北麓的青藏高原，乃至整个中国也都有史前环钻头骨考古资料，布尔扎洪的环钻头骨是否与中国境内的同类考古资料相关还是未知。

1867 年，纽约医学学会（The New York Academy of Medicine）和法国体质人类学家保罗·布鲁卡（Paul Broca）接到由美国驻秘鲁外交官斯奎尔（E. G. Squier）送来的一枚有方形钻孔的印加人头顶骨。经他们仔细研究后认为这是一枚史前头

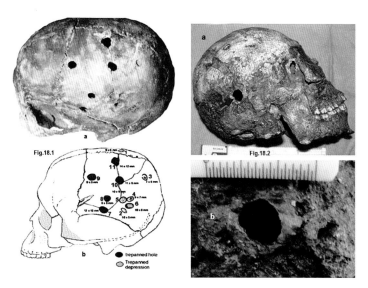

布尔扎洪出土的带环钻的头颅（左图）；哈拉帕文化出土的环钻头颅（右图）

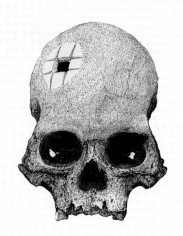

第一枚被人类学家研究的印加女性的头盖骨，其上有一个人工开凿的 17mm×15mm 的矩形孔

骨，并且这个实施了钻孔的印加人术后还存活了一段时间。纽约医学学会出示的检测报告认为："头骨显示出病人在活着的时候接受了一起用工具在头顶开凿洞口的手术，头骨切口的部分已有证据表明自然形成的用以修复手术造成的损伤新骨头。"这个研究震惊了当时的医学界和科学界。这是关于颅骨钻孔的最早研究与报道，同时也开启了颅骨钻孔的现代科学研究。

此后，保罗·布鲁卡又研究了一批来自法国洛泽尔地区（Lozère）5000 年前新石器时代石棚墓（Dolmens）的钻孔头颅。洛泽尔地区石棚墓中的很多头颅上不仅有钻孔，而且头颅中还有一片边缘磨得很光滑的颅骨圆片。但根据厚度来看，颅骨圆片并非来自该头颅，而是从另外的头颅上获得的。这种头颅圆片在那些没有头颅的墓葬中也出土了。这说明这些头颅圆片是人死后从颅骨上获得。之后在 18 世纪 70 年代，保罗·布鲁卡提出了自己关于环锯钻孔的理论。开始时他认为这是出自某种宗教信仰的需要，但后来认为环锯钻孔是为了驱除导致婴儿抽搐的恶魔，这反映了他的人类学和医学背景。

关于布鲁卡，中国人应该不是很陌生，他是巴黎大学外部病理学和临床外科学教授、第一个人类学学会的创始人。布鲁卡同时也是一位脑解剖学家，他的成就主要在语音定位、颅测量学和人类学研究。他曾对早先被称为嗅脑（Smell brain）的脑边缘区域做出了成果杰出的研究。我们现在知道这一边缘区跟人的情感有密切关系，正是布鲁卡发现了在大脑皮质左前额叶处第三脑回中的这个小区，这个小区就是后来为人所熟知的布鲁卡区。虽然布鲁卡当时只是根据片段的证据，但他实际上已经揭示出，清晰的语言在很大程度上就是在这个区域内形成并受该区域控制。这是大脑左右半球各具功能的首批重要发现之一。其重要性还在于他揭示出特异的大脑功能定位于脑的特定部位，并指示大脑功能和大脑结构之间存在着一种关联。卡尔·萨根（Carl Sagan）是一位美国著名科学家，他的《布鲁卡的脑》（中文版由三联书店于 1987 年出版）是一本探索宇宙和我们人类自身的著作。它涉及非常广泛的领域：意识和生命的起源，地球和太阳的形成，外星智慧，人的可能性，以及宇宙的起源、本质和未来等问题。这本书的命名，就是我们这里讨论的与最早的颅骨钻孔有关的布鲁卡。

不过就带环锯钻孔的头颅而言，斯奎尔头骨并不是第一枚，只是此前从未有人进行过研究，更没有人认为这种钻孔是在人活着的时候实施的。即便在保罗·布罗卡和维克多·霍斯利之后，仍有不少人也不相信这种钻孔是生前实施的。最典型的就是当时与保罗·布罗卡、维克多·霍斯利一起做研究的纽约医学院的博斯特博士（Dr. Post）就认为没有理由可以说明矩形孔是生前实施的，而我国至今有人认为所有的颅顶钻孔都是死后所为。何星亮先生认为在已发现的约 1500 例钻孔头骨中，一部分是葬前钻孔，另一部分是白骨化后钻孔的，不存在生前开颅的孔洞。因之把所有头骨钻孔的方法称为"开颅术"是不够严谨的，也是不科学的。无论是生前开颅，还是死后钻孔，统称之为"钻孔头骨"更恰当、更科学。死后钻孔是为了吸出脑子防止颅骨腐烂变质，战功的象征，人牺的象征，三者均需吸出脑子，也就是钻孔取脑（参见何星亮：《生前开颅，还是死后钻孔?——关于"中国五千年前开颅术"之商榷》）。不过从许多头盖骨切口愈合的情况来看，生前钻孔是不言而喻的。

关于颅顶钻孔的研究目前除了对样本的详细描述之外，还涉及工具与方法的使用（Rogers，1930），开孔方法的进化与发展（Brothwell，1994；Piggott，1940），以及各种诊断（Gregg and Bass，1984；Kaufmanetal，1997；Stewart，1975）。在英国，关于钻孔颅骨最多产的研究学者是 Parry，他从各个角度对钻孔头颅进行研究。他把颅骨钻孔的方法分成四种:刮削(Scrape)、凿（Gouge）、钻（Drill）、锯边切割或环钻（Circular trephine or crown saw）。

使用刮削法产生的颅骨钻孔。布鲁卡证明他可以用一块玻璃刮开这些洞口,尽管一个非常厚的成人头骨花了他 50 分钟的时间。这是一个特别常见的方法，在欧洲一直持续到文艺复兴

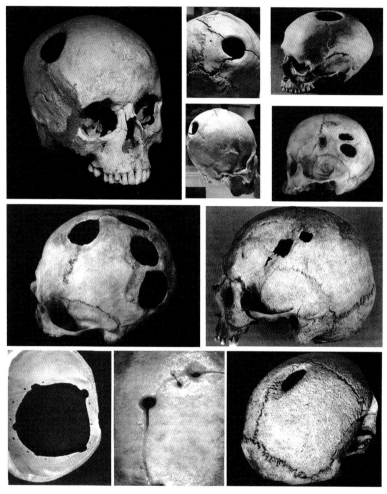

很明显，从这些头颅开孔的切口来看，都已全部愈合，骨质切口已不见骨质内部组织，已被骨质皮层所包裹。我们注意到许多头骨还不止一次被钻孔，可见当时的开颅技术是非常成熟的

环钻工具

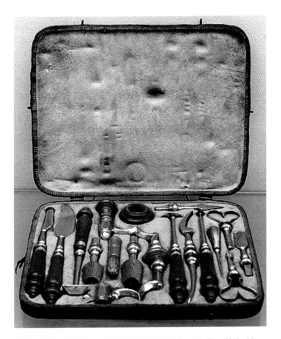

保存在纽伦堡日耳曼国家博物馆的 18 世纪的环钻仪器

时代。使用锯边切割法产生的颅骨钻孔。这种方法多为南美玛雅人、印加人等所使用。这种方法非常普遍，至少肯尼亚还在使用。公元1世纪古罗马医学作家塞尔索斯的时代所使用的经典的环钻技术，希波克拉底也曾详细地描述了它的用途，它看起来几乎和现代的环钻一样，即中间为中空，四周为锯齿的钻。

钻孔取片法或锯边钻，即用小钻沿一圆圈钻一周，以达到取下头骨片的目的。这种方法是由塞尔苏斯（Celsus）推荐的，被阿拉伯人采用，并成为中世纪的标准方法。据报告，秘鲁和北非直到最近还在使用。它基本上是用相同的现代方法转动一个大的骨塑料皮瓣，其中一个吉利锯（Gigli saw，即用锋利的金属丝当锯条）被用来锯在一组小钻或钻孔之间。这种方法更多是在死后实施，目的在于获取头骨片。

与早期的考古学或古物学研究一样，早期的体质人类学研究也是从以英法为中心的欧洲起源的。最早参与到头颅钻孔研究中来的还有英国作为灵长类运动皮层的专家和一个成功治疗杰克逊癫痫的外科医生的维克多·霍斯利（Victor Horsley），也开始对钻孔头颅进行观察和研究。与布罗卡不同的是，他认为颅顶钻孔是为了治疗颅骨骨折引起的疼痛和癫痫，通过这种组合的安排，在头骨上钻孔就是在大脑的表面的一部分进行开孔，在几乎所有的已知的情况下，这已被证明是毫无问题的，我们知道这个区域代表运动的所在地。此外，大脑的这个区域是一种特殊的痉挛的起源地，这种痉挛被称为杰克逊癫痫，经常发生在颅骨和大脑的损伤之后。

虽然布罗卡和霍斯利有不同的看法，但两个人的早期研究开创并主导了颅顶钻孔的科学研究。

最早记录开颅术的是公元前 1800 年,古埃及的史密斯纸草文就有关于脑外伤方面的记载。古埃及壁画(Medinet Habu, Thebes-West)中有些图形也可以表明导致颅骨孔状创伤是如何产生的。

到了古希腊和古罗马时,外科医生都采用环钻术治疗抽搐,尤其是头部受伤引起的抽搐 。最早提到颅骨手术的古希腊文献是希波克拉底(Hippocratic)的《希波克拉底文集》中的 places in man,其中最早明确提到 trephining 被推荐作为医治颅骨凹陷性骨折(Depressed fracture)的恰当方法。

公元 1 世纪古罗马的斯多葛学派哲学家小塞涅卡(Seneca the younger)在其《论恩惠》(De Beneficiis)一书中曾记录过头颅钻孔,提到恺撒手下的一员老将因在战争中损失一只眼睛并且头颅严重受伤,所以接受了头颅钻孔的治疗。古罗马历史学家普鲁塔克(Plutarch)也曾提到驻比提尼亚(Bithynia,古代小亚细亚西北部古王国,在今土耳其)的古罗马大使,也曾接受过头颅钻孔。古希腊语 trephine(环锯钻孔)指的是用像牙钻一样的工具钻出一个空体,然后修整边缘。在人体上钻孔引流或驱除疾病等是古希腊的一项医疗技术,古希腊著名的医师希波克拉底在他的《内部感染篇》(Internal Affections)中便提到,如果病人患了肺水肿,可在胸部第三根肋骨下直接打个孔引流(Straight-pointed trephine)。

13 世纪的外科手术书《四重奏》(Quattuor magistri)就推荐采用开颅的形式治疗癫痫,"让体液和浊气排出体外并消失"。

而在 17 世纪，用环钻治疗癫痫被认为是一种极端的手段，里弗留斯（Riverius）在他的《物理学实践》（*The Practice of Physick*）中说："如果所有的手段都不奏效，最后的治疗手段才是用环钻法打开前额，不要缝合得太紧密，好让邪气跑出去。只有靠这种手段，很多绝望的癫痫才能治愈。"

在 15 世纪，人们开始相信钻孔是治疗精神病的有效方法。人们认为由于疯狂的魔法石或头脑中愚蠢的石头，导致了头脑的疾病，所以必须移除石头。

在欧洲文艺复兴时期，开颅手术继续用于治疗癫痫，特别是创伤性原因的癫痫治疗。从文艺复兴到 19 世纪，颅顶环钻

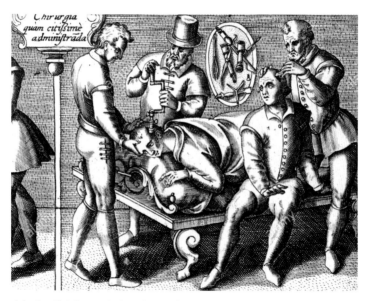

这幅油画描绘的正是外科医生提取"疯狂之石"的场面

被鼓励用于治疗颅骨骨折。不过手术的目的仍然是去除颅中的液体或邪恶的空气，而不是去除病变的脑组织。18 世纪英国著名外科大夫珀西瓦尔·波特（Percivall Pott）曾提到他一生给 18 个病人做过颅骨手术，其中 13 人做了环钻手术，13 人中仅有 7 人活了下来，可见这是一种风险很高的手术。

关于这些史前和非西方传统的环钻术，最通常的看法是认为它们是"迷信""原始信仰""巫术""驱邪"等等。禅皮罗（D. Campillo）于 14 年中检测过 3000 个钻孔的颅骨，认为所有的钻孔都是仪式性的（Ritualistic），而不是医疗性的（Therapeutic）。梅吉（MeGee）认为穆尼兹（Muniz）墨西哥人对死人仪式性地获取头盖骨。但从古希腊的医学以及现代肯尼亚仍然实践的开颅术来看，环钻通过排气抽血，取出坏死骨屑等对颅骨骨折所造成的头疼等创伤还是有用的。但是该手术太过凶险，死亡率甚高。到了 18 世纪，环钻手术作为治疗手段逐渐退出脑外科手术。

同样，中国境内也大量出土环锯钻孔的头颅，从新石器时代到青铜时代，乃至现代，都有发现。

21 世纪初，一个特殊的文物鉴定委员会对山东广饶傅家遗址大汶口文化墓葬出土的一枚带有环锯钻孔的头颅进行了鉴定，认为这是距今 5000 年前在活人身上实施的一起开颅手术，根据缺损边缘的断面呈光滑均匀的圆弧状来判断，这是一起成功的开颅手术。

实际上作为考古资料，我国对环锯钻孔关注得很晚，只是到了 20 世纪 90 年代，考古学家如陈星灿、傅宪国、韩康信等

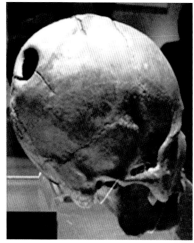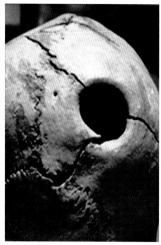

山东广饶傅家遗址大汶口文化墓葬出土的带有环锯钻孔的头颅

人才关注到这方面的材料(参见陈星灿、傅宪国:《史前时期的头骨穿孔现象研究》,《考古》1996年第11期;韩康信、陈星灿:《考古发现的中国古代开颅术证据》,《考古》1999年第7期)。迟至21世纪初,韩康信、谭婧泽、何传坤所撰的小册子《中国远古开颅术》尽管只有110多页,但毕竟是我国迄今为止唯一一部研究环锯钻孔的专著。不过与环锯钻孔相关的开颅术或穿脑术的文献记载,我国则从汉代便已出现。

关于头颅钻孔或穿脑术,中国最早著录的文献是《山海经·海内南经》,其云:"匈奴、开题之国、列人之国并在西北。"据萧兵先生研究,此处的"开题",指的就是开颅。结合环锯钻孔多发现于我国北方地区的考古资料来看,我国至少在青铜时代以后出现的环锯钻孔习俗或技术,很有可能是通过欧亚草原大陆从西方传来的。

明确提到开颅的应该是晋人葛洪的《抱朴子》，其《内篇》卷五《至理》云："淳于能解颅以理脑。"据此我们可以非常确定地认为这是最早提到开颅术的汉语文献记载了。《三国演义》曾提到曹操因患有偏头痛，请华佗为其治疗，华佗的治疗方法是"用利斧砍开脑袋"，"取出风涎，方可除根"。

不过从唐代开始，这种通过开颅所要医治的疾病就逐渐趋于明确，即治眼疾或"以愈目眚"。

中国唐代旅行家杜环，京兆（今陕西西安）人，生卒年不详。唐天宝十年（751），随高仙芝在怛逻斯城（又名呾逻私城，今哈萨克斯坦江布尔）与大食（阿拉伯帝国）军作战被俘，其后游历西亚、北非，成为第一个到过非洲并有著作的中国人。宝应初年（762）杜环乘商船回国，写了《经行记》一书，惜已失传，唯杜佑的《通典》引用此书，有 1500 余字保留至今。《经行记》中曾经记录过阿拉伯的开颅术，其曰："其大秦，善医眼与痢，或未病先见，或开脑出虫。"这应该是来自地中海的穿颅术。

其实早在唐太宗贞观年间（627—649），这种穿颅术就已经传入我国。欧阳修主持编修的《新唐书·列传》卷第一百四十六下记载说，大秦"有善医能开脑出虫，以愈目眚"，即通过头颅开刀治疗双目失明。

又过了大约 40 年，到了永淳元年（682），这种神奇的医术竟然在大唐帝国最高统治者的身上得到了试验。这一年年底，唐高宗李治在主持嵩山封禅后回到长安不久，在没有任何明显症状的情况下突然双目失明。唐高宗的侍医秦鸣鹤熟悉大秦医术，为迅速治愈这突发重症，他大胆试行"开脑出虫"之术，在大唐皇帝的脑袋上施行了穿颅术，竟获成功，使唐高宗重见光明。依据现代医学的解释，穿颅术治疗眼睛失明的基本原理就是，通过打开颅脑放血，降低颅内压，从而释放其对视觉神经的压迫，以达到恢复患者视觉功能的目的。这与现代科学解释居然完全吻合"风毒上攻，若刺头出少血，则愈矣"的说法，所以"命刺之。鸣鹤刺百会及脑户出血"。高宗曰："吾眼明矣！"不过这种穿凿附会的解释，既无现代医案可佐证，更是完全掩盖了古代思想的实质。

《太平广记》也记载了一例穿颅术。卷二一九"医二"之"高骈"条引《玉堂闲话》云：江淮州郡，火令最严，犯者无赦。盖多竹屋，或不慎之，动则千百间立成煨烬。高骈镇维扬之岁，有术士之家延火，烧数千户。主者录之，即付于法。临刃，谓监刑者曰："某之愆尤，一死何以塞责。然某有薄技，可以传授一人，俾其救济后人，死无所恨矣。"时骈延待方术之士，恒如饥渴。监刑者即缓之，驰白于骈。骈召入，亲问之，曰："某无他术，唯善医大风。"骈曰："可以核之。"对曰："但于福田院选一最剧者，可以试之。"遂如言，乃置患者于密室中，饮以乳香酒数升，则懵然无知。以利刃开其脑缝，挑出虫可盈掬，长仅二寸。然后以膏药封其疮，别与药服之，而更节其饮食动息之候。旬余，疮尽愈，才一月，眉须已生，肌肉光净，如不患者。骈礼术士为上客。

元末陶宗仪在其《南村辍耕录》中便提到"有回回医官，

用刀划开额上"而为人治病。此外，李约瑟博士在他的《中国科技史》中也提到开颅术是唐代由阿拉伯人传入中国的。李约瑟之所以这样说，可能与陶宗仪有关。有些学者认为北非的开颅术也是由阿拉伯人传播过去的，而阿拉伯人的开颅术则来自古罗马。

目前关于环锯钻孔的解释尚未趋一致，有各种各样的说法。总的归纳起来有两种：仪式说（巫术）和医疗说（医术）。医疗说似乎具有某种科学的成分，但环钻的医疗功效从未被证实过，即便有那么多的古希腊和古罗马的文献专门涉及环钻，同时也有那么多的医学案例，但其具体的治疗对象和治疗原理（特别是针对癫痫、小儿惊厥等疾病）则从未被证实过。如果说，环钻仅用于放血减压或取出坏死骨头，那么它给病人带来的伤害远远大于治疗。

自唐代以后人们认为穿颅术的目的是"开脑出虫，以愈目眚"的说法也被 20 世纪的学者所继承。最早的应该是周济先生于 1936 年在《中华医学杂志》第 22 卷第 11/12 期合刊上发表的《我国传来印度眼科术之史的考察》，认为这是从西亚、中亚和印度等地传入的一种古老的眼睛医治手术。1994 年，季羡林先生也撰文《印度眼科术传入中国考》，发表在由袁行霈主编的《国学研究》（第 2 卷）上。不过这个说法并非空穴来风，因为从某个角度来看，医术和巫术讲的都是同一件事。

检索中国的佛典文献，还可以找到与环锯钻孔相关的间接文字，即"天眼"或"三只眼"，《大正藏经》中经常提到。佛教讲"六通"，所谓"六通"者：一天眼，二天耳，三宿命，四他心,五漏尽,六神境。《大般涅槃经义记》卷第七云:"不见而见是天眼通,不闻而闻是天耳通。"佛教的许多神祇就具有"天眼",《大方等大集经贤护分》卷第五:"如来天眼力者。如来常以清净天眼过于人眼。见彼未来诸众生辈死此生彼。"此外,这种说法在明代以来的民间也应该是很流行的,如《封神演义》中说申公豹和殷郊等人都是三只眼。

藏族三只眼的本尊神或金刚持"拥有红色宝石、红色皮肤,前额正中间有一只洞察一切的第三只眼"①。实际上藏族的某些地区至今依然流行此风。陈星灿和傅宪国在《史前时期的头骨钻孔现象研究》(《考古》1996 年第 11 期)一文中提道:"西藏东部地区某地人死后把头割下,成排地码放在一起,形成'骷髅墙'。差不多每个头颅上都有一到两个钻孔,一般都在额骨上,剥下的盘状物有五分硬币大小,连在一起做成法师念咒的串珠,上面刻画有本生神、药王、仟罪佛、瑜珈神等。"

藏族中关于"第三只眼"的说法,同样属于环锯钻孔的变体。20 世纪 50 年代美国出版了一本托名鲁波桑仁帕写的《第三只眼》②,该书出版后曾轰动一时。仁帕声称自己出生于西藏的一个富户人家,后来在拉萨的一个寺院当了喇嘛。他经历了一次手术,打开了额前的"第三只眼",从此具有了超凡的力量。尽管该书所讲述的故事及其作者后来被证明全部是编造

---

① BRENNAN J H. Magical techniques of Tibet [M]. New Delhi:New Age Books, 2003:122.

② RAMPA L. The third eye:the autobiography of a Tibetan Lama [M]. London:Secker & Warburg,1957.

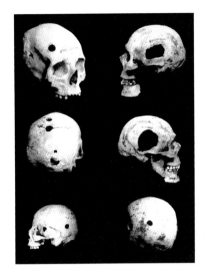

新疆和静县察吾乎沟
5号墓地出土青铜时
代的钻孔颅骨

的，但藏族确乎有着"第三只眼"的文化观念，而且藏族文献中也
屡屡提到具有神性的第三只眼。第三只眼往往见诸密宗本尊神，代
表洞察一切、无所不至的神性。所以在藏传佛教造像中，许多神祇，
特别是本尊神都被塑成三只眼的形象，如金刚持等。

　　谈到这里我们该有个结论了。头颅上环锯钻孔作为治病的医术，
我们已经说过，是毫无医学和科学根据的，而且最为重要的是，把
作为旧石器晚期就已开始流行的环锯钻孔视作治病的医术，的确太
高估旧石器时代人类的认知能力了，这是一种盲目的崇古主义。而
且在逻辑上，很多钻孔现象无法解释，譬如在很多头骨上钻有好几
个孔：青海尖扎李家峡出土的卡约人头骨上有3个钻孔；新疆和静
察吾呼沟等地出土的头骨上有2～5个钻孔的，多者甚至达7个钻孔。

　　试想，谁会倒霉到头部屡次骨折受伤需要开颅来治疗呢？什么
病需要在头上开七八个洞来医治呢？并且有些孔洞大到似乎是将头

颅的上半部截掉了！这都是医术说所无法解释的。这不是治病，只是害命！通过文献我们知道，所有的医术说只是到了古典时期才出现的，这无疑是一种知识的附会或伪科学。旧石器时代没有高深的医术，但却有简单的巫术。颅顶钻孔说简单点说就是为了让灵魂与天沟通，与神交流，此亦可称"第三只眼"，或"天眼"。所以到了唐代以后，穿脑术与治愈目眚联系在一起。其实环锯钻孔与我们能看到平凡物质世界的双眼无关，而是要打开通天彻地，知晓过去，洞察未来，通神乞灵的第三只眼或天眼，也唯其如此，才能解释为什么一个头颅上会有这么多或这么大的孔，因为人类对命运的追求是无限的，文明的要义就是创造未来。

我们有一例特殊的颅顶钻孔可以证明巫术说的成立。河南安阳殷墟西北岗祭祀坑中出土一枚殉人钻孔头骨，这个孔的形状非常特殊，是"十"字形。可以设想一下，如果是治病，为

镂以"十"字孔的商代青铜礼器

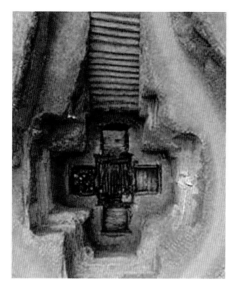

"十"字形春秋墓葬

什么要把这个孔开成"十"字形？开"十"字形孔比开圆形孔
或方形孔困难何止数倍！而巫术说则合情合理，因为"十"字
象征着天地之中心，是与神汇，与天通的最佳位置，所以商代
的青铜礼器、墓葬等都有大量的"十"字纹饰及形状。虽然目
前只有商代这么一枚带"十"字钻孔的颅骨，但夔一足，有此
一枚，便足矣！

对于没有宗教信仰的人来说，活着是为了享受生活；对于
有宗教信仰的人来说，活着是为了死去。所以对这些实施颅
顶钻孔的人来说，死不足惜，钻孔正是要去故而就新，迎来
新生命。

风动石:"风动"还是"心动"

　　风动石是指位于山顶或山梁之上单独或叠垒在一起,抑或底部有垫石被支撑起来的巨石,看上去危乎高哉,摇摇欲坠,"风至而动",故名"风动石"。这在整个世界范围内都较常见,是巨石遗迹的一个门类。不过对于这类巨石作为人类活动遗迹的专门讨论与研究,在世界范围内尚未展开,其原因在于这类巨石一般被列入自然侵蚀的地质学门类中了。这种巨石现象是"风动"(自然现象)还是"心动"(人工行为)?目前对于这种风动石的记载和解释都是建立在两个极端之上:一方面是文献和地方神话传说中对这种巨石现象往往以各种迷信的说法来加以解释;而另一方面,现代学者们当然不相信这些神话传说,他们每每以各种"科学"的地质侵蚀说来解释这种巨石现象的普遍性,甚至在中学生的地理教育中更言之凿凿地称其为自然现象。其实两种解释都犯了同样的错误:极端。地质侵蚀风化说只能解释部分海岸线附近或曾经为海水侵蚀,或冰川,或冻融,或泥石流作用地区的风动石,可是这种巨石现象太普遍了,尤其是那些看上去没有被水浸风蚀却形成一定磨圆度的巨石，自然形成的解释便无法将各种各样情况下的风动石全部囊括在单一的海侵或冰川流水等作用的自然形成说之中了。最重要的是风动石中作为人工行为的支石（即支撑在巨石下面的一块或数块垫石）这一普遍现象，是任何自然形成说都无法解释的。在讨论"风动"与"心动"之前，我们先来了解，比较一下有关中外风动石的大致情况。

英格兰的风动石

风动石又称滚石（Rocking stone）、悬石（Hanging stone）、平衡石（Balanced rocks），也被称作珞根石（Logan stone 或 Logans），其定义为一种精巧的能保持平衡但用很小的力量（甚或风吹）便能使其摇晃的巨石。最早在罗马时代，这种风动石就已见诸文字记载。罗马帝国的学者老普林尼曾经提到在小亚细亚的卡里亚（Caria）的哈尔帕撒（Harpasa）便有这种石头，这种石头可以用一个手指触动，而用全身的力量却又难以使其移动地方。公元 2 世纪的古希腊天文学家、地心说的创立者托勒密（Claudius Ptolemaeus）也曾提到称作吉贡尼安（Gygonian）的风动石，宣称这种石头用一柄水仙花的茎便可触之摇晃，却不能为任何其他力量所移动。

苏格兰是风动石分布最集中和最著名的地方，同时也是有关风动石传说和文献记载最多的地方，所以关于世界范围内的风动石的讨论中，我们主要以苏格兰的风动石为例来进行。苏格兰语中这种风动石被称作 clach-bràth，意思是举行露天审判的标志地点，所以 clach-bràth 有时被认为是审判石。古代人在风动石附近举行审判，就是要利用这种摇摇欲坠的石头来裁决被审判人是有罪还是清白。

单词 logan 可能源自单词 log，后者在英国方言中也是石头的意思。事实上在大不列颠的某些地区风动石也被称为 logging stone，单词 log 也许还与丹麦语 logre 有关，后者的意思是"摇尾巴"。还有些人认为 logan 一词来自英国康沃尔郡人（Cornish）方言的表达方式，形容醉酒人的摇摇晃晃。在西班牙的加利西亚省（Galicia），这种石头被称为 pedras de abalar，也是摇晃的意思。在苏格兰小岛爱奥那（Iona）的方言中，这种石头被称作 na clachan-bràth，往往位于墓地、草原路口，故有人认为是与墓葬相关的碑石或支石。

世界上最著名的风动石集中地是苏格兰西南部的爱尔夏（Ayrshire）和康沃尔（Cornwall）等郡。从地貌景观来看，爱尔夏郡是一个风动石比较集中的地方。早在 19 世纪，英国的帕特森（James Paterson）便记述过爱尔夏郡的风动石，在一个被称作瓦莱斯（Wallace）的巨石旁边，有一个重约 30 吨的巨石被架在两个小基石上。在爱尔夏郡的南部，此类巨石被称作风动石，巨石置于硬砂岩之上，单手触之可晃动。同样是在苏格兰的爱尔夏郡南部的奥金莱克（Auchinleck）教区，有两块竖立起来的巨石，高约 3 米、阔 2 米的方形石柱，风吹可动。此巨石被认为是古代苏格兰英雄的坟墓或德鲁伊教的纪念碑。

苏格兰南部阿兰岛（Isle of Arran）的海岸上，亦坐落着一块巨型风动石，指触可令其晃动。爱尔夏郡北部贝司（Beith）

的卡夫山（Cuff Hill）上，风动石与德鲁伊教相联系，不过自19 世纪曾经被人通过发掘想探究巨石风动的原因之后，该巨石便不再摇动了。

17 世纪英国历史学家吉布森（Edmund Gibson）编著的《卡姆登的不列颠》（*Camden's Britannia*）一书中便提到威尔士彭布鲁克郡（Pembrokeshire）的风动石：这种风动石在圣·大卫海岸半英里长的岩石峭壁上均可见到。这些风动石看上去气势宏伟、粗狂古拙，犹如成百只的公牛群在奔腾。但这些风动石的平衡性后来于 17 世纪被克伦威尔（Oliver Cromwell）的士兵所破坏，克伦威尔认为这种邪教迷信会影响士兵的士气。

在康沃尔的伯德明湿地（Bodmin Moor）有一处被称作"扭形奶酪"（Cheese Wring）的风动石堆。由于石堆叠摞的奇特造型，在历史上屡屡见诸文献："……一堆石头令人惊奇地悬空着，定然是自然之力，而非人为有意为之。"（1584）"'扭形奶酪'石堆很可能是由于某种奇特的自然原因而形成的。"（1797）"这是个令人不可思议的石堆，但我不知道是自然之力还是人力使然。"（1800）"如果哪个人能在噩梦中梦见最奇怪的石堆，他所能梦见的定然是扭形奶酪这样的石堆。"（1850）由于其令人不可思议的堆垒方式，人们不仅用文字将其记录下来，还绘以图画或拍成照片。通过这些绘画和照片，我们可以看到"扭形奶酪"风动石在几百年间的变化，其中也包括了人们对风动石的态度。从最早的 1769 年的绘画到 1908 年的照片中，我们看到风动石本身变化不大，但从 1861 年和 1908 年的照片对比中我们发现，1908 年的照片中多了一些支撑的石头。这显然是

1769 年拍摄　　　1861 年拍摄　　　1908 年拍摄　　　21 世纪拍摄

在康沃尔伯德明湿地被称作"扭形奶酪"的风动石在不同时代的照片

人们怕风动石倒塌，而在风动石的底部垫了一些石头作为加固之用。这一出发点固然是好的，但人们显然不知道风动石的特征就在于"风动"的摇晃，而且它已经在这里摇晃了几千年。

康沃尔的康斯坦丁辖区内另一块被人们称为托尔曼（Tolmen）的风动石。这块巨石最早于 1757 年由博尔莱斯（William Borlase）医生描述和绘图，1835 年由理查德·唐（Richard Tongue）重新加以描绘。他将其称为"巨大的蛋形石头，置放在两个自然岩体的顶部，所形成的空间可容一个人匍匐穿过"。根据博尔莱斯的描述，沿着其西南轴测量，其长度在 10 米，重量达 750 吨。其上刻凿着凹穴与沟槽，博尔莱斯据此推测可能是德鲁伊教徒曾使用该石所致。他进一步推测该巨石可能曾经是竖立起来的，因为他认为"古人具有运送超重的能力，而我们现代人对这些超重的巨石却束手无策"。不过这块巨石于 1869 年毁于采矿。

木刻画中地角地区的风动石（左图）；巨人建造风动石的情形（右图）

　　德鲁伊教的传说在英国广为流传，许多都与形状怪异的岩石的形成与由来相关。19世纪早期，鲁克（Major Rooke）曾在英国皇家学会的出版物《考古》（*Archeologia*）上撰写过一篇文章，专门讨论英格兰北部所谓德鲁伊教的巨石，文中有许多插图，提到的许多巨石地点现在已不存在。所以这篇文章的价值就在于保存了许多巨石遗址的资料，通过一些著名画家对风动石的描绘，使我们对于这些已不复存在的巨石尚能窥见一斑，比如布莱特（Joseph Blight）在博尔莱斯的德鲁伊人的基础上绘制的关于康沃尔半岛的地角地区（Land' End）风动石的著名木刻画，描绘的是康沃尔人的巨石如何被巨人所竖立。

　　英格兰南部康沃尔的地角半岛也是巨石遗迹或风动石最为集中的地方，同时也是文献材料记述得最多和最完备的地方。自从19世纪中期铁路修建到此地后，这里明媚的阳光和独特的自然风光就一直吸引着画家和艺术家。这里数量众多的巨石遗迹被认为是凯尔特圣人进行演讲和雄辩的地方。作为 18 世纪以来英国古物学家的圣地，地角至今依然是考古学家们所向往的地方。

1754 年路德万教区（Ludgvan）的区长博尔莱斯出版了他的《康沃尔的古物》（*Cornwall Antiquities*）一书，首次向外界介绍和描述了康沃尔地区得以闻名的石圈、列石、独石，以及那些不为古物学家们所关注的风动石。他认为石圈是德鲁伊人的庙宇，多尔门（下面有支石的巨石，亦称石棚）和列石是德鲁伊人的坟墓，独石则是德鲁伊所祭拜的偶像，等等。在博尔莱斯眼里，德鲁伊人是纪元前西方文明最大的贡献者：他们是天文学大师，拥有高超的医术、巫术和其他科学，他们的哲学和法制思想至今依然是西方文明的基石。正是博尔莱斯的著作，使后来英国的许多古物学家如斯特克利、海里维尔（James Orchard Halliwell）等人对地角地区古代德鲁伊人的文物发生了强烈的兴趣。19 世纪铁路的修通不仅为当地带来了艺术家，而且带来了考古学家。

著名的古物学家海里维尔 18 岁时就是英国皇家学会的会员，他 1860 年第一次来到地角，走访了博尔莱斯在书中所描述的所有巨石遗迹地点。根据这次踏查，次年他撰写了《巨人足迹中的西康沃尔漫游》（*Rambles in Western Cornwall by the Footsteps of the Giants*）一书，并支持另一位著名的古物学家布莱特（John Thomas Blight）撰写了《康沃尔的环形列石》（*The Cromlechs of Cornwall*）一书。此后康沃尔便以巨石遗迹而闻名于世。在康沃尔还有一块被称作“人造琥珀”（Men

amber）的风动石，长 3.4 米，宽 1.8 米，厚 1.2 米。大约在
1650 年，该风动石被毁，传说由于该风动石是亚瑟王的巫师
梅林（Merlin）的预言石，梅林曾预言该风动石在英格兰没有
国王的时代将会倒塌。英国 18 世纪著名的古物学家斯特克利
曾经认为"该风动石象征着带圣油的和神圣的基督，或更通俗
的意义上来看，是一个庙宇、一个朝拜的地方"。博尔莱斯在
《康沃尔的古物》一书中描述了该风动石被尊崇的情况："在一
年的某些特殊日子里，老百姓会到这里来，对这块风动石所持
的敬畏甚至超过那些被认为是虔诚的基督教徒。"

康沃尔另一处著名的风动石位于特里恩（Treen），这块风
动石重约 90 吨。这是一块在英国古典文献中屡屡被提及的著

苏格兰康沃尔地区的风动石

名的石头。18 世纪英国著名诗人威廉·梅森（William Mason）的戏剧诗《卡拉克塔库斯》（*Caractacus*）便提到这块风动石：

> 在那边的年轻人，
>
> 将你们惊讶的目光转过去，
>
> 看看那巨大的、粗粝的、至今尚存的坚强不屈的球形
> 物，置放在重量的中心，通过魔法平衡着。
>
> 在那凸起的岩石上，稳固如你所见，
>
> 构造奇特，品质高洁，
>
> 纯洁者一指便可轻触微颤，而不忠者则不能……

该处的风动石，博尔莱斯在《康沃尔的古物》中也曾提道："在圣·勒万（S. Levan）教区内，有一处被称作特雷伦城堡（Castle Treryn）的海岬，其上有三组引人注目的岩石群，靠近顶部中间一组岩石的西边，有一块巨石非常平衡地叠放着，仅一手之力便可使其来回晃动，其基石与其他岩石相距甚远，风动石稳固地置放在基石之上。任何利用抬升或简单人力似乎都不可能搭建成这样，也许机械力可以将其从现在的位置上移动。"

有趣的是后来有个叫戈尔德史密斯（Lieutenant Hugh Goldsmith）的海军军官为了证明博尔莱斯的论断是错误的，便于 1824 年 4 月带领一群士兵将这个风动石撬动，并将其推下山谷石缝中。戈尔德史密斯无非想证明没有什么事是人力办不到的。不过这一行为激怒了当地人，因为该风动石一直被当作路标，指引来此地旅游的人们。他们要求海军军部褫除戈尔德史

密斯的海军军官职务，除非他再将此风动石恢复到原位。1824年11月，在几千人的注视下，60多个人在滑轮和滑车等设备的辅助下最终将巨石恢复到原先的位置。

关于风动石的信仰也是各种各样。由于风动石的奇特属性，所以风动石每每与巫术、魔力和德鲁伊教等联系在一起；风动石也往往在审判时用于对有罪或无罪的裁定，如约克郡布瑞汉姆（Brimham）附近的风动石被认为只有诚实人触动时才能颤动。康沃尔南克雷德利（Nancledrea）附近的风动石据说只有当午夜巫师外出时才会晃动，当地人们还相信如果一个人在午夜触动风动石九次，便会变成巫师。康沃尔的风动石被认为是巫师们聚会的地方。

康沃尔最东南角地角地区的风动石被认为是巨人放置在那儿的，用以摇晃自己，哄自己入睡。上面谈及的特里恩的风动石被认为可以治愈小孩的疾病。在一定的季节中，大人将孩子放置其上加以摇晃可以治病。在康沃尔人的古老传统中，发誓时若能晃动风动石才能有效，因为发誓时心不诚者是无法使风动石晃动的。苏格兰奥克尼郡（Orkneys）有许多立石，有些上面有人工开凿的圆孔，被称作斯坦豪斯（Stenhouse）立石。年轻人，特别是私定终身的爱侣，来此双双牵手钻过立石的圆孔，立誓相爱终生。这种发誓的形式被称作欧丁誓言（The promise of Odin）。曾经一个年轻人用结婚的承诺勾引了一个女孩，然后将其抛弃。后来在由长者主持的部落会议上裁决其罪行时，人们众口一词："这个年轻人太坏了，他破坏了欧丁誓言。"

同样是在苏格兰的爱尔夏郡南部的风动石则被认为是古代

苏格兰英雄的坟墓或德鲁伊教的纪念碑。上文我们还谈到这种风动石被称作 clach-bràth,该词的意思与审判的标志地点有关,所以风动石在苏格兰某些民族中被认为是审判石。古代人相信这种摇摇欲坠的石头是可以用来裁决有罪还是清白。不过关于风动石最多的传说还是与撒克逊王和亚瑟王相关,认为风动石是他们招待其圆桌骑士的餐桌。

中国境内的风动石

中国境内的风动石遗迹非常丰富。汉语风动石亦称指动石,古称"石天""石主""石闾""石社""笏石""碣石""石棚"等;不过在更多的情况下是随形赋名,或根据神话赋以称呼,如"蛤蟆石""女儿石""观音石""仙叠岩""三叠石""灵石阵""慈母石""飞来石""仙人踏""白云岩""酒瓮石""棋盘石""石甑山""仙架石"等。我国风动石主要集中在东南沿海一带,这个地区的风动石磨圆度很高,所以往往与海侵、雨蚀、冰川等自然形成的巨石相混淆;不过近年来在中原河南地区也发现了许多类似风动石一类的巨石遗迹,这个地区的风动石磨圆度很低,大多棱角锐利,几乎看不出风蚀形成的磨圆度。以上两种情况构成了我国两种风动石类型,下面以东部沿海地区、福建和河南的风动石为代表来看看中国境内的两种风动石类型。

(一)东部沿海地区

中国的巨石或风动石最早见诸文献记录的是《汉书·郊祀志下》:"石闾者,在泰山下祉南方,方士言仙人闾也。"又《汉

泰山北马套东山峰上的风动石

书·五行志》云："孝昭元凤三年（前 78）正月，泰山莱芜山南，匈匈有数千人声。民视之，有大石自立，大四十围，入地深八尺，三石为足。石立处百鸟数千集其旁。"对于这个记载，陈梦家认为石间即多尔门，他说："郊祀志齐省三石山，有石社、泰山有石间，皆多尔门也。"不过也可能是风动石，因为在泰山地区发现诸多风动石，而所谓石棚则不多见，如泰山北马套东的山峰上，有一风动石。该风动石高约 7~8 米，宽 2~3 米，坐落在一块长方形的石块上。两块石头只有 40 多厘米长的接触点，似乎一阵风吹过就会使整个石块晃动起来。此外费县、德州、济南和邹平交界处的长白山地区也发现许多风动石遗迹。

浙江也有多处风动石，宋乐史《太平寰宇记》卷九三云："石瓯山（按《郡国志》云：石瓯山，一名天姥山），有石危如瓯，三石支在下，一人摇之辄动，更加千人摇之，终不落。"又宋王象之《舆地纪胜》卷十云："酒瓮石，在会稽射的山，足三石品峙，其状如瓮，《旧经》云：人谓之秦皇酒瓮石。"浙江现存的著名风动石遗迹有普陀山的磐陀石、浙江台州南麂岛风动石、浙江余杭山沟汤坑猿人石等等。

江苏情况亦然，如连云港市海州区锦屏山北麓的石棚山有两处石棚状的风动。山顶上有一块巨大的椭圆形巨石，长约 14 米，宽约 6 米，厚近 4 米，其下有三块不足 1 米的小支石，形成了一个石室。巨石的一角悬空甚多，似乎摇摇欲坠。此山因该石棚而得名。《古今图书集成》"方舆汇编·职方典"第七四二卷中"淮安府山川考"云："海州石棚山即青龙山东北，岭有巨石覆岩，天然成室，可容十数人。八景中所谓'石室春风'者是也。棚岭甚峻，了无花木。宋石曼卿判海州，政事之暇，读书于此。"清嘉庆十六年（1811）唐仲冕等修《海州直隶州》卷十一"山川考"云："石棚山即朐山东山岭。"《方舆纪要》云："石棚山，有巨石盖覆岩上如棚，因名。"

（二）福建

福建是上文我们谈到的第一种风动石类型分布最为集中的地方。尽管到目前为止，福建地区考古似乎尚未发现见诸文字报道的早期巨石遗迹，但福建却是一个巨石遗迹分布集中的地方，而且文献上亦多有关于石棚和风动石的记载。明弘治三年（1490），黄仲昭《八闽通志》卷六云："仙架石，石方三四丈，厚五尺，平整如截，下有三小石，鼎足架之，中虚，可容数十人。相传唐罗山架为游息之所。每风雨骤至，即闻石有鼓声。宋时因名其里曰唐石。去三步许，又有一石卓立，端直，长五尺余，人谓之笏石。在县西北嘉禾里。"

乾隆五十二年（1787）郑一松在《永春州志》卷二"山川志大田县"篇中云："穹隆山，在三十五都。《闽书》云山逶迤入，有小口，口有一巨石，三小石支之。内有悬钟。石乳凝结，冷若苍玉，名苍玉河。"

又《八闽通志》卷七"泉州府南安县"篇云："白云岩，上有盘石，中虚如屋，时有白云栖其上。下又有小身瑞迹岩，石室天成。下有三小石撺之。上一石长二丈余。室中一石长丈余，各镌佛像于其上，长略与石称。"

明万历年间王应山的《闽都记》卷十"郡城西南隅侯官

县"篇云:"乌石山,石天,三石撑架,可宴坐数十人。嘉靖初郡人潘积中刻'石天'二字。"

又《八闽通志》卷四《地理山川》"福州府闽县"篇云:"盘石山,山之顶有三石,高十余丈,又有一石垒于其上,上方如棋盘。"《闽都记》卷十二亦载:"盘石山,在江右里。山之巅有山石,高数千寻,又一石垒其上,方如棋盘。"陈梦家在《高禖郊社祖庙通考》中亦认为上述材料多为多尔门。

福建省福州市君竹山的石棚、风动石

　　从形态上来看，遗留在福建的巨石遗迹种类较多，但由于没有进行专业的调查和发掘，许多遗迹无法确认；不过从另一方面来讲，如果不是墓葬的话，即便是进行专业的调查和发掘，许多巨石遗迹也很难加以确认，尤其是年代，更是无法进行确定。但我们不能因此而忽略甚至否定它们作为巨石遗迹的历史文化价值，特别是作为景观考古学的科学价值。

福建省福州市君竹山
风动石底部的支石

　　福州的石棚和风动石遗迹主要包括福州市君竹山、福鼎市太姥山、福州平潭县凤凰山、漳浦古雷州半岛、漳州东山、泉州南安官桥镇和埔村、厦门文曾路等。其中福州君竹山的可能是全国（甚至在世界范围内）规模最大的风动石遗迹，并且类型齐全，包括风动石、叠摞石和立石等。许多横置在地面上的立石柱很可能是未完工的立石（Menhir），长达 5 米左右，直径 1 米多。有些石棚的顶石上磨刻以凹穴图案。君竹山巨石遗迹全长 170 米，主要叠摞石长 25 米，高 13 米。这些巨石底部的支石使我们可以确认有些巨石应该是人力所为。

　　福建漳州的风动石也是一处历史名胜，风动石在东山县铜陵镇东南隅岣嵝山东麓，塔屿在铜陵镇东侧。以风动石为中心，加上铜山古城、塔屿，以及西面的九仙顶、南面的马銮湾，构成独特完整的旅游景区。据《东山县志》载：风动石"卓立于磐石之上，四面皆空，两石相接，间不数寸，风至而动……"该风动巨石上尖底圆，状似仙桃，高 4.37 米，宽 4.47，长 4.69 米，重约 200 吨，被搁置在一块卧地凸起且向海倾斜的磐石上，两石的接触面仅为 10 余平方厘米，风吹石动，摇摇欲坠，故名风动石。对该风动石历代名人吟唱甚多，如明代文三俊诗曰："是石似星丽太空，非风摇石石摇风。云根直缔槐枒上，月馆堪梯小八鸿。"石体正面，有明武英殿大学士黄道周等人所题"铜山风动石"大字。在风动石前的一块方石碑上刻有明朝督抚程朝京的诗："造化原来一只丸，东封幽谷万层峦，天风吹向关中坠，海飙还得逐势转。五丁欲举难为力，一卒微排不饱餐。鬼神呵护谁能测，动静机宜在此观。"明代

厦门莱溪岩的风动石

知府周道光题刻"碧玉毯"三个大字。这块风动石是泉州著名
八景之一，所谓"玉球风动"。

厦门莱溪岩的风动石也是一处著名的巨石遗迹。一块直径
约为 5 米的椭圆形巨石，被搁置在一块高约 5 米的蘑菇柄状的
基石上，望之危若累卵，随时可能因风动而坠，可千百年来却
岿然不动。值得注意的是，其上的风动石并无海水或雨淋侵蚀
的痕迹，所谓的海侵雨淋很难解释。

（三）河南

河南境内的具茨山、方城、泌阳、叶县等地近来发现规模
宏大的凹穴岩画，以及与凹穴岩画相关的巨石遗迹。"凹穴"是
指岩刻画（Petroglyphs）中以研磨法制作于岩石表面上的坑状
杯形（Cups）图案。这种图案大小不一，一般在 2～20cm 之
间；深浅各异，一般在 2～6cm，其横剖面大抵为锅底形。这
是一个世界性的岩画主题，而且是世界性早期岩画的主题，特
别是在亚、欧、美三个洲分布最为广泛。英语称其为cupules
（凹穴）或 cup-and-ring marks（杯－环印），为了方便起见，我
们将其统称为"凹穴"。河南发现的巨石上大多刻有凹穴岩画，
这些巨石可以分为两种：一种是自然形成的巨石，有的将巨石
需要的部位略事加工；另一种则是真正意义上的经过人为搬运
或置放的巨石，形成石棚、风动石、立石、或叠摞石等形制。
鉴于此类巨石本身所具有的景观考古学意义，在此我们将其专
门列为一个岩画巨石的门类。这类岩画巨石是一种活的文化化
石，其上的凹穴岩画体现着古代人的礼仪和观念，同时巨石本
身还承载着包括现代人在内的文化认同。

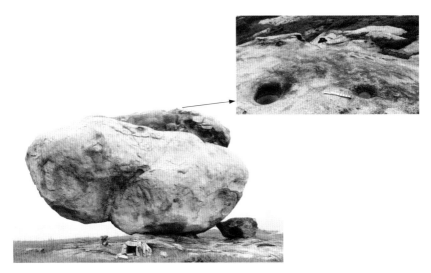

河南方城县子房山山顶勒有凹穴岩画的巨石

河南方城县房山山顶勒有人面像岩画的巨石

方城县发现的岩画巨石地点很多，最著名的便是杨楼乡子房山岩画巨石。子房山山体为花岗岩结构，山体表面到处都是球形风化的花岗岩石蛋地貌。山顶上有三块巨石，最大的一块长约800cm，宽约500cm，高约300cm，分两层，形状为不规则的球状结构。整个巨石为自然风化形成，看不见任何人为痕迹，但是在巨石的顶部，有两个磨制的凹穴，直径大者为20cm，小者为15cm。该巨石体量巨大，形状别致，位于山顶之上，至今仍受人们香火供拜。其余两块巨石体积较小，一块上面刻有凹穴岩画，另一巨石的底部则刻有类似人面像的岩画。刻有人面像的巨石显然已被人撬动过，原来应该是朝上的，而现在刻凿形象所处的底部位置是不可能刻凿岩画的。

除了山顶，方城县平整的田地里也发现有很多巨石，有的类似风动石。这些巨石是如何被搬运至此，是一件很费猜详的

河南禹州市浅井乡大鸿寨村石棚

事。体量如此巨大的巨石，只有冰川运动才有可能将其搬运，然而这里并未发现更新世晚期的冰川运动痕迹。例如，去子房山不远的赵店村北，有一块被称为"老驴台"的巨石，长600厘米，宽200厘米，高200厘米，其顶部亦刻凿有凹穴岩画。如此大体量的巨石我们无法想象人工是如何搬运至此的；自然力中也只有冰川能够将巨石运送至此，然而子房山周围尚未发现冰川痕迹。当地传说认为这巨石本是张果老骑的驴，晚上下山偷吃麦苗，因贪吃而耽搁返回，结果鸡鸣后化成石头，故名"老驴台"。

此外禹州、方城、泌阳、叶县、淇县等地发现大量的此类巨石岩画，我们略举数端。

大鸿寨石棚位于禹州市浅井乡大鸿寨村。该石棚主要由三块大小不等的石块堆垒而成，其中一块顶石，两边各一块支石。右侧支石石质为石英石，余为页岩。顶石呈椭圆形，长258厘米，厚约70厘米，周边有粗略加工痕迹，表面较平整，刻凿着20余个直径在3～9厘米之间的凹穴。石棚周围还有几块作为支垫的石块。

吐雾山石棚位于吐雾山的东南麓山脚，隶属方城县古庄店乡。这是一处具有三层结构的石棚，顶石为长230厘米，宽60厘米，高40厘米的弯形长条状，顶石下面有四块支石，正面三块较小，而后面一块支石体量较大，且其下面还有两块更小的支石。除了最下面的两块支石没有岩画外，其余的四块支石和顶石均刻以凹穴岩画，其中一块支石表面还勒有类似人面像的图形，不过图形已漫漶难辨。由于顶石已经倒塌，石棚的原

河南方城古庄店乡吐雾山石棚

来面貌已不可知，不过有些凹穴岩画位于极其不便制作的位置，我们怀疑这些凹穴是在石棚搭建之前便已制作在石面上的。

该石棚的旁边还有些巨石堆，其上也制作以凹穴岩画，特别是有些凹穴朝向地面或靠着其他石面，我们怀疑可能原来也是石棚或叠摞石一类的石堆，而现在已经倒塌和移位。

具茨山亦发现一处明确的叠摞石遗迹，只是业已倒塌。叠摞石是由一系列大石片叠摞而成，最底部的一片巨石还位于原处，我们可以清晰看到其底部人工所为的支石，即便是在已经倒塌的大石片之间，也可见到垫在其间的支石。值得注意的是所有的支石石质与叠摞的大石片石质不同，这种支石是我们判定石摞、石棚以及独石等巨石遗迹的基本要素之一。

叠摞石的风俗在河南淇县等地仍然盛行，与多子多孙的生

河南具茨山其下有支石的巨石遗迹

西藏纳木错湖畔叠摞石状玛尼堆

禹州市浅井乡张地村的
青龙山风动石

殖崇拜相关。最为著名的叠摞石风俗与藏族的玛尼堆有关,即作为"世界中心"用以祭祀大神或作为通天的象征,这应该是关于叠摞石保存下来的最完整的史前文化隐喻。

中原发现的巨石遗迹中,立石或风动石占的比例较大,这里我们略举数例。

风动石 1,位于方城县子房山北麓,长 270 厘米,高 100 厘米,高 80 厘米。该独石用一块自然崩落的花岗岩建成,一面为平整的劈裂面,另一面为圆形弧面。平整的劈裂面上磨刻有数个凹穴。由于经年风雨侵蚀,巨石的磨圆度很高,岩画也漫漶不清。巨石的底部垫有一块支石,正是这块支石使刻有凹穴的巨石平面垂直于地面,从而占据显眼的正面位置。与此相似的风动石在泌阳也有发现。

风动石 2,位于禹州市浅井乡张地村的青龙山。巨石呈半椎体状，长 262 厘米，宽 177 厘米，高 163 厘米，石面有棱有角，磨圆度很小，几乎看不出任何雨淋风蚀的痕迹，似刚刚置放上去不久。巨石一侧面底部有一块小型支石，这是我们判定这是一处独石，准确地说是人为风动石遗迹的主要依据。青龙山山体为石英砂岩，这块体积庞大的巨石被置放在青龙山北面悬崖中部不到 2.2 米的岩石表面上，而且巨石的一半被悬在石面之外，从而形成典型的风动石。青龙山悬石似天外飞石，悬置于绝壁突出的狭小石面上，摇摇欲坠，不仅风动，更令人心动：古人是如何将这块巨石放上去的？

除风动石外，河南还发现了很多其他类型的巨石遗迹，如位于方城县柳河乡白果树村程庄的穿孔巨石等，不过我们这里仅讨论风动石。

结　语

风动石是"风动"（自然形成），抑或是"心动"（人工所为），历来是人们争论的焦点。这些人工所为的风动石被解释为地质侵蚀说后，其人文的科学性便被掩盖。

这种巨石在整个世界范围内均有发现，有些是自然形成的，而有些则是人为巨石。自然形成的通常是冰川和海蚀行为，或花岗岩体的自然蛋形风化。对于各种自然因素造成的风动石，我们应该根据不同的地质构造和地理环境，做些具体分析和归纳。就我国的情况来看，按自然成因机制，从空间上大致可以分为三类风动石：东南沿海地区，主要是以花岗岩为主的海蚀、雨蚀球状风动石；西南地区，主要以雨水侵蚀或冰川作用形成的风动石为主；北方地区，主要以冻融卸载或重力崩塌等物理作用形成的风动石为主。

但那些其下有支石和棱角分明不见磨圆度的风动石，则不应归诸"风动"。当然，最终判定是"心动"还是"风动"，得靠现场的综合考察，特别是从具体的地质环境中进行分析比较，河南境内的巨石遗迹就是典型的例证。不过我们在考察人为的巨石遗迹时，应该注意到有些巨石遗迹依旧保持着原来堆放的形状，如圆圈形、封堆等，但大多巨石遗迹已在漫长的岁月中改变了原来的堆放形状，以致现在看上去是杂乱无章的一堆巨石。不过多数石堆依旧可以观察到其人工行为。

与岩画一样，尽管从现代科学意义来看，我国对石棚或巨石遗迹的研究开始较晚，但对其著录，汉语文献仍是世界上最早的。除前面我们列举的《汉书》之外，最早的是对立石（Menhir）的著录，我国古代文献中称"石主（柱）"，如《周礼·春官·小宗伯》："帅有司而立军社。"郑玄注云："社之主，盖用石为之。"陈梦家认为卜辞中的"帝"字即为石棚："卜辞作像三石撑持一石，而《曲礼》下：措之庙立之主曰帝，《大戴礼记》：率葬曰帝。"凌纯声认为卜辞中的"且"字，应当是多尔门或石主。《左传·昭公十八年》："使祝史徙主祏于周庙。"注曰："祏，庙主石函。"这里的石函可能与石棚亦有关系。肖兵认为汉字"土"和"示"，均表示立石和石棚："'土'是在地面筑土或立石以象征土神或社神，'示'则在立石上加一块或两块顶石。"

巨石遗迹一直被认为是欧洲考古学文化的特色，而我国除了新疆、内蒙古和西藏这些草原地带分散地有一些青铜时代晚期的巨石遗存外，基本上不存在以巨石为特色的考古学文化。然而据我们对我国境内风动石遗迹的考察，我们认为我国也存在着大量的新石器时代以来的巨石遗迹。

最后，我们还需要指出的是，无论是"风动"还是"心动"，风动石都是景观考古学（Landscape archaeology）所研究的对象和内容。尽管我们目前尚无法解释古代人是如何搬运巨石，并将其置放在如此精巧的平衡位置，但我们不能因此而否认或无视风动石人为的因素与性质。这是我们人类曾经拥有过的辉煌业绩和文化，这笔文化遗产我们一定要认识到，要继承，要研究。用叩指之力便可触动千钧之石的神秘性，其结构上的精巧性和作为人工遗迹的不可思议性，使风动石千百年来一直成为人们关注的对象。风动石极大地满足了人类自身的好奇心，无论在世界任何地方，风动石都无一例外地成为当地最为重要的旅游资源之一，这是一笔巨大的人类财富。历史上赋予风动石的各种神话和传说汗牛充栋，但风动石的人文价值仅仅流传于当地人的神话传说和旅游观光者的口碑中，仅见诸新闻媒体的报道中。到目前为止，至少在我国，尚无一例或从地质学或从考古学方向对风动石进行科学研究的范例，关于风动石的科学价值以及人文价值尚未从科学的层面进行开发。如此巨大的人类文化遗产还没有被真正加以认识，风动石巨大的科学价值和人文价值正是在自然地质现象的"科学"分类中被湮没殆尽。

乡情似水，归思如风

秋风乍起，吹起满地黄叶，也吹起我心底里的陈年旧事。

1965 年至 1968 年，母亲在青海省乐都县高庙镇新盛村的小学当教员，我随母居于此地。记得学校设在村子的一个庙宇里，庙宇里还有一座戏台。戏台是硬山两面坡屋顶的砖木结构建筑，有斗拱出挑，上面蓝、红、白三色的旋子彩令我印象深刻。戏台被用作老师办公批作业的地方，而戏台下面则是我们小孩玩耍的地方。与戏台北面相对的是原来庙宇的正殿，也是硬山两面坡顶的砖木结构，据说以前有塑像和壁画，但在 20 世纪 60 年代均已破坏殆尽。虽然大殿里很空旷，但我们依然觉得里面很阴森，尤其是高大的木门开阖时发出的苍老而沉重的吱扭声。我总觉得这个大殿是有生命的，或者说大殿里面有很多虽看不见，但让我感到陌生和害怕的生命。

周边是农田和果园，学校坐落在湟水河畔。湟水河就是孩子们的天然游泳池。河上有一艘通过钢丝绳拉扯摆渡的木船，用于河流两岸的交通。但是河南没有村庄，没有农田，不知道为什么要花这么大精力设置一个摆渡船，用来摆渡什么？不过

大殿的正面。建筑是原来的，但大门彩画和
梁柱斗拱上的旋子彩都是新绘的

戏台的正面

木驳船总是我们孩子们的游乐场，尤其是把船扯到河中央然后跳水，成为我们衡量某个孩子是否勇敢的一个高端项目。

新盛村虽然只是一个蕞尔小村，但因其产线椒和沙果而闻名遐迩，甚至在网上可以搜到。这种线椒既辣且香，形状细长，故名；沙果，学名花红（Malus Asiatica Nakai），又称文林郎果（本草纲目）、林檎等，是蔷薇科、苹果属的落叶小乔木，果子香气馥郁，风味独特。青海流传着一句话：乐都的沙果子比鸡蛋大。说的就是石嘴子的沙果。这句话是说其好，而非形容其大。就像万州人说某人长得好，是形容其胖，而不是指好看。明人彭孙贻专门有《沙果》一诗曰："沙果形相亚，投琼并握瑜。"正是因为石嘴子的沙果太著名了，成熟季节往往引起邻村的觊觎。记得曾经有一次，几个偷沙果的邻村乡民被捉，结果每个盗贼在石嘴子村民的棍棒相逼下都背负着偷摘来的沙果游街，边游边喊："我是偷果子的某某村的某某某！"我对此事印象极深。不过在我们孩子中间，此事引发了第二个测试勇敢的"高端"项目，那就是去盗摘那些被看管得最严的沙果，看谁能得手。学坏总是很快的，而且往往是在意想不到的方式中，这就是《国语》中所说的"从善如登，从恶如崩"。

1968 年母亲调到另外一所小学当教员，我也随之离开，此后 50 多年里，再也没回过石嘴子。从此石嘴子及那段岁月便一直被埋藏在心底，但却不时闯入我的梦境。

2021 年秋，我又有机会旧地重游，旧梦重温。

50 年以后，整个中国有了大翻地覆的变化，戏台和大殿恐怕早就被拆除了。去之前，我心里隐隐担忧。虽然新盛村变化巨大，但基本布局和道路并未有太多的改变。顺着村里的大道，我们顺利地找到了原来学校所在的庙宇。学校已经搬走，这里成了拓展中心，但那座戏台仍然保留在那里，戏台对面的大殿也依然完好！如亲人老友久别重逢，往事顿时像庭院中丛生的杂草一样，纷扰繁芜，参差披拂。虽然戏台仍然矗立，但梁柱已经歪斜，柱础已经下沉，木作松散，瓦砾脱落，犹如一个拄杖的年迈老者，倾圮在即，随时都可能倒下。

对面的大殿依然是旧时模样，我试着再次转动那些沉重的木门，它们再次发出不堪重负的吱扭声。我仔细地观察着依然

多少年以后，木作彩绘已经脱落，砖墙也已斑驳

空旷的神殿，发现并没有异样的生命迹象，感到有些失望，儿时的恐惧和幻想一并消失。生活中没有了想象的恐惧，就如同婚后没有了爱一样，日子从此平淡如水。

其实多少年以后我才知道这个庙宇叫方神庙。方神，即护佑四方之神，包含有众护群生的忠义意味，是清末流行于南疆的一种带有传奇色彩的神祇。方神庙修建的缘由，洛浦县乡土志所收《方神庙碑记》曰："方神之灵，应于南疆，昭然在人耳目。洛浦设县，华人凑集，寒暑疾病，医药莫辨，凡有祷求，必赴和阗，于是修庙祀之。询谋佥，便。谨将捐款名刊于左列，以垂久远，日后之踵事增华，更有厚望，而深跂者焉。"不仅汉族人，就连一些信仰伊斯兰教的少数民族的人，都供奉

写有"方神庙"的匾额和大殿檐廊斗拱

方神。据《拜城县志》记载，对于"方神"，"南路各城汉、回，争奉香火"。方神庙由来自湖南等地的新居民所建立，是乾隆时期的战争与移民运动的产物。茅盾在《新疆风土杂忆》中写道："凡汉人较多的各城市中都有'定湘王'庙，皆为左宗棠平定新疆以后，'湖湘子弟'所建；而'定湘王'者，本为湖南之城隍，左公部下既定新疆，遂把家乡的城隍也搬了来了。今日新疆汉族包含内地各省之人，湘籍者初不甚多，然'定湘王'之为新疆汉族之城隍如故。"

方神崇拜是以民间传说为基础的底层民众信仰，虽然作为一方镇神，拥有和城隍、定湘王同样的宗教性质，但同传统的城隍相区别，仍属于私祀淫祠，一直未被列入正式祀典。据说石嘴子这个是整个青海省唯一的一座方神庙，也许此言不虚。

不过我感兴趣的是，这样一种来自远方的方神信仰如何单单落脚在石嘴子这样一个僻远小村？是不是村子里有从新疆迁来的移民？询问曾经在新盛中学任教的王伟老师，果然村子里有从新疆迁来的人！这些人定然也是嘉庆年间迁到这里的，若是，这座方神庙也是他们迁徙到此间后才修建的。但是，他们为什么要迁到这里？又是如何迁到这里的？这是一个非常有趣的课题，或许以后我会深入研究一下。

新盛是行政隶属名称，而当地人则管这个地方叫石嘴子。最初应为石嘴矶，青海话中"矶""子"同音。矶，水边突出的岩石或石滩，犹如南京的燕子矶。孟浩然《经七里滩》云："钓矶平可坐，苔磴滑难步。"即指河边突起的岩石。湟水河流到新盛村时，在这里遇到突起的脉石英和花岗岩体，于是向南拐了个弯，流出一个回旋，形成一个漱石枕流的形胜之地，石嘴矶因以得名，后又俗称"石嘴子"。只要是风水之处，或抑或扬，因势利导，其上都会建以庙宇，南山寺就这样建成了，这就是中国传统文化精髓所在：天人合一。

据《青海记》记载，南山寺初建于清嘉庆三年（1798），早年有番僧驻锡于此。寺院占地近4万平方米，因地势而建，为四合院庙宇式建筑，由大殿、山门、照壁和南北廊房组成。整个建筑为硬山式，砖木结构。大殿面阔三间，硬山两面坡屋顶，檐底施十攒一斗十升。殿内供有百子娘娘塑像，左右两侧为周文王和周武王夫人的画像。百子娘娘大殿及左右两面山墙绘有大型描金壁画。殿前出廊、前廊两侧墙均有精美的砖雕花鸟人物图案。

目前山门、照壁和南北廊房均已修葺一新，原来的建筑壁画均不存，只有大殿，除了塑像为新近塑修外，其他一如原貌，虽有破败之相，但还算保存完整。

正殿南北山墙上具有清代界画风格的壁画

新近修建的南山寺山门与关帝庙

近两年修建的圣母殿与金斗殿

石嘴矶山梁上的木栈道

在原来南山寺的周边，近几年又修建了关帝庙、圣母殿和金斗殿，而且在呈鱼背状的石嘴矶山梁上，遍植果树，施以木栈道和河边长廊。在果树林中即可观鸭戏水，欣赏幽静的山水风光，又能焚香诵经，入寺观禅，"我欲禅居净余习，湖滩枕石看游鱼"，此之谓也。

一个小小的石嘴乡村居然依然保存着清代原始风貌的方神庙和南山寺，而且有很多地方的有识人士为保护和维修这些古迹出钱出力，奔走呼号，足见该地民风之淳朴，文脉之绵长！

石嘴矶西侧修建的观河长廊。在一
个偏远乡村修建一条如此华美的观
景长廊，是不是有些奢侈？

教室权当少年行
戏楼且做游戏场
日光琅琅读书少
月夜蹑蹑采果忙

蹉跎岁月多惆怅
抛掷青春几徊惶
一去经年无踪影
回来已是前刘郎

人生苦短不满百
无须羡仙日月长
东隅虽失桑榆在
春朝何如秋风凉

乡情似水长蜿蜒
归思如风尚鹰扬
白云苍狗如幻梦
夕阳依旧照河湟

行走在西伯利亚原野上

我们一行人晚上 0:30 乘飞机，凌晨 3 点抵达北京机场。从北京飞往新西伯利亚的飞机清晨 6 点起飞，没想到 6 点时说晚点至 9 点，9 点时说晚点至 12 点，12 点时说晚点至下午 3 点。

我们一行 8 人，赴俄罗斯哈卡斯共和国参加中、俄、蒙三国岩画会。该会前两届分别在中国的内蒙古和蒙古国的乌兰巴托举办，今年该俄罗斯做东。

下午 3 点终于登机了，但在飞机上居然待了 2 个小时才起飞！而且航空公司居然没有一句解释，真是令人匪夷所思！

从北京到新西伯利亚飞了将近 5 个小时，我在飞机上读周宁的《天朝遥远》，可以用 16 字来形容周书：思想犀利，文字优美，逻辑缜密，新见迭出，犹如读一部引人入胜的侦探小说。我完全沉浸在作者的文字之中，用周宁的话说："时间流逝在枯燥的字迹间，我却深深地眷恋着，充满感激。"此外周宁的想象与比附往往也是出人意料的，譬如在谈黑格尔时说："黑格尔与拿破仑是同时代的人，他们都是野心勃勃要建立帝国的英雄，前者在精神世界里，后者在物质世界里。他们真正

鄂毕河，西伯利亚大型河流之一

俯瞰新西伯利亚

的迷人之处在于他们的野心与努力都是凡人无法想象的，即使失败，也不能损害他们的光辉。"在这里我郑重推荐周宁的《天朝遥远》，尽管是 10 年前的作品，但其思想与眼界，及其写作方式之独特，再过 10 年也无人企及！

我们乘坐的是 S7 Airlines（西伯利亚航空公司），飞机上吃了一顿俄餐：牛肉、意大利空心粉、蔬菜沙拉和一块黑面包，都是寡淡无味，配有盐、胡椒、番茄酱、白糖、橄榄油和雪利醋调料包，可以自己调。

对于一顿简餐而言，这么多调料算是很奢侈了。每一份调料都是有用的，假如你剩下了一样调料，那就意味着一定有一种食物没有在正确的方式中打开！譬如蔬菜沙拉，直接吃掉是不对的，应该配以橄榄油和雪利醋；黑面包很考究、很俄国；最出彩的是俄式巧克力，味道很好，算是甜食。虽然是简餐，但一系列食物完整而古板，一派俄式风格。唯一的缺点是数量严重偏少，像是喂鸟，一点俄国熊的风度都没有！

5 个小时之后，我们抵达新西伯利亚。在新西伯利亚降落时，张建林老师拍了几张照片，大片的绿色森林和丰沛的河水令人心向往之！

晚上下榻阿兹姆（Azinut）在新西伯利亚的连锁酒店。标准间很小，一人居住，要价 300 多元人民币。

这家酒店住宿一般，但其餐厅颇为有名，其装饰也很有西伯利亚的动物风格。墙上挂着鹿头和猫头鹰。

第二天一大早我们便爬起来赶往飞机场，搭乘 6：00 从新西伯利亚飞往阿巴坎（Abakan）的飞机。

阿巴坎是俄罗斯东西伯利亚南部城市，俄罗斯哈卡斯共和国的首府。阿巴坎位于南西伯利亚叶尼塞河与其支流阿巴坎河汇合处，克拉斯诺亚尔斯克水库南端，米努辛斯克盆地的西北缘。哈卡斯就是黠戛斯，历史上曾称匈奴、鲜卑、东胡、柔然、蠕蠕、突厥等，实际上就是鞑靼，人种的来源非常复杂。无论多复杂，这块地方在历史上一直是我国的，这里最著名的阿巴坎宫殿遗址就是物证。这是一处公元元年前后的汉代宫殿遗址，于 20 世纪 40 年代被发掘，出土四阿式重檐宫殿建筑，发掘该遗址的苏联学者认为这是汉将军李陵降匈奴后居住的地方。这样一片广袤而美丽的地方曾经一直是汉家土地啊！不承想在这里也能遭遇秦砖汉瓦，真是秋天邂逅秋风客！突然想起杜甫"乘槎断消息，无处觅张骞"的诗句，可见在古人眼里，这真是个遥远的地方！

贝加尔湖距此不远，是汉代苏武牧羊的地方，被形容为"苦寒之地"。沙俄时期列宁以及十二月党人也被流放此地，所以阿巴坎似乎就是一个鸟不拉屎的苦寒之地。事实上情况恰恰相反，这里气候温润、土地肥沃、水源充沛、宜耕宜牧——把我流放或放逐到这里吧，我请求！

阿巴坎城市街景或建筑风格和中国很像，不，应该说中国和俄罗斯很像，毕竟人家是老大哥，是我们学人家的。

我们下榻在亚细亚酒店，安顿好以后去参观哈卡斯老博物馆和一个新建的青铜时代岩画石刻馆。

我前面说过这根本就不是什么流放的苦寒之地，恰恰相反，这是一块风水宝地！在博物馆我们看到从旧石器时代开始

来自图瓦的岩画学者玛莉安娜（中）和安德烈（右）已经在出口迎接我们

一直到历史时期，各考古学文化发育充分，序列完整，内涵丰富，风格多样。

从历史书记载以及地理知识来看，像哈卡斯共和国这种"苦寒之地"只有渔猎经济或游牧文化，然而青铜时代出土的巨大磨盘，及其磨耗程度说明这里同时也有着极为发达的农业文明！

岩画石刻博物馆中的岩画是青铜时代的，石刻则以奥库涅夫文化的石人最具特点。奥库涅夫文化（Okunev culture），经济以畜牧业为基础，发现绵羊距骨和刻在墓穴石板上的牛图；渔猎起辅助作用，出土有骨制鱼镖、红铜鱼钩、结网用的匕首

新建的青铜时代岩画石刻馆里的奥库涅夫文化的石人和石柱，给人以深刻印象

这些是新石器时代的骨棒，被认为是压剥细石叶的工具（Forcing tools），这是前所未见的

这幅照片中最下面的那件石器很古怪，应该是用硅质岩打制而成。这件石器有 30 多厘米长，英文说明介绍这是 the baton stone（指挥棒石或权杖石），但不知干什么用的，没见过，也没听说过。但根据后面与石磨盘相匹配的石磨棒来看，更有可能是加工未完成的石磨棒

青铜时代的石磨盘和石磨棒

形骨器以及鸟骨制品和石镞等。奥库涅夫文化的年代为公元前2000 年上半叶，考古学家们认为奥库涅夫人的陶器和墓外立石，更可能与铜石并用时代广布于东西欧洲的巨石文化有关联。

晚上欢迎宴会，阿巴坎地区的考古人员与我们联欢。

第二天在宾馆餐厅吃早饭。早饭很实在，几乎全部是肉，各种各样的香肠、培根、午餐肉等，完全体现了俄罗斯人高、大、壮、实的特点。当然，黑面包永远是少不了的。

第二天的主要节目是开会。一共有 20 个左右的发言人，分别使用中、俄、蒙、英 4 种语言，一天要全部进行完。最主要

奥库涅夫文化的石柱上不仅刻有人物，还有动物，动物主要以鹿为主

有一块石柱上布满了凹穴岩画，说明牌上说这是在一个中世纪的墓地塔加尔文化的石碑，通体刻以凹穴岩画的石碑很少见，不过功能跟鹿石一样，都是通天的象征

的是，所有的发言都必须翻译成汉语和俄语。

于是最辛苦的人是我们的翻译戴吉，她是来自玉树的藏族姑娘，现在在莫斯科大学读博士。她的第一外语是英语，俄语是她后来学的。她今天的任务是将 8 位中国学者的发言译成俄语，然后将其他 12 名俄罗斯和蒙古国学者的俄语译成汉语，poor girl（可怜的女孩）！不止在会议上，实际上对于不懂俄语的我们，任何时候都离不开戴吉，所以我要在这里重重地提一笔，算是感谢！

因为人种不同，所以合影便成了彼此的意愿

为我们茶歇忙碌的西伯利亚美女

　　枯燥会议中唯一的亮点是为我们茶歇忙碌的西伯利亚美女。一方水土养一方人，看到这位美女，你还认为西伯利亚是苦寒之地吗？

　　俄罗斯不仅是战斗的民族，同时也是一个富于想象的民族。

　　实际上世界上所有的事情都是好坏搭配的！一天辛苦的会议，换来了会后的旅行与野营。开完会我们驱车前往距阿巴坎西北方向 153 千米之外的伊特库勒湖国家级自然保护区，这是一个领略西伯利亚自然风光的好机会。

　　窗外下着雨，看上去很阴冷，但车内气氛很热烈，每个人都很兴奋地看着窗外，期待邂逅美好。

　　草原广漠无垠，无穷无尽，用契诃夫形容西伯利亚草原的话来说："广漠无垠，被一道连绵不断的冈峦切断。那些小山互相挤紧，争先恐后地探出头来，合成一片高地，在道路右边伸展出去，直到地平线消失在淡紫色的远方。车子往前走了又走，却无论如何也看不清平原从哪儿开的头，到哪儿为止。"

辽阔的西伯利亚原野

俄罗斯原野？西伯利亚荒原？欧亚大草原？当置身于真正
的西伯利亚时，我发现原来所有关于西伯利亚的概念与描述，
都是不准确的。广袤、辽阔、无边无际等等，只是修饰空间范
围，真正的西伯利亚的浩瀚，还包括时间上的概念。西伯利亚
在时间上是亘古的，时间在这里仿佛静止了。在西伯利亚最强
烈的感受就是静，一种巨大的静！公路两边始终是优等草场，
高草没膝，但却没有放牧。150 多千米的路程，我们只偶遇到
一群被逼得没办法才肯吃一口草的牛羊，这太过分了！

我们走了 150 多千米的路程才遇到一个牧群

　　而且，动不动就会遇见一条清凌凌的大河或大湖，哈卡斯境内有 245 个湖泊，叶尼塞河与图瓦河两条大河，以及不计其数的小河溪流，这叫水草丰美！而且更气人的是居然不见牛羊！这些大河安安静静地流着，没有一丝喧嚣，湖面上也是平静如镜，以致肖洛霍夫要写一部巨著《静静的顿河》来表现和叙述其静。这叫俄罗斯原野，西伯利亚荒原！

　　此外，西伯利亚的政治色彩是任何人都不能忽略的！1825年 12 月，彼得堡爆发了"十二月党人起义"。这次起义是俄国贵族革命者发动的反对农奴制度和沙皇专制的武装起义。贵族革命者抛弃了财产、地位和家庭，奋不顾身地为俄国的进步和大众的福祉而英勇斗争，他们被俄国人民视为英雄。沙皇尼古拉一世血腥镇压了起义，5 个领袖被绞死，100 多人被流放到西伯利亚服苦役。这 100 多个被流放的贵族的妻子，同样表现出贵族风范，抛弃财产，到西伯利亚与她们的丈夫相守。法国姑娘唐狄，听说她的情人被流放了，就向沙皇申请去西伯利亚，跟她的情人结婚，后来双双埋葬在千古冰原。这种古老而高贵的信念在空旷和浩渺的西伯利亚显得格外脆弱，然而恰如巨大草原上小小的白色马兰菊一样，即便是短短一周的花期，也要全心全意地努力开放，从每个人的脚下，一直铺到天边！不是为了亮丽风景，也不是为了晴朗心情，只是因为天生丽质，天生高贵！

　　正当这种巨大的"西伯利亚感受"冲击着我们的感官时，情商极高的张建林教授适时地播放了一曲李健的《贝加尔湖》，歌声如同一缕阳光，穿过迷雾，直抵心灵，我们漫无边际的思

据说俄国画家伊万·尼古拉耶维奇·克拉姆斯柯依于 1883 年
创作的这幅《无名女郎》，表现的正是"十二月党人起义"

绪才得以从西伯利亚无边的阴霾中解脱出来。李健那空灵、跳
脱、清亮的嗓音和带有一丝忧伤的旋律在这个背景中听上去别
具风味，好像是一种救赎。

一个多小时之后，我们到达保护站。保护站就在伊特库勒
湖边，该湖深 9～12 米，湖水清澈见底，可以直接饮用。保护
站都是用木头建筑而成，各保护站之间以木栈道相连。木栈道
在这里更像是风景，而不是道路工具。

中、俄、蒙三国考古学家在这里相聚，其乐融融，其情洽
洽，不过如此欢乐祥和的场景殊不知最终成了"三国演义"。
光酒就有中国青海的天佑德，蒙古国的成吉思汗，俄罗斯的伏
特加、白兰地，居然还有人带了十斤自己酿制和秘藏的威士
忌，这算是秘密武器了！酒喝了十几斤，居然没有任何一方倒

伊特库勒湖

我们住的二层楼房

下！换种形式再战！中、蒙、俄三方开始飙歌！

宿醉未消，但一大早就得爬起来，今天要参观 5 个考古遗址和岩画点。保护站设施很齐备，厕所、盥洗室、餐厅、住房等一应俱全，是一个现代化的考古基地。

今天参观的第一个地点是伊特库勒湖对岸的考古发掘工地，该工地由俄罗斯科学院物质文化史研究所（The Institute for the History of Material Culture Russian Academy of Sciences）伊戈尔研究员主持。伊戈尔是去年在蒙古国与我们一起下湖游泳的那个老头。去年我和伊戈尔合影时没穿衣服（在蒙古国草原的湖里游完泳后拍的照），今年再相见，穿着"马甲"的两个人彼此都不认识了！

中国考古学家汤惠生（左）和俄罗斯考古学家伊戈尔研究员（右）

　　这是一个青铜时代的墓地，有阿凡纳谢沃文化（Afanasiev culture，前3000—前2500）和奥库涅夫文化（Okunieff culture，前2500—前2000）两个时期的墓葬。阿凡纳谢沃文化的墓葬为土坑墓，外围有圆形石板墙；奥库涅夫文化则为方形石板墙。据伊戈尔介绍，该墓地未被盗过，出土的牙雕、石雕等艺术品足令现代艺术家汗颜！

　　俄罗斯考古发掘没有民工，也没有技工，都是考古学家及其学生自己挖。与中国的考古专业一样，现在也是女生居多，

伊特库勒湖畔的青铜时代的墓地

且貌美如花。学生们自己挖，自己测量，自己修复，自己打
猎，自己做饭，总之，一切都自己做。这正是挖得了土方，睡
得了板床，杀得了黄羊，打得过豺狼。

　　就在这片墓地的旁边，伊戈尔还发掘了奥库涅夫文化晚
期的墓葬，此时墓葬形制已经由土坑墓变成石板墓了。

　　中俄的考古工地、考古方法以及考古风格都是一样的。昨
晚聚餐之后发现，就连喝酒的传统和风格也都一样！但今天参
观工地，有一件事让人感到了天壤之别：在俄罗斯考古工地上
可以随便拍照，而在中国的考古工地绝不可以！

考古工地上的女考古学家

奥库涅夫文化晚期的石板墓

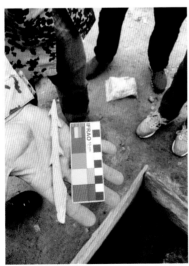

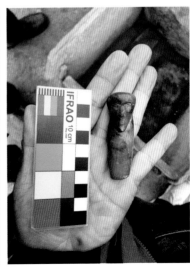

发掘出土的鱼叉　　　　　　　　　发掘出土的玛瑙巫师像

墓地发掘现场

　　俄罗斯科学院物质文化史研究所的副所长娜塔莎怕我们拍不清楚，亲自把出土骨锥和标尺放在白纸上供我们拍照。该墓地出土一枚玉质人雕，头上戴着平顶帽子，与三星堆的有些青铜人像很相似。据学者们研究认为，平顶帽子一般都是巫师的特征。

　　石棺葬、牛羊头祭祀，以及石围框，都是晚期奥库涅夫文化的特征，这些文化特征远播至远东和青藏高原。

　　石棺葬的盖板上面刻着精美的人面像等图案。发掘者尤利为我们做详细的介绍。这座石棺葬有两具尸体，为一男一女。伊戈尔说清理时发现两人的手相互牵着，不知这种牵连说明的是血缘关系、亲缘关系，还是生同屋、死同穴的情缘关系。

墓地周围的
牛羊祭祀

墓地周围的石围框和石构遗迹

屈肢葬。考古学家尤利说这是一具女性骨架，因为出土有骨针（手掌中标尺旁）。其实这具女性骨架的特征在盆骨上非常明显，无需用骨针来证明。青铜文化以后，也就是晚期奥库涅夫文化以后，屈肢葬突然普遍流行起来。有人认为屈肢葬，再加上封土堆（坟头），是象征在母腹中蜷曲等待降生的婴儿

两具尸体葬在同一石棺葬内　婴儿石棺葬　　　　捡骨石棺葬或二次葬

不过这具石棺葬中的尸骨可不是象征，这是两具以上货真价实的婴儿尸骨。婴儿很少被正常埋葬，而这里的两个婴儿能够享用与其他成年人一样的葬礼葬制，定然和其社会地位（等级）或宗教有关。

还有一种叫捡骨葬或二次葬，也就是说萨满教认为人的生命或灵魂在骨头里，尤其在头骨里。人死了在骨头里的灵魂还要再生转世，所以要尽快让尸体腐烂，使骨头暴露出来，这样能促使灵魂及早再生。所以人死后，将尸体遗弃在山顶旷野，让鸟禽虫蚁食其肉，风吹日晒腐其皮，最后再将骨质捡回埋葬，此为二次葬、捡骨葬、天葬等。这就叫宗教，宗教就是对待死亡的学问。我们现在对待死亡没有学问，我们的学问只是为了应付活着，所以我们死后被烧成灰一点都不亏，因为我们不在乎！既然将尸骨遗弃在野外，就难保会尸骨不全，二次葬照片就体现了诸种尸骨不全的情形。

死后为鬼，或视死如归，这两句话是一个意思，"鬼"就是"归"。对于我们这些凡夫俗子来说，活着是为了享受生活，而对于有宗教信仰的人来说，活着是为了死去，这就叫"视死如归"，这说的是一种世界观，与不怕死的大无畏英雄气概无关。

在萨尔布克（Salbuk）河谷，我们看到了东方的巨石阵。这是塔加尔文化时期的巨石石阙和石构墓葬。

南西伯利亚早期铁器时代文化，分布于苏联叶尼塞河中游米努辛斯克盆地、克拉斯诺亚尔斯克地区和克麦罗沃州东部。这个文化前接卡拉苏克文化，后续塔施提克文化。萨尔布克塔加尔文化墓葬并不大，墓内人骨多达百余具，墓穴最后封盖时

尤利在为我们讲解奥库涅夫文化的石柱上的图形

放火焚烧。棺椁的形制与结构与青海都兰吐蕃大墓很相似，一层原木一层石块交替构筑，这种结构在石峁城亦可见到。棺椁虽小，但用巨石建筑的方形外围，却如天外来客，令人难以置信！地面至今伫立的巨石有的高达 7 米，上百吨重。方形石外围约 50 米见方，墓葬为覆斗形封土堆。这规模的墓葬此地有两座，20 世纪 40 年代发掘了其中一座，发掘持续了三年。

游牧族群活着的时候漫游世界，死后却一定要有落脚点，而且一定要高大上，这就叫向死而生，活着是为了死去，视死如归！宗教就是让人明白死亡的道理，是说教；用考古资料来解释古人的生死观，是考古说教。

最高的石柱可达 20 余米。对于一般人而言，如何从远方将此巨石
运送至此似乎不是一个工程力学上的问题，而是一个文化问题，也
就是说人们宁愿相信这些巨石背后的神话与传说

巴彦尔山的小巴彦尔岩画点，内容主题是游牧部落的毡帐图像

这部中、俄、蒙"三国演义"的主题是岩画，所以最后我们应该转向主题，聊聊岩画。前面谈到的墓葬考古是古人的物质文化，而岩画则是古人的精神文化。物质文化维持我们的肉体，而精神文明则滋养我们的灵魂。

第一个岩画地点是巴彦尔山的小巴彦尔岩画点，刻凿的图形是类似蒙古包一样的穹隆毡帐。有人认为是塔加尔文化时期的，也有人认为是匈奴时期的。蒙古国学者图尔巴特在我耳边轻声而坚决地说了两个字：匈奴！语气里的自豪感清晰而确定。

除了穹隆毡帐，还有丁零高车。有了高车，有了草原，那么所有发生的，都是关于游动、迁徙和传播的故事。

为我们讲解的是哈卡斯考古研究所的尤里·叶欣。该岩画于 1960 年发现，象征着西伯利亚岩画研究的开始。

"天似穹庐，笼盖四野，天苍苍，野茫茫。"岩画刻凿地点的选择，大多都面对视野开阔的草原。绿草无所顾忌地疯长，马兰菊浪漫地盛开，每天沐浴着太阳，经历着这个世界的生死。岩画正是在这些来来回回的生命中，获得了不朽的神性。

第二个是奥克拉赫特岩画点，由不同时期的好多幅岩画画面组成。

通过长长的栈道爬到顶端，已不再是简简单单地参观和欣赏岩画，似乎更多的是对岩画的朝觐

奥克拉赫特岩画点也属于伊特库勒湖国家公园保护区的一部分。岩画散落分布在山坡上，一直到山根。为了保护岩画或者说便于游人参观，修建了一条长达 1000 米的木质栈道将所有的岩画串联起来。

在山脚下的一块长 410 厘米，宽 230 厘米的红色砂岩巨石板上，刻凿着 60 多个图形，有弓箭、车辆、人物等图形。根据短剑的造型特征，考古学家将该岩画断代在公元前 9 世纪左右。画面上的人物形象被认为是萨满，所以这块带岩画的巨石被称为"萨满石"。

各种萨满形象是这里岩画的一个特点。萨满的特征有三个：第一，头上戴有翎羽、海贝等装饰的帽子；第二，身穿有布条装饰的长袍，并且长袍饰满铜铃、铜镜等；第三，也是最重要的，手持鼙鼓（往往用绘以十字或丁字的圆形图案表现）。这定然是一幅描绘某种仪式的岩画，右边有两位萨满，左边五个人应该表现的是与仪式相关的活动内容。

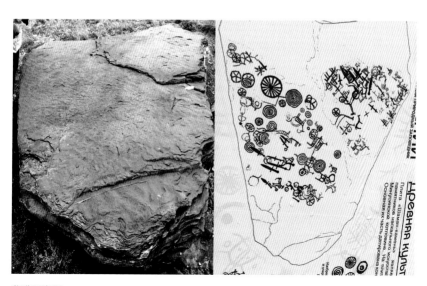

萨满石岩画

尤里·叶欣非常暖心地拿了一把这种古代短剑的复制品，特地放在岩画的短剑图形处供我们比较

西伯利亚的萨满巫师形象

　　萨满至今活跃在西伯利亚草原上。这幅岩画除萨满之外，我们还注意到其中有一个人是头朝下倒着绘制的，这表现的是一个"死人"的概念。在西亚、中亚草原，乃至远东地区，用倒置的人形（Upside down images）来表现"死人"，这几乎成为一种图像语言，当然也成了岩画语言。那么换句话说，这幅岩画所表现的就是由萨满主持的丧葬仪式。

　　古埃及新王国时期卢克索地区有一个存放尸体的庙宇（The Mortuary Temple of Ramesses Ⅲ at Medinet Habu），其壁画中所表现的被箭射死的战士就是用倒置的人形来表现的。

　　我说过，性相近，习也相近。瞧，我国古代也是同样的表现方式！从战国时期出土的水陆攻战图上对战死战士的刻画中可以看出，倒置的人形表示头已被斫离身体的死去的将士。"带长剑兮挟秦弓，首身离兮心不惩。"屈原《国殇》中描述的正是这一场景。虽然这似乎是对某真实场景和事件的描写，但更

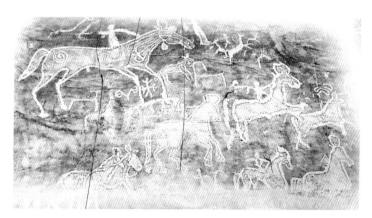

"五花马，千金裘"，奥克拉赫特岩画点的马匹图像

有可能是顺着丝绸之路拷贝来自西边的故事，因为相似的不仅是倒置的人形，还有整个所谓水陆攻战的构图、结构、思想和概念。这不是巧合，而是传播。

据说"五花马"指的是将鬃毛剪成五个花瓣的马。不过五花马应更多地指盛装披彩的马，也就是下图岩画中左上角这匹马。尤里认为这些是公元前7世纪到公元前5世纪属于塔加尔时代的斯基泰马。与其相似的考古学证据是亚述国王二世（Ashurnasirpal）的尼姆鲁德宫殿遗址（Nimrud Palace，BC883—BC859）浮雕上的"五花马"，也是披彩盛装，风格很相似。

尼姆鲁德宫殿遗址出土的马匹与战车图像

这也是亚述国王二世尼姆鲁德宫殿遗址上的浮雕，照片虽然不完整，但pativ很清晰（左图）；汉画像砖上头顶pativ头饰的马匹（右图）

绿色草原像大海一样波涛涌动，又有一种万马奔腾的磅礴气势

除了"五花马"的盛装外，我们更感兴趣的是这幅岩画画面中所有马匹头上的扇形鬃毛或像扇子一样的头饰。这是斯基泰王族的标志，叫 pativ——这是亚美尼亚语，意思是"荣誉、光荣"等。公元前 1000 年以后在西亚、中亚，甚至远东地区，都很流行。作为一个文化传播的走廊，西伯利亚草原连接着东西两端。在中国的汉画像砖上，也出现了戴这种头饰的马匹。

从公元前 800 多年的亚述到公元前 7 世纪的西伯利亚岩画，最后到公元元年前后的汉画像砖，这种头顶 pativ 装饰的五花马翻飞着四蹄朝我们奔来，它身后不仅留下坚实而持续的蹄印，而且在西伯利亚的岩石上标出一条清晰可见的行走轨迹与路线。

奥克拉赫特岩画点选择在叶尼塞河与图瓦河的汇合之处，站在栈道最高处你可以看到远处的水色天光。光亮之处，天堂之门敞开着。起伏的绿色草原像大海一样波涛涌动，顿时令人感觉到一种万马奔腾的磅礴气势。似乎是一种神启，就在这一瞬间突然领悟到古人何以在此绘制这么多的马匹！康德认为我们对于世界的理解方式只有两种：感性认识和理性认识。而叔本华认为还有第三种认知方式，即悟性。

十日谈·印度岩画与宗教文物纪行

印度是我一直神往的国家，年轻时便对印度充满了好奇。倒不是因为《西游记》，而是因为那些奇奇怪怪、无法顺利读出的名字：毗摩、吠陀、秣菟罗、犍陀罗、毗瑟挐、腊跋闼柯、达罗毗荼、筏驮摩那、罗摩衍那、摩诃婆罗多、沙姆陀罗·笈多……所有这些名字后面仿佛都藏着一个神秘的故事或一种神奇的魔力！印度是我们的近邻，但感觉上却比欧洲和美国还遥远。2014 年 11 月 28 日，我在印度岩画协会秘书长库马尔（Kumar）教授的邀请下，赴印度本地治里参加由印度考古调查局（Archaeological Survey of India）和本地治里大学历史系（Department of History，Pondicherry University）主办的印度第 19 届岩画协会大会（The XIX Congress of Rock Art Society of Indian），一行 10 人，为期 10 日，数字很整。

11 月 28 日 8 点我们从南京出发，9：30 抵上海站，乘 5 路巴士到浦东机场。下午 1：30 乘港龙航班飞香港，2 小时 30 分后抵达香港赤鱲角国际机场，换乘国泰公司的航班（与港龙同一家航空公司）飞德里，5 小时 50 分钟后飞抵德里。抵达德里是当地时间9点左右，印度与中国时差2个半小时。出关后不见约好的库马尔，正在着急时，库马尔一脸笑容地出现在我们身后，抱歉地说他的火车晚点了。为了表示歉意，他拿出一盒印度甜点（Gulab Jamun，玫瑰球的一种）让我们品尝，很甜，只是里面放了很多香料，味道有点怪，许多人似乎吃不惯。库马尔还带来精神食粮，几本 Purakara（印度语"岩画艺术"，即《印度岩画协会会刊》，*The Journal of Rock Art Society of India*）分给大家，因为这一期里有我与库马尔以及罗伯特（Robert，澳大利亚考古学家）在河南等地进行微腐蚀断代的文章。库马尔的甜食"贿赂"和标志性的和蔼笑容顿时获得了大家的信赖，稍事寒暄，他便带我们乘地铁去火车站。从机场和地铁来看，印度与中国没什么区别，车站和车厢都很整洁。德里有5条地铁线，加一条机场线，共193千米，2001—2002年间全部投入使用。网上说印度地铁很恐怖，是世界上最挤的地铁，但机场专线似乎没什么人。

4站以后我们抵达新德里火车站，一出地铁便感受到传说中的印度，一股强烈的尿臊味扑面而来。不过这仅仅是开始，进入火车站后更是一片混乱，到处都是人。通往月台的天桥似乎是临时焊接的，到了月台才感受到真正的印度。月台上横七竖八到处睡着人，还有小贩小店，熙熙攘攘，看着像个市场。我们搭乘11点的火车去阿格拉（Agra），列车已经停在那里。火车外观很破旧，窗子上还焊着铁条，像是监狱。看到这种乱象，同伴们发自肺腑地说："中国多好啊！"到印度的第一天，所有的人都想转身回去！

印度的火车分很多等级：二等车厢（2nd Class，缩写成 Ⅱ）不必预约，随时买票，随时上车，在这种车厢里会碰到印度最穷的人；卧铺（Sleeper Class，缩写为 SL），车厢顶上有 3 个电风扇，因为有厕所的关系，所以如果可能的话，尽量不要买到 1—8 号与 65—72 号，否则味道可能会让人受不了，好在我们乘坐的都在 65 号以内。SL 车厢里床位的安排与国内的卧铺不大一样，除了车厢内左右两边与过道垂直的上下两层卧铺，车厢过道的另外一侧还有与过道平行的上下两层卧铺，更大限度地利用了有限的车厢空间。SL 是体验印度庶民风情的最佳选择；AC 3-Tier Sleeper（3A）是 SL 的空调版；AC 2-Tier sleeper（2A）比 3A 更豪华，票价是 SL 的 4.5 倍；First Class AC（1A）不是每列车都有，票价是 SL 的 10 倍，通常和同样路线的飞机票价相近，供那些晕飞机的旅行者乘坐，上面的硬件和软件都是超豪华的。

印度人说英国人走后给他们留下两样东西：火车和议会。印度是亚洲最早拥有火车和铁路的国家。1854 年 8 月 15 日，印度第一辆蒸汽机火车由豪拉驶往拉尼根杰；现在唯一被联合国教科文组织宣布为世界遗产的，是始建于 1879 年的大吉岭喜马拉雅铁路（Darjeeling Himalayan railway）。这段铁路之所以闻名，除了年代较早之外，还因大文豪马克·吐温当年曾坐着它来到大吉岭，并发出了"一个所有人向往的地方，即使惊鸿一瞥亦已足矣"的赞誉。戊戌变法失败后，康有为于 1901—1902 年也避居大吉岭，其间完成了《大同书》的写作。虽然书中并未直接言及大吉岭铁路，但关于"行室"构想的灵感定然来自于此："行室者，通路皆造大轨，足行大车。车之广可数十丈，长可百数十丈，高可数丈，如今之大厦精室然，以电气驶之，处处可通。盖遍地皆于长驱铁路外造此行屋之大轨，以听行屋之迁游也……或驶向湖边江湄而饫波光，则天云潆潆；或就山中而听瀑，则岩谷幽奇；或就林野而栖迟，则草木清瑟。一屋之小，享乐无穷，泛宅浮家，于焉娱志。"

印度铁路系统极其发达、遍布全国各地，总里程一直雄踞亚洲第一，直到 21 世纪后才逐渐被中国超越。印度全国铁路总长 65436 千米，全国有 7000 多个火车站，每天运营客、货车近 2 万趟，这让印度看起来像一个火车轮上的国家。以前看过 BBC 拍过的一部关于印度火车的纪录片，一列火车就像一座移动的市场、一个微缩的社会、一个了解当地生活的窗口。印度前总理尼赫鲁也声称自己是在周游全国的列车上"发现印度"的。

印度有着世界上最豪华的火车，即专营豪华旅游的皇家东方快车号，又称"轮子上的宫殿"（Palace on wheels）。皇家东方快车号的车厢曾经属于古杰拉特王公和拉贾斯坦王公，他们的权力在英国统治时期处于巅峰，运营他们自己的皇家列车则属理所当然的事，有钱就是任性！印度独立后，王公们失去了权势和财力，这些火车便只能按照商业运营的要求进行现代化改装，也就成了今天的皇家东方快车号。这种独特的火车之旅始于 1982 年，其中有 14 间豪华的家具套房。1992 年以后，这辆皇家火车不但装上空调设备，也加入了世界文化遗产的观光景点。虽然由皇家级沦为土豪级，但仍是瘦死的骆驼比马大，即使任何国家的头等车厢，也无法比拟。这主要表现在软件上，即有专人服务。此外，车厢里配有卧房、小厨房、吧台、起居室、内部通话装置及供应冷热水的浴室以及提供按摩服务的水疗（Spa），一应俱全，诚如康有为所云："一屋之小，享乐无穷，泛宅浮家，于焉娱志。"皇宫火车旅程主要包括德里、粉红城市斋普尔（Jaipur）、皇宫与城堡集中地阿格拉这三座城市，常被称为黄金三角洲。皇宫火车每个星期三晚间从德里出发，直到下一个星期三的一大早再回到德里。

印度是牛的天堂，不仅有吃有喝，大街小巷随便逛，还不用守交规

铁路是印度的骄傲，但也是永远的痛，世界上最恐怖的火车也在印度：外挂超载，没有门窗，四处漏风，超级晚点，从不报站，车厢出轨，恐怖相撞，等等，这也都成了印度火车的代名词。最主要的是火车上所反映的种族歧视，这才是印度真正的痛。早就听说过殖民时代英国白人乘火车时因为有印度人在同一车厢里而拒绝上车的事。尽管印度独立后取消了种姓制度，但是殖民时代和种姓制度所遗留下来的等级和歧视观念，并非一纸公文就可以消除。从普通座席（Non-AC）走到豪华空调客舱（AC），不到100米，但你穿越的却是整个等级分明的印度社会。空调舱的人多来自新兴的中产阶级，乘客优雅，有教养，说英语，车厢整洁干净；而普通座席的乘客则是印度的底层百姓，车厢混乱、肮脏、拥挤。种姓制下妇女被认为低人一等，所以印度至今有的交通工具仍实行男女分车，在机场、地铁的检查门等更是男女分检。印度理发店同样是男女分开的，男理发师不能为女顾客理发，同样女理发师不能为男顾客理发。最奇怪的是在印度重体力活儿都是女性干，在乡下种地，在城里疏通阴沟、搬砖运石、打扫街道等，基本是女人在干，印度妹子都是蛮拼的；而宾馆服务员、列车员等则多为男性。在印度，女人只能下厨房，而上不得厅堂，举凡抛头露面的事，都由男性做，这应该是种姓制度歧视女性的遗留。

最夸张的是我所经历的一件小事，证明印度的等级观并未随着种姓制度的废除而消失。在从新德里去阿格拉的火车开车之前，我建议库马尔买几瓶水，因为我不知道车上是否有水喝。库马尔便带我去月台的小卖部买水，但小卖部前有很多赶火车的人都等着买东西，售货员却只有一个，要在开车前买到水似乎不可能了。我正想离去，只听库马尔隔空对售货员大声喊了几句印度话，只见奇迹般地买东西的人们给他闪开一个通道，售货员也立即拿出几瓶水给库马尔。这使我感到无比震惊，库马尔说了句什么？但我始终没敢问。设若在中国，当时那种场合下，任你是谁都不会有人搭理你。我估计库马尔说了一句"我是圣雄甘地"一类表明他身份的话，而且我相信印在印度人心里的种姓制度尚未废除。经历是真实的，如果理解有误，概不负责。

印度车速较慢，阿格拉离德里 250 千米，半夜 2:50 抵达阿格拉，几乎走了 4 个小时。阿格拉车站比德里车站看上去还要糟糕，除了横七竖八睡觉的人外，月台上居然还有牛、狗等，它们也是来接站的吗？印度车站是出了名的脏乱，印度人进站从不检票，所有的站台上永远有人露宿睡觉，有的是为了等车，而有的则专以车站为下榻之处。特别是那些苦行僧，白天出去神游，晚上则露宿车站，这里人多，睡在一起热闹。从物质的角度来看，主要是车站有供饮用和洗漱的自来水，还有遮风避雨的棚子。这些苦行僧千百年来估计没什么变化，主要是没什么可变的，连衣服都不穿，变什么呢？他们与唐玄奘在《大唐西域记》卷七中所描述的没什么两样："或断发，或椎髻，露形无服，涂身以灰，精勤苦行，求出生死。"

在中国，每当火车快进站时，乘务员都要把厕所门一锁，任谁也别想使用。但在印度，谁也不能剥夺人们排泄的自由。有人说，站台下的景象不仅不应视为对文明的冒犯，还应看作

半夜候车的人就睡在车站的月台上

阿格拉火车站的小商贩

是对自由的表达，这就是为什么火车站总是臭气熏天的原因。不过圣雄甘地曾痛心地对这种现象批判道："散布在这块土地上的，并不是一座座景致优美的小村庄，而是一坨坨粪便……由于我们不良的生活习惯，我们污染了神圣的河川，把圣洁的河岸变成了苍蝇的滋生地……"车站虽然脏乱差，但政府却一直号召人们要保持一个干净整洁的社会环境，最有说服力的口号仍来自圣雄甘地的名言："我不会让任何有肮脏感的人走过我的心灵。"

出了车站更觉闹心，拉客的三轮车（印度的出租车）、小贩手推车、旅客的大包小包，乱哄哄一片，车站广场整个就是一个垃圾场。到处都是狗屎，甚至一窝刚出生的七只小狗居然也在这里安家，全然不在乎行色匆匆的路人。这到底是一个充分体现自由的场所，还是一个缺乏管理的车站？刚到印度的第一印象：怎一个"乱"字了得！

库马尔的车就停在车站，是一个印度产的两厢小车。他又叫了两辆出租车，把我们拉到城里。虽然半夜三更，但神牛们还是很有兴致地在公路上溜达着，再严厉的交规也管不了牛。我们下榻的饭店叫皇家饭店（Royale Residency Hotel），饭店虽然标以四星，但冠以"皇家"二字，似乎有"标题党"之嫌。规模太小，就没几间房，尤其是电梯，每次只能载两个人。后来才明白，每间客房都冠以"国王""王后"等名称，故称"皇家饭店"。我住在国王间（Maharaja），但与其他房间没区别，只是虚荣心被小小满足了一下。

我们在此算是住一个晚上，管三顿饭，一个标间 10000 卢

这是印度北部铁路中心的宣传画，正在搞卫生周，上面印着甘地像和甘地关于全民卫生的名言："我不会让任何有肮脏感的人走过我的心灵。"

比，折合人民币每人花费 500 元。在印度，这算豪华游了。吃完三顿饭后，我们发现宾馆虽然小、设施也落后，而且服务员都是 40 岁以上的大老爷们，但软件不错，也就是说服务很好，一切服务都很到位。穿着拖鞋的大爷级服务员都能讲一口流利而古怪的英语，吃饭时环伺桌旁，只需一个小小的眼神或动作，都能恰到好处地递上你所需要的东西——这应该是英国殖民的印记。

我只睡了两个小时，便爬起来参观泰姬陵和阿格拉红堡。阿格拉地处北方邦（Uttar Pradesh），库马尔让他的同事布拉德汉博士（Dr. Bradham）给我们做导游。布拉德汉博士在泰姬陵文物处工作，原本由他带领可以免票，只是恰逢周末，文物处的人下班了，只好买票。不过我们愿意买票，1000 卢比一张票，为泰姬陵和红堡的保护尽点心，岂非善事一件？

　　泰姬陵在印度语中称泰姬·玛哈尔（Taj Mahal），这个词最早来自波斯语，意思是"宫殿之冠"（Crown of palaces）。它是由莫卧儿皇帝沙·贾汗（Shah Jahan）为纪念他的亡妻姬蔓·芭奴（Mumtaz Mahal）而修建的，该墓始建于 1631 年，1653 年竣工。作为波斯公主的姬蔓·芭奴嫁给沙·贾汗后，19 年内生有 8 男 6 女。1631 年，姬蔓·芭奴在第 14 次分娩生葛哈拉公主（Gauhara Begum）时，不幸死于产褥热。白驹销红颜，碧血战黄沙。正值在外征战的沙·贾汗得知爱妃的死讯，竟然一夜白了头！姬蔓·芭奴临终前提出了 4 个遗愿，其中一项就是为她建造一座美丽的陵墓。陵墓的主体建筑用纯白大理石砌建而成，皇陵上下左右工整对称，中央圆顶高 62 米。四周有四座高约 41 米的尖塔，塔与塔之间耸立了镶满 35 种不同

泰姬陵在蓝天的背景中显得素洁柔美，像一座童话城堡。泰戈尔形容泰姬陵是"一滴爱的永恒泪珠"

即便在近处，泰姬陵亦如梦如幻

类型的半宝石的墓碑。沙·贾汗对这位王妃显然极为宠爱，不仅为她建造了美丽的泰姬陵，还为她写下千古名句，倾诉柔肠，大有唐明皇的风范：

> 我的内疚应能在此得以庇护，
>
> Should guilty seek asylum here,
>
> 解脱罪孽，寻求宽恕。
>
> Like one pardoned, he becomes free from sin.
>
> 当我这罪人走进这巨大的房屋，
>
> Should a sinner make his way to this mansion,
>
> 过去的罪孽便由此销匿。
>
> All his past sins are to be washed away.
>
> 眼中建筑勾起心中的痛楚；
>
> The sight of this mansion creates sorrowing sighs;
>
> 日月也伴着我流泪。
>
> And the sun and the moon shed tears from their eyes.
>
> 谨借这座精心修建的华美建筑；
>
> In this world this edifice has been made;
>
> 以冀我那份美好时光心中永驻。
>
> To display thereby the creator's glory.

"蜀江水碧蜀山青，圣主朝朝暮暮情。"显然沙·贾汗认为他对姬蔓·芭奴的宠爱不但不够，似乎还欠她很多。他到底对她做了什么？世上最难还的便是情债，"天长地久有时尽，此恨绵绵无绝期"，泰姬陵便是巨大的物证。不知是出自真人临摹还是出自古代印度或伊斯兰关于美人的传统模式，其实现在能见到的姬蔓·芭奴的画像，并非沉鱼落雁之美貌，或许沙·贾汗的爱与外貌无关。最后我在管委会的留言簿上签名时，同样也表达了对姬蔓·芭奴的仰慕："致泰姬，我们都是沙·贾汗。"

泰姬陵建好后，沙·贾汗不久也抑郁而殁，爱情使生死之间的距离变短了。"在天愿作比翼鸟，在地愿为连理枝。"唐明皇没有做到，而沙·贾汗做到了，他和姬蔓·芭奴的石棺都在泰姬陵的地宫里。两人均面西侧身葬，朝着麦加的方向。沙·贾汗的棺稍大一些，两具棺均用大理石制成，棺外侧则用莫卧儿的传统镶嵌工艺嵌以各种宝石与半宝石，组成传统的伊斯兰花卉纹。这些宝石来自世界各地：绿松石来自中国西藏，青金石来自阿富汗，玉和水晶来自中国，碧玉来自旁遮普邦，而蓝宝石来自斯里兰卡，玛瑙来自阿拉伯，共有 28 种。此外，莫卧儿时期传统的丧葬图案如笔盒与书法等，也出现在大理石棺上。姬蔓·芭奴的棺上有 99 个神祇的名字以及对他们的赞美。沙·贾汗的棺上则简洁地写道：于回历 1076 年 7 月 26 日晚，他从这个世界来到这永恒的宴会厅。虽贵为人君，但皇宫离墓室的距离也仅一步之遥。

1983 年泰姬陵被列入世界遗产名录，世界遗产名录对泰姬陵的定位："印度穆斯林艺术的珍宝，世界遗产中公认的杰作之一。"参观泰姬陵时最强烈的印象便是多文化、多风格的融合，波斯的柱子与壁柱、阿拉伯的拱门、莫卧儿的透雕与镶嵌、佛罗伦萨的马赛克贴面装饰、中国的斗拱与雀替等等。泰姬陵，包括泰姬陵中的其他建筑，其基调为素白，即白色的大

泰姬陵内保存至今的莫卧儿镶嵌（金色部分）和阿拉伯风格的花卉石刻

理石。阿格拉并不产白色大理石，修建泰姬陵所有的大理石都来自距阿格拉西北约 120 千米的拉贾斯坦邦的纳格尔地区（Nagar），据说当时用了 1000 多头大象来运送大理石。既然耗费如此巨大，为什么要用白色的大理石？印度诗翁泰戈尔形容泰姬陵是"一滴爱的永恒泪珠"，简洁而浪漫的诗句道出了泰姬陵建筑风格特点及其绝无仅有的建造原因，同时我们也可将其作为为什么要用白色大理石建造的答案。在古代任何宗教社会中，包括伊斯兰教，白色都是神、善、好、爱等肯定因素的象征。沙·贾汗用白色大理石就是为了见证他对姬蔓·芭奴的爱。沙·贾汗或许会因为只爱美人不爱江山遭后人诟病，也可能因劳民伤财被马克思主义历史学家所批判，更有可能因他与姬蔓·芭奴的生死之恋而受到那些年轻男女的追捧，似乎泰姬陵同样会见证他们忠贞的爱情，尽管有时爱情和历史一样，部分是由谎言构成的。但对我而言，却发现了一个与宗教因素同样伟大的文明推动力，那就是两情相悦之爱。

世界上所有陵寝，包括大到壮丽辉煌的金字塔，小到没有葬具的土坑墓，无一例外是为了宗教信仰而建造的，而独独泰姬陵却是为了浪漫爱情而建造的，难怪泰姬陵那些镶嵌着宝石的白色大理石和柔和的阿拉伯线条显得那么纠缠和绵长，这正是泰姬陵在世界上的独一无二之处。这一点马克·吐温也看出来了：爱情的力量在这里震撼了所有的人。也恰恰是出自爱情，出自姬蔓·芭奴所要求的"美丽"，脱离了宗教教义的束缚，泰姬陵从设计到施工建造，都表现出巨大的艺术自由和想象，融合伊斯兰、印度、波斯、北方帖木儿乃至中国等各种文化的精髓，呈现出无与伦比的美学价值。就这一点而言，泰姬陵是世界建筑史上空前绝后的存在。

多少年之后，被儿子奥朗则布（Aurangzeb，1658—1707）篡权并囚禁在阿格拉城堡中的沙·贾汗当会暗自庆幸建造了泰姬陵，他至少可以通过铁窗眺望着爱妃的寝陵来打发忧郁的时光。泰戈尔嘲弄地说："沙·贾汗，你宁愿听任皇权消失，却希望使一滴爱的泪珠永存！"泰戈尔定是个不解风情老儿，红颜与黄袍，沙·贾汗分不清吗？其实在他眼里，爱情并非属于皇权，相反，皇权只是为了成全爱情。

去泰姬陵以南 15 千米，是著名的阿格拉红堡（Agra Fort）。

它是由沙·贾汗的父亲阿克巴历时 8 年精心建造的，地处亚穆那河畔（恒河支流）的高坡上，是莫卧儿王朝的又一处著名建筑，也是印度伊斯兰建筑艺术的顶尖作品之一。在正午的阳光下，阿格拉城堡像个军人一样雄健与刚强。与泰姬陵那些柔美的阿拉伯线条、素洁的大理石白色、繁缛的莫卧儿镶嵌以及铰接纠缠的波斯图案相对比，阿格拉城堡为简洁、粗狂、厚重与古拙的风格。

阿格拉城堡是用邻近所产的红色砂岩为主建材，故又称红堡。周遭有护城河，护城河早已干涸，河里曾经养着鳄鱼，用以守城。大门很厚重，城墙更厚重，一副攻打不破的样子。1526 年，巴布尔打败德里苏丹国的统治者后，就在附近的阿格拉称帝。从此，阿格拉就成了莫卧儿帝国的政治经济中心，直到其后代迁都到德里为止。作为帝国首都所在地，宫殿和堡垒自然是不可或缺的建筑物。堡里有一口井，这是我见过的最大的水井（没有之一），直径为 8 米。这口井原来为堡内提供生活用水，同护城河一样，目前也已没水了。

参观完泰姬陵，我们再接着参观阿格拉红堡，竟有些审美疲劳，当然视觉上依然新奇震撼，但就是不走心了。阿格拉城堡中的许多大理石厅以大流士一世时期的"波斯波利斯式"（Persepolis）的钟形柱头为特色，这种柱头的顶部是一些神秘的象征符号。后来，又形成了印度建筑中所特有的圆形"阿玛拉卡"（意为榄仁树果）或垫状柱头，实际上这些柱子的象征功能远远大于承重用途。在这里又一次发现了类似中国建筑上替木与斗拱的结构。我问布拉德汉博士这是什么风格，他说是早期的阿旃陀佛教建筑风格，我便告诉他这应是中国宋明时期的土木建筑风格。布拉德汉博士说不可能，因为另一处位于阿格拉以西 37 千米处的世界遗产胜利之都法地普尔·希克利（Fatehpur Sikri）中有更为典型的斗拱结构；此外，在印度南部泰米尔纳德邦的公元 7 世纪末的凯拉撒那神庙(Temple Kailasanatha)、五战车建筑遗址等（后面将会谈到），都有典型的斗拱结构。我告诉他，以我的认识，中国斗拱出现时代要比印度早，最早在周代已出现，汉代便有实物图形了。

城堡带有典型的莫卧儿建筑风格

城墙也是用红色砂岩砌筑而成，墙上据说
可以跑马，但现在只剩残垣断壁

这是阿格拉城堡内大理石厅的柱子与横梁结构，中间的承重部分在汉语中叫雀替，中印结构一模一样

阿格拉城堡内大流士一世时期的波斯波利斯式风格的大理石厅

他对此极感兴趣，嘱我回国后寄材料给他。后来这个问题竟跟随了我一路，最后到泰米尔纳德邦看到印度早期斗拱后，与阿格拉瓦教授交换过看法，成为我这次访印的学术收获之一。

布拉德汉博士也是一口地道的印度英语，而且殷勤地为我们讲解。每当他叽里咕噜地说一大堆后，小伙伴们都眼巴巴地等着我翻译。我英语很好，但不会印度英语，那又是另一种语言，真的听不懂！布拉德汉博士只有 40 多岁，他的妻子是泰姬陵内名人手迹绘画作品博物馆的负责人，他本人名片上的身份是当地古代历史、文化与考古部门（相当于中国的文物管理处）的教授与主任（Prof & Head of P. G. Department of Ancient Indian History，Culture and Archaeology），难怪他带我们参观时，所有的保安均向他敬礼，甚至在游人排队等候的拍照热点

最中间这个印度人就是布拉德汉博士，背景是阿格拉城堡中的大理石厅

上，给我们以优先权。此外，在阿格拉红堡管理处的办公室备以红茶和点心，让我们稍事休息再继续参观，这对我们来说可谓受宠若惊。参观时能享受到这种政界显要才有的优渥待遇，似乎比红堡本身还要令人印象深刻。

下午 2 点参观完，回到宾馆吃午饭。起初，我以为是由于我们参观延误了午饭，后来才知道印度人就是下午 2 点吃午饭，晚上 8 点吃晚饭。午饭是印度饭菜，许多人受不了直冲鼻子的咖喱味，而库马尔却说，宾馆的饭不是正宗的印度饭，到了禅贝尔山谷（Chambal Valley）后，他请我们吃正宗的印度大餐，真正的咖喱食品。我是"吃"贯中西，一切食物我都甘之如饴。不过库马尔说得对，宾馆晚餐居然有面条，但依然是咖喱味的，中西合璧的印度面条，难吃得令人难忘。晚上吃完晚饭后开车至马特拉斯（Mathras）火车站，乘夜车至曼迪（Bhawani Mandi）。

2014 年 11 月 30 日早上 7 点，抵达曼迪站，这已经属于中央邦（Madhya Pradesh）了。中央邦的部落人口是印度最多的（约占全国部落人口总数的 22.73%），该邦有 46 个中印度部落集团中的种族集团。中央邦的大部分部落人口集中在南部和东南部。印地语和几种印地方言是这里的主要语言，此外通行的语言还有贡德语、马拉地语、乌尔都语和奥里亚语。到了印度，你才能真正感到什么叫多民族、多语言、多文化、多人种的杂居融合。这种混合与和谐的风格亦可具体而真切地体现在印度食物中，起初可以明确地感觉到这些乱七八糟的口味，一旦习惯，便成为一种独特的风格、风味。

依然是三辆车，车开到中央邦与北方邦交界处时，看到田里种着开黄色小花的芥末。库马尔介绍说，由于此地土壤肥沃，分布着壤质和黏质热带黑土，富含钾和石灰质，适于种植棉花、小麦、甘蔗、花生等，故有黑棉土之称。这里属于马尔瓦高原（Malwa plateau），虽然称高原，海拔仅 400~600 米，属多民族聚集地，经常会有土地纠纷。印度也是一个人口大国，即使在农村，也是村舍相连，房屋鳞次栉比。多少年前也是这样，《大唐西域记》云："闾阎栉比，居人殷盛。……气序和，谷稼盛，果木扶疏，茂草霍靡。"唐玄奘说的是迦尸国，即今之瓦拉纳西市（Varanasi），离此不远。一个多小时后，我们抵达班普拉地区（Bhanpura）甘地湖招待所。温馨的库马尔特地为我们安排了四间房屋供我们临时洗漱用，用他的话说，get a fresh start（新的开始）。

在招待所吃完早饭，我们去一个叫纳瓦利（Navali）的旧石器地点，这个地点就在甘地湖的旁边。库马尔和罗伯特一起在这里发掘过。这里的地层有点像中国南方的网纹红土，称红砖土（Laterite）。不过这里的地层不是原生层，而是被水流冲刷到此的。地表和地层中有大量的旧石器时代的刮削器和砍砸器等，器型较大，多为石英砂岩（Quartzite）制成，符合库马尔说的旧石器时代早期阿舍利文化（Acheulian culture）的工具特征。我一直希望能发现一件两面剥制的手斧，但却未能如愿。途中遇到班普拉地区高中学校的校长（Netaji Subhash Chandra Bose，Higher Secondary School），他是与库马尔长期合作的考古学家之一，他的专业是英语，而爱好却是考古。

用脉石英制作的砍砸器

嗣后参观禅贝尔山谷，被库马尔称为世界上最长的岩画长廊的查特尔布吉纳德·纳拉（Chaturbhujnath nala）岩画点。该岩画点岩画位于中央邦的班普拉镇（Bhanpura）附近甘迪萨加尔禁猎区（Gandhisagar game sanctuary）的禅贝尔山谷，距波普尔 350 千米。库马尔教授说这是世界上最长的岩画长廊。岩画分布在沿着禅贝尔河两岸被河水冲刷出来的内凹处，也就是所谓的岩棚，分布在近 12 千米的河岸上。岩画均为矿物或植物颜料绘制上去的，内容很丰富，有各种动植物、抽象图案，以及人类活动的场景。该岩画点于 1977 年被三名教师发现，之后便吸引了诸如法国克劳迪斯（J. Clottes）、罗伯特、库马尔等著名学者来此进行研究。

禅贝尔河冬天水量不大，河两边形成的页岩岩棚是古人作画的理想之地，岩画绵延数十千米

　　这里的岩画制作从中石器狩猎采集社会一直延续到历史时期，是一部印度中部马尔瓦高原地区用图像表述的社会历史。在印度，中石器狩猎采集社会最早大约始于公元前12000年（最晚始于公元前8000年），一直持续到公元前2000年，有的与新石器时代相重叠。印度中石器时代遗址与世界其他地方遗址的一个区别是，有证据表明新石器时代已经开始了。新石器时代发明了农业和动物驯化的生活方式，从而替代了狩猎和采集经济。

　　瘤牛是一个富有断代意义的图像，根据库马尔介绍，印度牛肩胛处开始隆起的时间以距今7000年为分界线。距今7000年以前的牛，肩胛部位尚未隆起；距今7000年之后由于农业的发展，牛的肩胛部位呈现出隆起。这一特征成为印度岩画断代的一个重要标志，其考古学证据来自巴基斯坦的玛哈伽三期文化

这是一幅表现历史时期祭祀场面的岩画。右上方有一棵树，树下有一土堆状，这表现的应该是世界山和世界树，这种表达模式在我国北方和青藏高原也很常见。该岩画中有 4 个类似哈拉帕文化、仰韶文化等彩陶上的四叶花瓣纹（在我国汉代称作柿蒂纹）。柿蒂纹表现的是宇宙四至的观念，结合这幅岩画上世界山和世界树的图案，这种柿蒂纹所表达的可能也与世界、宇宙一类的空间范围相关

弓箭狩猎场景。库马尔教授说这种中空的线条画风格应该是距今 7000 年前中石器时代的岩画

中石器时代表现祭祀场面的岩画

画面下方有几只禽类，被认为是家鸡，因而岩画中的牛也被认为是驯养的牛。此时的牛背未有瘤隆起，故被认为是一般的牛。画面中部靠左下方有一人，手执车轮一样的器物，这不是车轮，而是被称作"查克拉"的轮刃。这是个武士，画面上还有很多佩刀执弓的武士。这应该是青铜时代以后甚至是历史时期的一幅岩画

在西藏阿里的布仁岩画点也发现了鸡的图像（右图），应该与印度（左图）有关

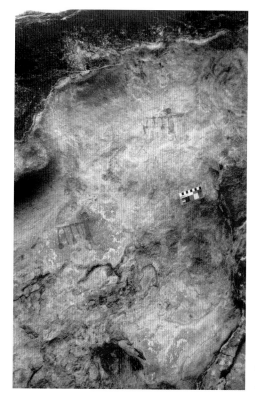

中石器时代的猎人岩
画。图中的两猎人将
猎物挂在长杆上，然
后扛在肩上

（碳14年代：距今6500±80年），此时出土陶器纹饰上便已开始
出现进化了的瘤牛。到了距今5000多年前印度河谷的哈拉帕文
化时，瘤牛不但作为标志性的图案普遍见诸彩陶纹饰，而且泥
质印章上也出现了很多瘤牛图案。在出土的动物遗骸中，也发
现有瘤牛的骨头。

　　有一则大家耳熟能详的希腊神话：腓尼基王国有一个非常
美丽的公主名叫欧罗巴，有一天夜里，她梦到一个女神出现在
她面前，预言说："我要把你带走，去做主神宙斯（Zeus）的妻
子。"第二天，公主和朋友们去海滨采花玩耍，遇见一头健俊
漂亮的白色公牛，就走上前去爱抚它，还骑到了牛背上。突然
公牛跳入海中，踏浪而去，驮着欧罗巴来到一个新的大陆。把
惊魂甫定的公主放到地上后，公牛变作主神宙斯，并向欧罗巴

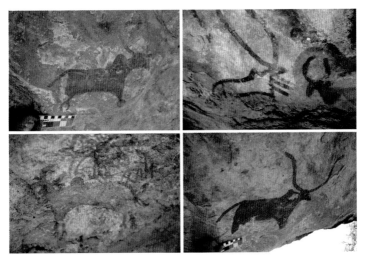

禅贝尔河谷岩画中距今7000年以后的瘤牛图像

求爱。这时公主梦中的女神再度出现，她就是爱与美的女神阿佛洛狄忒，她对公主说："你注定要成为宙斯的妻子，远离你的祖国。而你脚下的土地将用你的名字命名。"这就是欧洲大陆的得名之由来。不过事情并不总是像看上去的那样美妙，后现代派的神话或文学批评家们认为这则浪漫神话后面的用心是极其险恶的，它吹响了欧洲中心论和西方霸权主义的号角，因为希腊神话和罗马史诗所建立起来的文明秩序与模式就是欧洲中心论和西方霸权主义的源泉。他们认为宙斯与欧罗巴，以及伊阿宋寻找金羊毛等神话为后来以欧洲为中心的开疆拓土和殖民统治提供了一种文化道德上的支持，等等。不过我们在这里关心的并不是这种比较文化研究，或许这则神话揭示了某种瘤牛进化与传播的隐喻。

这是一个很有趣的形象和话题。瘤牛（Bos indicus），英文名 zebu，也叫 brahman，因在鬐甲部有一肌肉组织隆起似瘤而得名。瘤牛原产于印度，为热带地区特有牛种，早在 10000 年前就已经被驯化，据研究考证系由爪哇野牛（Bos javanicus, Banteng）驯化而来。我国至迟在汉代便引进了瘤牛，文献上称"庸牛""犦牛"或"犦牛"。《尔雅·释畜》有"犦牛"，晋郭璞注："即犦牛也。领上肉犦胅起，高二尺许，状如橐驼，肉鞍一边，健行者日三百余里。今交州合浦徐闻县出此牛。"《司马相如·上林赋》有"庸旄貘牦"句，颜师古注曰："庸牛，即今之犦牛。犦，又或作封。"《汉书·西域传》云："罽宾出封牛。"师古注曰："封牛，项上隆起者也，亦作峰。"考古资料证实了文献记载的真实性，云南晋宁石寨山、昆明羊浦头、江川李家山等地汉代墓葬出土的青铜器上的牛便是瘤牛，至少说明汉代瘤牛图案在云南地区已经是非常普遍了。如果再往前追溯，在云南地区瘤牛图案可以早到春秋战国时期的铜鼓上。不过从目前的考古资料来看，最早的瘤牛形象不是出土于云南，而是在青海的河湟流域。青海湟中西周晚期到春秋早期的卡约文化墓葬中出土了一件青铜制作的鸠首牛犬权杖头，这头牛便是瘤牛，而瘤牛在青海地区无论古今均不见于实际生活中，很难想象这头瘤牛是经历了怎样的艰难历程才走到青藏高原的。瘤牛是耐热动物，在青藏高原发现瘤牛，就好像在非洲发现北极熊一样稀奇。

如果说 7000 年之后由于农耕的发展，牛的肩胛部位出现隆起，进化成瘤牛，那么 7000 年以前的牛定然是野牛，也就是说 7000 年以前岩画的制作背景肯定是游猎社会。游猎社会与农业社会有相同的制作岩画的传统吗？如果是，则表明这两者虽然社会形态不同，但其作画的族群是相关的，通过岩画来表达信仰的方式是相同的。这便引出了另一个问题：什么样的共同基础导致他们拥有制作岩画的相同传统？游猎社会与农业社会是否有着共同的宗教信仰？文化是否存在着像瘤牛一样的进化过程？而进化的动力又是什么？这似乎已经超出考古学范畴了。凡是没有答案的问题，应该都属于哲学范畴。

禅贝尔河谷岩画的规模很大，延续时间很长，河流两岸 12 千米的分布带绝不是一天之内可以看完的，最主要的是观看方式太特殊了。由于岩棚低矮，大多岩画需要趴着或躺着看，看了不到 1 千米，大家都已精疲力竭。这里的岩画发现较晚，而

哈拉帕文化（左图）和玛哈伽文化（右图）彩陶上的瘤牛图像

孔雀王朝时期阿诸那浮雕或阿诸那苦修（Arjuna Penance）石雕图中的瘤牛

且数量庞大，现在的研究只是刚刚开始。不过可以预见的是，这个岩画点不仅早晚会成为世界遗产，而且研究空间极大，学术价值在整个世界范围内都是罕见的，早晚也会成为经典遗址。而且这里的岩棚构造，只要不被雨季暴涨的河水反复冲刷，是很利于遗址保护。下午考察另一个旧石器地点，此处未经发掘，地面上可见大型的砍砸器和刮削器，地点称作 CBN，在禅贝尔河的二级台地上。地面上除旧石器外，尚有很多小型现代石擦，与河南淇县和西藏的石擦很相似。库马尔解释说这种石擦有生殖崇拜的含义，但现在更多用于祈求得到更大的住房。

接着去另一个称作达拉奇·查丹洞穴（Daraki Chattan cave）的凹穴岩画地点。该洞穴由石英砂岩构成，位于因德拉伽合的山顶上（Indragarh hill），正前方对着禅贝尔盆地中的勒哇河（Rewa）与河谷，行政隶属班普拉地区，地理坐标为 24°32.1029'N，75°43.8433'E，海拔为 431m。该洞穴的岩壁上有很多凹穴。2001 年，由罗伯特和库马尔领衔进行的早期印度岩画项目（The Early Indian Petroglyphs Project，简称 EIP Project）对这个洞穴进行了发掘。洞壁上原来有 530 个凹穴，其中 28 个凹穴由于洞壁坍塌掉在地上，与地面上的旧石器石制工具混合在一起。在发掘过程中除石器和凹穴外，还发现两件用途不明的石锤。后来库马尔在该洞穴右边的一处石英砂岩上进行试验考古，证明该石锤正是制作凹穴的工具。由此该洞穴的凹穴便被确定为距今 40 万—25 万年前的作品。对洞穴壁上的凹穴，我用 40 倍的显微镜进行观察，发现其石亏（亦即腐蚀程度）并不严重，是洞穴遮风避雨的缘故吗？

禅贝尔河二级台地上的叠摞石

西藏纳木错湖畔的叠摞石

　　中国和印度的史前岩画与考古呈现出截然不同的两种景象。先说岩画，中国北方地区的岩画大抵为青铜时代游牧民族的文化遗产，有人认为人面像应该是新石器时代作品，但由于缺乏直接的断代证据，此说只能是一种推论，而不能确认。游牧岩画均为刻凿在露天岩石上，其风格、内容以及作画方式与禅贝尔河谷的岩棚彩绘岩画完全不同。但是刻凿于岩石上的凹穴岩画，无论从制作方式、形制和风格等各方面，中国和印度

作者（右）与库马尔教授（左）在达拉奇·查丹洞穴口

都有高度的一致性。其实不仅是中国和印度，就整个世界范围来看，也是普遍分布、高度一致。这种岩画形式简单，就是在石面上凿个坑而已，只要有，形制就一定差不多，就好像裤子，大部分都是两个裤管的造型，有差别也只是裤腿的长短而已。不过问题来了（造型越简单，问题越麻烦），为什么全世界都会有这种凹穴岩画？就像麦当劳一样，最早出现在美国，然后传播到世界各地，还是像语言一样，各自有各自不同起源的方言。其实考古学家从地里发掘出来的，并不是对历史的解答，而是对历史的提问。

中国西南金沙江流域目前发现一批彩绘岩画，并通过铀系法年代测定在距今 6000 年之前。这些岩画不但作画方式和内容上与禅贝尔河谷的彩绘岩画有相似之处，而且在年代上也有重合的地方。鉴于金沙江流域更靠近印度，有的学者认为两地间的文化交流，包括岩画的传播一定是时有发生的。这种传播之所以发生在西南地区，是因为西南地区与印度间有许多河流峡谷可以沟通，而西北部地区则有像天然屏障的喜马拉雅山阻断了两边的交流。这可不是我的想法，这是美国考古学家莫维斯说的。他说巨大的喜马拉雅山脉阻断了东西方文化的交流与传播，喜马拉雅山以西是手斧文化，以东是砍砸器文化。后来考古学家把这条阻隔东西方文化交流的界线称作"莫维斯线"（Movius Line）。这是 20 世纪 40 年代莫维斯提出的理论。真的有这条线吗？从西南岩画和印度岩画的相似性来看，这条线似乎并未阻隔东西间的交流，而且 21 世纪以后在中国广西百色、陕西汉中等地出土的越来越多的阿舍利和莫斯特手斧来看，尤其是近两年西藏尼阿底遗址和四川皮洛遗址的发现，莫维斯线已全线崩溃。莫维斯线不存在，但喜马拉雅山却真真切切地存在，它对文化间的正常交流，一定是有影响的。从旧石器或更新世人类化石的发现来看，中国和印度之间的差别还是很大的。从200万年前的旧石器时代早期到晚期，考古遗址和石器工具在中国大量发现，人类化石亦然。然而在一邻之隔的印度，无论是石器地点还是人类化石都少得可怜。难道人类从非洲过来时是乘飞机直接越过印度到中国的？抑或是坐轮船从印度洋和太平洋那边绕过来的？即使是这样，那么到了中国后也还有可能向印度传播，难道莫维斯说的是由东向西传播的阻隔线？这是纯学术问题，连学者们都无解，我们就更不用操这份闲心了。反正中国和印度一样又不一样，一起说就是故事，分开说就成了学问。

晚上，班普拉地区中学校长在学校的办公楼请我们吃晚饭，也就是库马尔说的大餐，叫芭芙拉（Bufla）。陪我们的是中学的 top members，也就是领导层。所谓的芭芙拉实际上只是一个大面团子，直到现在我都没搞清究竟是用什么做的，里面最主要的肯定是面，然后混以各种香料，吃起来很干，味道特别。吃的时候要把芭芙拉揉碎到汤里吃。这个汤很特别，我根本不知道是用什么做的，放的是什么佐料。印度不愧为香料之国，一碗简简单单的汤，居然五味杂陈，喝得人百感交集！印度文化之博大，之多样化，不服不行。我们一行除了我，似乎没有一个人很享用这顿大餐，都说很难吃。库马尔肯定感觉到了，他假装与中学老师们聊得很高兴，借以忽略我们对其

"大餐"的失望。问题在于他老说"大餐",我们的期望值太高了。中国人所理解的"大餐",首先是数字概念,数量要多,其次才是品种与品质,而这里的"大餐"最主要的只有一个大面团子——尽管面团子确实挺大的。虽然我能感到小伙伴们投来怪异的眼光,但我仍对主人说"大餐"非常好吃,主人受宠若惊地感谢我。倒不是因为客气,而是因为我若不表示好吃,

饭后茴香

没人会感谢我,凡是不用数学的账我都能计算正确。不过最后还是有一道食物使我真正领教了印度菜的"厉害"。实际上这不能算一道菜,而是吃完晚饭后的口腔清洁剂,即用一片薄荷叶包上各种干香料和小颗粒冰糖,放在嘴里嚼烂吞下。薄荷混杂着其他香料的味道,很冲,不过肯定对清洁口腔有好处。其实这是讲究卫生的习惯,只是味道太冲,薄荷叶子太硬,难以下咽。后来我查资料得知这叫饭后茴香(After mint),可以在超市买到。

食物很糟,但主人的态度很好。不,不能说糟,只能说不合中国人的口味而已。晚饭后校长力邀我们去他家喝印度甜奶茶。他家为一座三层小楼,基座平面约150平方米,全家十几口人都住一起,有三个是中学老师,是个幸福家庭。进门就是

客厅，靠墙是一排书柜，周围有椅子沙发。校长很好客，把家里成员一一介绍给我们。小孙女 10 岁，深目高鼻，跟玩偶一样，大家都争着和她照相。

从校长家出来后，驱车赴曼迪车站，乘 12:40 的火车赶往博帕尔。

中央邦在德干高原与恒河平原之间，为印度最大的一个邦，其首府便是博帕尔。我们已经习惯在火车上睡觉了，第二天一早到达博帕尔，12 月 1 日晚上下榻的帕拉什酒店（Palash Residency）派了一辆依维柯（Iveco）旅行车来接我们。开车的是一个长得很酷的比尔人，黝黑的肤色和线条分明的脸庞看上去像座雕像，所有女性的目光都被他吸引，以致忽略了窗外的风景。

博帕尔大家应该不太陌生，20 世纪末世界上最严重的毒气泄漏事故（Bhopal poison gas accident）就发生在这里。1984 年 12 月，在印度中央邦博帕尔市发生重大公害事故，美国联合碳化物公司所属的一家农药厂发生地下储罐毒气泄漏。泄漏的毒物为异氰酸甲酯，这种毒气小剂量会引起炎症，大剂量会在人的喉部和肺部引起糜烂和发炎，令人剧烈呛咳，最后窒息而死。这次事故有 3787 人死亡，50 多万人不同程度地中毒，其中 3900 人可能终身残疾、失明。毒气泄漏使大量食物和水源污染，牲畜和其他动物大量死亡，生态环境受到严重破坏。人类的繁殖和发展太快了，30 年后的今天，已看不到当年毒气泄漏事故的任何影响了。

博帕尔最有名的景点有两处：一个是东北的桑奇大塔，附近还有著名的乌代吉里佛窟和斯图帕佛窟；另一个便是世界遗产岩画点毗摩婆伽（Bhimbetaka），被列入世界遗产名录。

桑奇大塔（The great stupa at Sanchi）是印度著名的古迹，印度早期王朝时代的佛塔，位于中央邦首府博帕尔附近的桑奇村。桑奇大塔又称桑奇窣堵波，音译自梵文的 stupa，是源于印度的塔的一种形式，在印度、巴基斯坦、尼泊尔等南亚、东南亚国家比较普遍。窣堵波是古代佛教特有的建筑类型之一，主要用于供奉和安置佛祖及圣僧的遗骨（舍利）、经文和法物，外形是一座圆冢的样子，实际上就是墓葬，也可以称作佛塔。公元前 3 世纪时流行于印度孔雀王朝，是当时重要的建筑。

毗摩婆伽岩棚岩画（Rock shelters of Bhimbetaka）属中央邦的莱森地区（Raisen district），位于博帕尔南 45 千米处的文代山（Vindhya hills）和斯特普鲁山（Satpura hills）一带，靠近阿布杜拉甘吉镇（Abdullaganj），包括在拉特潘尼野生动物保护区（Ratapani wildlife sanctuary）内。整个地区覆盖着各种植被，水源充足，与澳大利亚的卡卡杜国家公园（Kakadu National Park）、南非卡拉哈里沙漠地区布须曼人的洞穴岩画（Cave paintings of the Bushmen in Kalahari desert），以及法国拉斯科洞穴岩画周边的自然环境很相似。

毗摩婆伽英文写作 Bhimbetka，由"宾"（Bhima）与"婆伽"（Baithka）两个词合成。"宾"（Bhima）一词与印度的毗摩河（Bhima river）或史诗《摩诃婆罗多》（*Mahabharata*）中的神话英雄毗摩（Bhima）有关；"婆伽"（Baithka）一词表示地方，毗摩婆伽一词的意思是毗摩居住或打坐的地方（Sitting place of Bhima）。该词所透露出来的历史与古风扑面而来。

旧石器时代晚期的毗摩婆伽洞穴遗址外景

毗摩婆伽新石器时代的岩画。这幅岩画中既有瘤牛（中间），又有一般的黄牛（左上角）

毗摩婆伽中石器时代的岩画。库马尔认为这是一幅丧葬或治病仪式的岩画，站着的人正在为躺在底下的人（死人或病人）做法事

2003 年,毗摩婆伽岩棚岩画遗址被正式列入世界遗产名录。不过,毗摩婆伽岩棚岩画最早是作为一处佛教遗迹在 1888 年的考古报告中被提及,后来考古学家瓦坎卡尔(V. S. Wakankar,库马尔的老师)1957 年到博帕尔看到这里的岩画与西班牙和法国的很相似,并带队进行初步的考察后,才认为是史前岩棚岩画遗址。到目前为止共有 750 处岩棚岩画已被确认,分作两组,其中毗摩婆伽组有 243 处,拉克加拉组(The Lakha Juar group)有 178 处。

毗摩婆伽岩棚与洞穴岩画制作和延续的时间更长,被认为是从距今 30000 年前一直到中世纪。岩画颜料被认为是植物颜料,许多颜料已经渗透到岩石节理之中。整个岩画可以分作 7 个时间段,也就是Ⅶ期。

Ⅰ 期:旧石器时代晚期。包括黑白二色线条绘制大型的野牛、老虎、犀牛等动物形象。Ⅱ期:中石器时代。比之旧石器时代的动物图像,中石器时代的图像尺寸要小一些,且动物身上往往有线性装饰。除动物外,出现了人的图形,还有狩猎场景,其使用的武器亦很清晰,鱼叉、矛、带尖的棍棒、弓箭等。此外还有集体舞蹈、母亲与孩子、怀孕女人、持猎物的男人,以及喝酒(水?)和丧葬活动的场面。Ⅲ期:铜石并用时代。与中石器时代的图像有些类似,但画面披露出这个时期居住此地的洞穴居住者与马尔瓦高原农业集团进行接触并交换信息。Ⅳ期和Ⅴ期:早期历史时期。这个时期的图像大抵使用红色、白色和黄色绘制,风格抽象而具有装饰效果,可辨识的图案有骑者、宗教象征物、袍一样的装束等,还可细分为更为具体的时代风格。被称作"雅克沙"（Yakshas，也拼作 Yaksa），是印度神话中的善神的总称，同时也是那些被藏在树根和地下宝藏里的守护神。这些善神中最主要的一位是库巴拉（Kubera），统治者被称作 Alaka，神秘的喜马拉雅王国的图案代表着宗教信仰，亦即三位上帝和传说中的"天神之车"（Magical sky chariots）。Ⅵ期和Ⅶ期：中世纪。这个时期多为更加抽象甚至是几何形的图形，其技法显得生硬甚至退化。颜料多使用锰、赤铁矿、木炭等。

岩石上绘制着许多动物，岩画有"岩石上的动物园"（Zoo rock）之称，如一块岩石上绘有大象、水鹿、野牛、鹿、太阳等；而另一块岩石上，还有两头长着长牙的大象，以及孔雀、蛇等动物。手持弓箭、长刀，以及盾牌的猎人的狩猎场景事实上也常见于史前岩画的社群中。在一个洞穴壁上，绘制着一头野牛在追逐一个猎人，而他的两个同伴似乎无助地站在旁边看着。而在另一些岩画中，出现了带弓箭的骑马人。

这里有一幅比较特殊的岩画引起了我的兴趣。画面上横躺着一个人，他的身旁站着另一个人，正弯腰用双手在他头上做着什么。库马尔教授的解释是巫师正在给人治病，而我觉得也有可能是巫师正在给死人施行丧葬仪轨。其实解释为治病或丧葬并不重要，重要的是这是一位正在施法举行仪式的巫师。如果这一点没有异议，那么岩画制作者的社会和宗教性质就应该是萨满教，这就与古代中国构成了比较的基础，因为中国至少在汉代以前也是萨满性质的社会（张光直语）。既然有了共同比较的基础，那么相同与相似之处就不仅仅是一两幅岩画图案

毗摩婆伽中石器时代的岩画

而已。

事实上的确很多，比如史前中国普遍见诸岩画和彩陶上的连臂舞，在毗摩婆伽岩棚岩画和前面谈及的禅贝尔河谷岩画中也出现多幅。与玛哈伽第三期文化出土的连臂舞彩陶年代相比较，岩画连臂舞的时代也应该在距今6500年前左右。中国彩陶和岩画中的连臂舞时代要晚一些，大约在新石器时代末至早期青铜时代。值得注意的是毗摩婆伽岩棚岩画连臂舞图案以清晰明了的形式告诉我们连臂舞是一种在音乐或至少在鼓声的伴奏下进行的集体舞蹈。青海马家窑文化不仅出土了连臂舞的彩陶纹饰，而且出土了陶鼓。学者们推想陶鼓与连臂舞可能有关联，应该是用于为舞蹈伴奏。毗摩婆伽岩棚岩画的连臂舞图案证实了这种推想是正确的。考古学，包括岩画学，是一门实证科学，其精义就在于假想和验证的结合，这里用否定句式的表

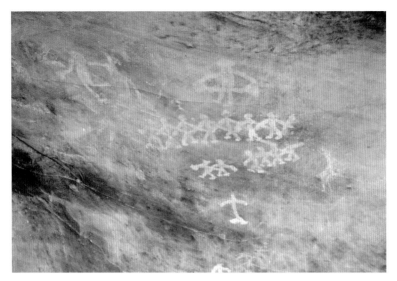

毗摩婆伽岩画中手拉手舞蹈的场景，画面上方有一鼓手指挥，身上挎着类似朝鲜长鼓的乐器，用以伴奏或指挥舞蹈

禅贝尔河谷岩画中手拉手舞蹈的场景

述应该会更有力：没有实证的推想都是瞎想，而没有推想的实证全为瞎证。

除了作为世遗名录的岩画遗址外，毗摩婆伽还是印度一处著名的旧石器时代晚期遗址，也是南亚次大陆最早的人类遗迹之一。这里的许多洞穴曾经被 10 万年前的直立人居住过，2 号洞穴还出土过旧石器时代的人类化石。早在 20 世纪 70 年代，印度包括澳大利亚、瑞士、巴西等国的考古学家便在这里进行过一系列发掘。在一个被称为"会堂"的洞穴中（Auditorium cave），通过发掘，考古学家瓦坎卡尔建立起从旧石器时代早期的砍砸器到历史时期的地层序列，此外还找到了中石器时代岩画与地层的直接关系，从而确定了中石器时代的岩画。该遗址做得比较充分，考古学家采用 AMS（加速器质谱碳 14 测年）、OSL（光释光测年）、U-TH（铀钍测年法），以及微腐蚀分析法等测年技术，确定会堂遗址年代最早在阿舍利文化的晚期（10 万年前）到 1000 年前的历史时期。瓦坎卡尔由此被认为是印度岩画之父，1975 年被印度政府授予莲花士勋章（Padma Shri）。2005 年中央邦政府设立瓦坎卡尔国家奖，用于奖励在考古方面做出杰出贡献的考古学家。顺便提一句，2021 年库马尔教授荣获瓦坎卡尔国家奖。

关于旧石器时代或晚期更新世岩画，瓦坎卡尔认为用绿色颜料绘制的人形图案，身体呈 S 形运动状，应该是晚期更新世的人类作品。但许多学者也有不同的意见，认为这只是全新世的作品。至于中石器以后的岩画断代应该是可信的，学者们从画面上直接提取白色颜料样品进行 AMS 年代分析，获得 5190±310

年、4810±370 年、1720±310 年、1100±60 年几组数据，但没有一组超过新石器时代。2000 年由库马尔和罗伯特主持的 EIP 项目研究中，罗伯特对会堂中央石英砂岩上的凹穴进行过微腐蚀测年，发现石英颗粒的腐蚀程度已超出观测的范围，故认为至少在 10 万年以前。换句话说，毗摩婆伽地区岩棚和洞穴岩画是中石器以后的人类作品，而会堂遗址中凹穴岩刻图案，有可能是更新世晚期的作品。

我们之所以在此如此详细地介绍毗摩婆伽的早期人类遗迹，是因为这个遗址不仅对印度，而且对整个世界的岩画研究都极为重要；不仅因其岩画时代早，更是因为岩画的时代通过现代技术测年和考古地层多重证据加以确认，从而成为岩画科学研究的典范。此外，这个旧石器遗址对印度极为重要。中国发现的旧石器遗址和古人类遗址不仅时代早，而且数量极大；但与中国接壤相邻印度，却很少发现旧石器，尤其是旧石器时代早期遗址，古人类化石地点更是少得可怜。印度考古学家对此很郁闷，不知是他们的错还是他们古人的问题。

午饭就在离毗摩婆伽最近的高速公路服务站吃，库马尔说为了节约时间，我们吃简单一点。殊不知这顿简单的午餐却是大家认为来印度后吃得最满意的一顿饭，关键在于没有咖喱！看来并非所有的失去都是损失。继上次"大餐"之后，库马尔就一直在考虑怎么让我们吃上一顿能迎合我们中国人口味的饭，在这里他无意间成功了。吃完饭便赶往下一个参观点，库马尔说了一个古怪的印度名字，不知道那是个什么地方。当汽车开过一座桥后，一座规模宏大仿佛来自外星球的巨石建筑突兀地出现在地平线上，我顿时感到来自遥远的震撼，原来这是著名的博杰普尔湿婆神庙（Bhojpur Shiva Temple）。

博杰普尔湿婆神庙由 10—11 世纪帕拉玛拉王朝著名的婆迦王（King Bhojadeva，1000—1055）为湿婆神建造，故名。神庙坐落在贝特瓦河（Betwa River）的右岸，距博帕尔东南 28 千米。婆迦王不仅是印度历史上一位强有力的统治者，而且还多才多艺，对于古代印度的诗词音乐等影响甚大。最重要的是他写的《萨摩罗经》（Samarangana Sutradhara）一书，涉及城市规划、房屋设计、寺院建筑与神像的雕琢，甚至飞行器等，成为印度建筑和科技史上的经典著作。

神庙至今仍被供奉。在印度，只要仍被供奉的所有庙宇，参拜时必须脱鞋以示敬意。看到神庙前一堆堆廉价的塑料拖鞋，同行的所有人可能都在想："我的耐克或阿迪达斯旅游鞋会不会被换掉？"库马尔看出了我们的这种"小人之心"，于是说："你们去吧，我看鞋。"我有点难为情，便故示大方地把鞋随便扔在印度人的拖鞋堆里——反正有库马尔看着，何患哉！我们光着脚，小心翼翼地踩在硌脚的红色砂岩上，显得很有诚意。

神庙用巨大的红砂岩巨石建成，外面看像个碉堡，但里面空间很高大，四根巨大的石柱撑起中央的穹顶，柱子和穹顶上布满繁缛的雕像与雕饰。墙、梁、顶、柱之间的构架复杂而华丽。整个内部空间在印度语中称作"噶尔博哈嘎腊"（Garbhagrha），象征着生命、真理的源泉及宇宙起源的地方。神庙建造在高 5.2 米的台基上，神庙平面长 33 米，宽 24 米，高 13 米。这可

博杰普尔湿婆神庙，仿佛是一块从天上掉下来的陨铁

象征着生命、真理的源泉及宇宙起源的寺院顶部，设计典雅华丽

能是我见过的将反差美学发挥到极致的经典建筑案例，整个建筑外部看上去朴素无华、方正古拙，内部则繁缛华丽、典雅而凝重，这种石块叠涩的穹隆顶令人想起西汉王延寿的《鲁灵光殿赋》中对中国古建筑的描写："观其结构，规矩应天，上宪觜陬。傀偄云起，欻岧离娄。三间四表、八维九隅。万楹丛倚，磊砢相扶。浮柱岧嵽以星悬，漂峣鲋而枝拄。飞梁偃蹇以虹指，揭蓬蓬而腾凑。层栌磥垝以岌峨，曲枅要绍而环句。芝栭欑罗以戭眷，枝掌权枒而斜据。"深奥古雅吧？看不懂吧？其实我也看不懂，只是借汉赋来表达我对印度教建筑的这种尊敬的感觉和印象而已。

建筑外部朴素到刚开始你可能会忽略它，看山是山，看水是水；进到内部你会觉得这是另外一个空间，巨石墙壁和巨大的石柱营造出一个高耸向上的深远空间，各种繁缛的雕刻精细却能感觉到力量和意志，这时看山不是山，看水不是水；出来后再观察外部，看山还是山，看水还是水，不过此时每块巨石方正的直线与平面已然有了一波三折的味道，平坦如砥的石壁上婀娜多姿的湿婆高浮雕更是曲尽其妙。山水依旧，心已焕然。

殿堂内供奉着印度最大的柱状林伽（Linga，男性生殖器像），高 2 米，直径 1.5 米，由一整块巨石雕成。承接林伽的须弥座高约 5 米，6 米见方，这个基座在印度教中称优尼座（Yoni Patta），Yoni 即女性生殖器，Patta 为基座。基座也是用一块整石雕凿的，后因穹顶坍塌落在基座上，使基座裂为两块。跌落下来的这块穹顶巨石尺寸为长 11 米，宽 1.6 米，高 1.6 米，重达 70 吨。人们至今不明白古人是如何将这块巨石安装在穹顶的。优尼基座上竖以象征男性生殖器的林伽，其寓意

博杰普尔湿婆神庙中的优尼与林伽

不言而喻。信徒们朝拜时并不燃香，而是带着椰子或玫瑰、茉莉等鲜花放在优尼基座上作为供奉，殿堂内没有烟雾缭绕，只有花香袭人。

不知因何原因，婆迦王并未能完成这项浩大的工程。神庙的西北面的平地上散落着许多完工的和未完工的巨石构件，这些构件显然是准备安放在神庙上的。1000多年以后的今天，这些构件依然忠心耿耿地留待原地虔诚地等待着婆迦王。我心匪石，时间似乎停止了，这里看不出任何世事的变迁。巨石构件与神庙之间的裸露岩面上，刻凿着工程蓝图，即整个神庙平面图，还有带纪年的题记。现在的神庙是在法国工程师的协助下由印度考古监察部（The Archaeological Survey of India，简称ASI）对穹顶加以修复和复原的。

在我们离开湿婆神庙时，西边的天空燃起了火红色的晚霞，像天降陨石般嵌在地面上的红色砂岩神庙与晚霞交相辉映。正是在这里，天地交接了，人神沟通了。其他人忙着拍照，此时我却灵魂出窍，在天空游荡。良久，我转过身去，我还在原处，前面的路还得靠自己的双腿走回去。

回到博帕尔，其他人回旅馆了，库马尔拉我去看他的一个老朋友。他的老朋友叫奥塔（S. B. Ota），是印度考古调查局中部地区的二把手。印度考古调查局相当于我国的考古所和文物局，是印度文化部辖下的文物考古部门，其职责是"对国家和国际重要的遗址遗迹进行勘探、发掘、保护和管理"。该部门成立于1861年，英国殖民时期一般由英国人担任领导，著名的英国考古学家惠勒爵士（Sir Mortimer Wheeler，惠勒探方考古发掘方法的发明者）于 1944—1948 年担任该部门的领导。
殖民时期印度考古调查局管辖的范围还包括阿富汗、巴基斯
坦，以及孟加拉国。1946 年印度独立后，只辖印度本土。印度
考古调查局总部在新德里，总部下有分部，叫圈子（Circle），
共 24 个，一个邦一个，再加两个小圈（Mini circle），共辖 26
个圈子。圈子的一把手称考古总监（Superintending archaeologist）。
像阿格拉圈这种属于大的考古圈子，下面还有如泰姬陵、红堡
等分圈，前面提到的布拉德汉博士就是泰姬陵分圈的一把手。
阿格拉圈是印度考古监察局最老的圈子之一，成立于 1885 年。
跟中国一样，印度考古之所以按地区分成 24 个圈子，就是便
于属地管理，也就是金庸笔下的黑道码头，所以库马尔到博帕
尔后，要想看文物，首先得拜码头。

奥塔是位旧石器时代考古学家，也是博帕尔考古调查局的
副手。博帕尔考古调查局专业考古人员有 200 多人，跟我们国
家一样，印度考古的从业人数在世界上数一数二。奥塔本来也
要去本地治里参加第 19 届印度岩画大会，但因有事去不了。
他送我一篇文章，是对岩画颜料所做的同位素分析。看我们来
了，他顺便让我们帮他辨识几个他们刚发掘出来的中国青瓷上
的汉字，我便让金安妮和张鹰飞去辨认，我留在他办公室与他
聊天。在与奥塔的聊天中得知每年印度中央政府下拨数量很大
的资金用于文物保护和考古发掘，而且金额逐年增加，比如
2014—2015 年的预算是 9800 万美元，相当于 6 亿人民币。这
只是中央政府所投入的经费，尚不算各个邦和专项投入的经
费。相对于一个经济总量并不大的国家而言，这种文物上的投

作者（左）、奥塔教授（中）和库马尔教授（右）正在交谈

入不可谓不大。与中国的文物经费投入情况做对比，我们便可
了解这种投入的分量。首先从 GDP 总量来看，截至 2012 年，
中国是印度的 4 倍。从 1992 年至 2000 年，中国中央财政共安
排文物保护专项转移支付资金 12.61 亿元，年均 1.4 亿元，文
物保护经费年投入大约在亿元水平。2001 年以后，中央财政安
排文物保护专项转移支付资金跃上了 2 亿元的新台阶，并呈现
出加速增长的态势，2005 年达到 5.87 亿元，2007 年超过 10 亿
元，到 2014 年已达 80 亿。

印度无论是中央财政还是地方财政拨的钱，全都公之于
众，非常透明，包括如何使用亦然。在他们的网站上可以清晰
地看到各项预算与支出。无论是发掘、科研还是文物维护，都

是通过招标方式进行。奥塔让我看他刚放到网上的一个招标项目，这是一个萨哈兰普尔地区（Saharanpur）罗非拉（Rophilla）城堡中一个防御工事维护的材料供应标的，上面需要的材料一共有五项：沙子、石粉、碎石、石灰和红色氧化粉，并对材料质量、数量、规格等有具体要求，时间为 15 天，总价为 198840 卢比。不过投标者要交 4971 卢比作为定金，还要掏 500 卢比买一张投标单。当然材料供应不需要资质，假如是古建维修、考古发掘等项目，除了其他技术要求外，还需要资质。看来英国殖民者给印度带来的远不止火车和议会，还有一系列制度和习俗。印度实行西方的制度，也就在情理之中了。

连日的夜奔，大家都觉得有些疲倦了，吃完晚饭正欲睡觉，楼下却传来震耳欲聋的音乐声，原来楼下正在举办婚礼。性相近，习亦不远，尤其和邻居印度。印度人结婚同样是把大家聚在一起撮一顿。虽然在印度鸡肉、鱼肉不忌，但我在印度期间不见任何地方吃过。印度人基本吃素，婚礼上也是素食，不喝酒，也不放炮。新娘与新郎均为传统装束，美丽得耀眼。只要装扮起来，高鼻深目的印度女孩都是美艳不可方物。婚礼上的这对璧人，可以说男帅女靓。男的穿一身深色西服，头戴色彩艳丽的印度缠头，居然搭配得毫无违和之感。见我们这些外国人也来看热闹，主人热情地邀请我们一起进餐。虽然我刚吃过饭并不饿，但我想知道他们在婚礼上都吃些什么，就每样都尝了尝，与平日我们吃的没什么两样。有一种菜，主要原材料肯定是土豆，但味道很怪。热心的主人说了一大堆我根本听不懂的话，我猜他想告诉我这是什么菜以及怎么做的，其中两

盛装下的新娘与新郎

个关键词我听清楚了,一个是土豆,另一个是迷迭香(Rosemary)。我恍然大悟,原来这就是传说中的印度食品,迷迭香煨土豆。还有一道菜看上去很像中国的豆腐,但吃起来完全不同,后来才知道这是用奶酪做的印度豆腐。喜欢吃豆腐的朋友得注意,友情提醒一下,虽然同叫豆腐,但是风马牛不相及,吃到嘴里可不能吐出来!经过几天的观察,我终于发现中国人和印度人在饮食上的差别了。食物本身的区别倒是其次,主要是对待饮食的态度上,全然不同。在印度吃饭是为了果腹,吃饱即可,所以食物都跟快餐一样;而中国人吃饭是为了享用,吃得好才行。不过这话搁到英迪拉·甘地嘴里一说,就变得有哲学意味了:对自我放纵的人来说,活着是为了吃饭;对自我约束的人而言,吃饭是为了活着。

不过结婚总是美好的，所有的人都喜笑颜开。

第二天一早我们赴火车站，赶往金奈（Chennai）。从博帕尔到金奈共 1500 千米，火车要走 22 个小时，库马尔说这是最快的一趟。对于印度火车我们已经很熟悉了，很快就找到了自己的铺位。刚开始觉得印度火车乱哄哄的，其实很有序，并且很安全。我见旅客们都是随意地将旅行箱放在座位下面，睡觉时将手机、电脑全部放在小桌上，并不收起来。晚上每个铺位都有帘子，拉上之后便是一个独立空间，而且灯光也可自己掌控，不像我们国家的卧铺灯光是"大一统"管理，到时间就准时集体熄灯。与我国火车上一样，小商小贩在车厢里来回走动，售卖印度奶茶、薯片零食，也有印度产的方便面，盒子小一点，是咖喱味的。印度奶茶很便宜，相当于人民币 7 角钱一杯，方便面 1 元 5 角。吃饭的时候会有正餐，两个煮鸡蛋、一大盒咖喱饭和一小盒与蔬菜混制的酸奶，一盒饭分量很足，两个人也未必能吃完。我们乘坐的 Sl 车票很便宜，从博帕尔到金奈二等铺只要 200 多人民币，头等铺相当于我国的软卧，但要宽敞得多，也只要 310 多元。印度火车实行实名制，卧铺票很难买，要预订，看来在人多的国家情况都一样。印度没有黄牛，没有假票，虽然麻烦，但一般都能预订到，我们的火车票是库马尔在一个月前预订的。站台上的电子屏幕会显示每趟车次和每位旅客的姓名，我们的名字也在上面。印度火车站看上去很混乱，其实也是很有序的。在网上看到印度火车恐怖的外挂场面，这哪里是坐火车，简直是拼命嘛！不过我们没遇到过。库马尔说这种情况也会有，那就是有特殊的宗教活动或集会。比如阿格拉每年 8 月在泰姬陵附近有大型的宗教集会，周边的信徒拼死也要参加，因为这关涉到灵魂的去处，即便是因扒火车等原因死于途中，也是值得的。灵魂是最重要的，肉身无足轻重。但是，印度铁路有一处最人性化的服务，那就是全国铁路联网售票，你可以在任何一个火车站购买全国范围内任一区间、任一时间的火车票，而且只要在发车前，你均可以在任一火车站办理任一区间、任一时间的退票事宜。一些大站（如新德里）还有专门的外国人售票处（International tourist bureau）。

在火车车厢里张贴的乘车指南上有很多内容，包括与我国一样的不许携带易燃物，不许在车厢的接头处放置行李，不许在行车中打开车门，等等。但其中有一项很特殊，是专门针对妇女的，题目是"骚扰女乘客是一种会受到惩处的行为"，将会按照印度刑法第 345A、509 和 294 条，以及铁路法 145 和 162 条加以惩处，最高可判刑两年。下面还有女乘客若遇性侵如何报案的说明指南，最后则是一条铿锵有力的表态和法律保证："印度铁路被法律委以保障女乘客安全的责任。"看来在印度女性遭受骚扰或性侵的确不是个别事件，以致需要制定专门的法律。之所以如此，与妇女社会地位低下不无关系。正是在这种重男轻女的社会风气下，印度现在的男女比例是 100∶93，是世界上男女比例失调最为严重的国家之一。但从另一方面来看，有了清晰的法律界定，也保障了女性的安全。

印度人的生活很简单，不吃肉、不喝酒、不抽烟。由于天气炎热，有的人终年就是一双拖鞋，一身单衣或一袭长袍，穿着很简单，但他们很快乐。我在本地治里碰到一个摆地摊的女孩，当我走过去时，她对我粲然一笑，顿时让我觉得眼前一片光明。她的笑容没有一点杂质，像清水般纯净，令人怦然心动，甚至有些感动，心头污秽顿消。其实她卖的什么我当时并不知道，但又有何妨？我要买的只是她金子般的笑容。"点头不是，摇头是"的印度人与你谈话时往往以摇头表示赞同，但在我们看来不仅是一副满足的样子，简直是得意的姿态！这一切全是缘于宗教。宗教使所有的人不再关注或过分关注物质利益，精神关注远大于物质欲望，而是安贫乐道，所以我猜他们

摆地摊的达罗毗荼女孩，皮肤虽黑，但笑容很靓丽

的幸福感远远大于我们这些没有宗教信仰的人，或已将灵魂出卖给魔鬼的浮士德。毕竟，在精神世界中，灵魂注定是高贵的。

有明显标示，印度火车上包括火车站一概不许抽烟。22个小时不能抽烟对我来说无异于酷刑，实在忍不住，会跑到厕所偷偷抽一根，因为厕所的窗户始终是开着的，亦无监控。火车的厕所很干净，这与印度人便后用水清洗的生活习惯有关。在国内常听说在印度是忌用左手的，因为印度人用左手擦屁股。这显然是将印度人妖魔化了。印度人是用左手洗屁股，而不是擦屁股，这一点很重要。在印度举凡厕所，即便是火车上或车站的厕所，都会在便池旁放一个水桶和水杯，有些厕所可能没有卫生纸，但这两样东西一定是有的，这是方便如厕后清洗用的。讲究点的会在便池旁接一个软管小莲蓬喷头以供清洗使用，一般旅馆的厕所都有。印度规定只能用左手洗屁股，所以相比之下，印度人的习惯更文明、更卫生，更显出对他人的尊重。从印度人吃饭的方式看得出来这种习惯是强制性的，印度人吃饭更喜欢直接用手抓，无论是固体还是流质，但印度人根本不用左手，只用右手，即便是撕薄饼（Chapatti）时也是一只手……你懂的。

在火车上是与印度人交流的好机会。所有受过教育的印度人都会讲英语，而且英语说得与母语一样好。印度民族众多，语言复杂，据有关资料统计，印度共有1652种语言和方言，其中使用人数超过百万的达33种。宪法规定的18种语言为联邦官方语言，其中英语和印地语是最主要的两种，但宪法还规定，英语为行政和司法用语。英语和印地语同为官方语言，但你若问印度人什么是印度的官方语言，他们会说是印地语，然而印地语的流行程度远不如英语。比如在印度南部的泰米尔地区，你若说英语毫无问题，但若说印地语则无法交流，因为当地人除英语外，只说泰米尔语。所以在印度所有的学校教学或学术活动，都是以英语为主。英语有很多方言，印度英语实际上是英语的一种方言。不过你千万别认为你的英语很好便可以在印度畅行无阻，印度英语口音之重，绝不亚于中国北方人听江浙话。印度人的口音与他们的口味一样重，即便到了旅程的尾声，我听印度英语仍是连蒙带猜。但这种重口音英语似乎毫不影响他们之间的交流，尽管来自不同地区的英语口音会大不一样。从某种程度上讲，印度的统一和独立，应归功于英语，没有英语，印度这样多民族和多语言的联邦要实行统一是很难想象的。

印度是一个非常神奇的国家，其神奇之处在于古代传统和现代文明的高度融合，东方文化与西方文化的无缝接轨，这同样应归功于英语。大街上一袭印度长袍的女性用一口流利的英语聊天，感觉是很奇妙的。一方面，几乎所有的印度人都是宗教教徒，或印度教，或伊斯兰教，或锡克教，等等，无论从穿戴或举止行为，都可以表现出他们是虔诚的宗教徒，整个社会有着深厚的传统气息；而另一方面，特别是在公共场合，我们则经常可以见到来自世界的用英语写的名言警句，比如"性格就是上帝"（Character is god）；"如果你想美丽，每天请花一分钟在镜子前，5分钟在灵魂前，15分钟在上帝前"（If you want to be beautiful, spend a minute before the mirror, five before soul

英式胡须与印度缠头同样相得益彰

and fifteen before God）；"不要说你没有足够的时间，你每天所拥有的时间和米开朗基罗、圣雄甘地、比尔·盖茨以及阿尔伯特·爱因斯坦一样多"（Don't say that you don't have enough time，you have exactly the same number of hours per day what Michelangelo，Mahatma Gandhi，Bill Gates and Albert Eienstein had），等等，一如"文革"时期的毛主席语录。恐怕也只有在印度，你才能见到苦修者脸上的英式胡须与头上的印度缠头相得益彰；或看到头上戴着围巾或缠头，身上却穿着制服的警察或军人，印度前总理辛格也是这身标志性的装束，传统与现代结合得如此奇妙。

中国的建筑多为土木结构，能保存几百年算是很古老了，所以一般人能看到的也就是明清的建筑，宋代建筑微乎其微，唐代建筑更是凤毛麟角了。然而在印度，即便是在闹市区的中心，抑或在僻静的公园一角，你会常常邂逅千年以上的古代建筑。对搞文物的人而言，这应该算是福利。南方的印度教寺院与北方的最大不同之处就在于门楼的不同，南方的寺院一般在进门处有一座高大并雕刻得精细复杂，象征湿婆等上天诸神的塔形石雕，尤其是那些色彩已完全脱落的门塔石雕，更显历史之沧桑。看到那些坐落在城市里风格迥异的古老寺院，或从寺院参观出来乍见逼仄的摩登建筑，每每会有一种穿越感。

德干高原夏天气温可高达 49℃～50℃。年降水量自东至西递增，由 1000 毫米以下增至 3000 毫米以上。在高原的河谷盆地中，年降水量仅 450 毫米，成为半干燥的荆棘草原。在中南部地区，降水较少，是印度旱作花生、玉米的产地，

许多古代神庙沿用至今

也是印度重要的棉花产区。除了叫不出草木和田地里植物的名称外,窗外的景色与苏北、山东一带没什么区别,甚至好像还没那里绿,但 12 月初这里的气温始终在 28℃～30℃之间,即便晚上也在 25℃以上。

当火车快到金奈时,我见到成片的简陋房屋,也就是中国所谓的临时建筑,库马尔告诉我那是贫民窟(Slum)。印度的贫民窟好像都在火车站附近。我没去过孟买,但从奥斯卡获奖影片《贫民窟里的百万富翁》知道孟买的贫民窟也在中央火车站附近。孟买的达拉维(Dharavi)贫民窟不仅是印度最大的,也是最著名的贫民窟。达拉维贫民窟不到 2.5 平方千米的社区里居住着近 100 万的人口,这是令人难以想象的。在金奈贫民窟,有人甚至睡在街上。我问库马尔为什么有这么多人睡在站台或大街上，库马尔坦率地告诉我，因为他们是穷人，住不起旅店。接着他反问我，中国没有露宿街头的人吗？我一时之间竟不知如何回答。是啊，城市是全民的，穷人也是人民，为什么穷人不能住在大街或站台上？为什么他们不能在城市里选择自己的居住方式？正好手头有一份印度教徒报（*The Hindu*），上面有关于城市改造方面正反两方面的争论，反对派说："如果为了城市发展而清除穷人的就业资源，实际上就是剥夺了他们在城市生存的权利；因城市规划取缔贫民窟，就是劫贫济富。"

实际上如果一个城市没有贫民区，这难道不是对穷人的歧视吗？至少说明这个城市的管理者嫌贫爱富，或者起码不是一个为人民服务的政府，这应该是最温和的说法了。我突然想起英国女作家夏洛蒂·勃朗特的小说《简·爱》里简·爱对罗切斯特说的一句话："你以为我穷，不好看，就没有灵魂和感情吗？……你错了！我们的精神是平等的，你跟我都会经过坟墓，将同样站在上帝面前！"经典的用途就是在关键的时候你用来回答问题，所谓解惑者也。

经过一大片贫民区之后，进入一个热带风情的现代化城市，摩登建筑，种有椰子树的整齐街道，仿佛刚才只不过是个梦。印度真是一个神奇的国家，神奇之处就在于"对印度的任何评价都是正确的"——这是网上流传的一句话。

在火车上巧遇印度岩画协会会长阿格拉瓦教授（R. C. Agrawal），我们是2014年夏天在银川岩画会上认识的，算是老朋友了，一起叙旧聊了会儿天。早上7点，火车抵达金奈。

金奈是泰米尔语，印度最南部泰米尔·纳德邦（Tamil

Nadu）的首府，过去英文名字叫马德拉斯（Madras），更为人熟知。金奈坐落在孟加拉湾边上，城市东面绵延 12 千米的马里纳海滩（Marina beach resort）是亚洲最大的海滩。2004 年海啸重创了这个海滩，超过 100 人丧身，大部分海滩因为海啸而水浸。10 年之后，生活又回到起点，这里依然阳光明媚，海水湛蓝，游人如织，人和大自然都裸露着坦诚相待，亲密无间。

金奈是印度的第四大城市，虽然火车站不如孟买的著名，但比新德里火车站看上去更有历史感。车站建筑很古老，虽然人多，到处都是熙熙攘攘，但井然有序；到处都很干净，清洁工不停地在打扫，完全不同于我们见过的其他印度火车站。

库马尔订好的一辆豪华大巴把我们拉到圣乔治堡（Fort St George），因为金奈考古圈也在堡内，城市秘书处和议会厅也设立在此。金奈的地理位置有点像中国的广州，著名的英国东印度公司最初于 1639 年在这里设立商站，1643 年开始建立保卫商站的圣·乔治堡。2000 年前金奈就和中国、希腊、罗马等地开始商贸交易，17 世纪被英国东印度公司作为首选之地和开启印度殖民统治的起点，不是没有道理的。这个城堡的名字是根据圣·乔治命名的，他是英格兰的保护圣徒，英国所有的殖民地似乎都有圣乔治堡，如苏格兰、孟买、纽约、安大略等地都有，这应该是大英日不落帝国的见证。

库马尔在堡内金奈考古圈的招待所定了两间房子供我们洗漱和吃早饭，嗣后便去参观圣乔治堡博物馆。博物馆亦属金奈考古圈所辖，博物馆展览的都是圣乔治堡 17 世纪以来的历史文物，包括武器、日用品、钱币、字画，还有名人用具等等。参观完后，博物馆馆长与我们座谈。由于完全不懂这段历史，所以我对此兴趣不大，完全是敷衍，但在主席台上的一幅宣传广告引起了我的注意，广告标牌左上方的小字为"Let us join hands to eradicate corruption"（让我们携起手来根除腐败），右上方的小字为"Let us construct a corruption free nation"（让我们建立一个没有腐败的国家），中间的大字依次为"Archaeological Survey of India，Fort Museum，Chennai Circle，Observes，Vigilance，Awareness Week，27.10.2014 to 01.11.2014（印度考古监察局，城堡博物馆，金奈圈，监督、警惕、警觉周，10月27日—11月1日），最下面一行是"Theme：Combating Corruption −Technology As An Enabler"（主题：与腐败战斗——技术作为推动者）。我心里大惊，如此声势浩大，不知道印度考古界该有多腐败！我问阿格拉瓦教授是怎么回事，阿格拉瓦教授告诉我印度政府部门腐败成风。总理莫迪上任后掀起廉政反腐风暴，规定每个月有一周时间为反腐周。只要是政府职能部门，在这一周内一律以反腐为工作重点，即便是考古界和博物馆这样的清水衙门，也是一样，贴标语、开大会、查账目、公开账目、接受监督，概莫能外。看来腐败在哪里都有，不过应对的方式不同。在我国是从上往下的监督与检查，印度则更注重从下往上监督。

参观完城堡博物馆后，我们便驱车前往本地治里，途中有个非常著名的景点叫马哈巴利普拉姆城（Mahabalipuram），是印度教雕刻艺术的发源地和集中展示区，其著名程度堪比我国的敦煌或龙门石窟。

金奈火车站

印度南部泰米尔·纳德邦的马哈巴利普拉姆地区或马哈巴利普拉姆城距金奈南 60 千米。公元 1 世纪以后，这里便成为通往东南亚的繁华港口。马哈巴利普拉姆城，俗称"七塔"（Seven pagodas）。根据印度教传说，希拉雅斯普王子（Hiran-yakasipu）不信毗湿奴（Vishnu，印度教三相神之一。梵天主管"创造"，湿婆主掌"毁灭"，而毗湿奴即"维护"之神），但他的儿子帕拉拉（Prahlada）信奉毗湿奴，并因此批评其父没有信仰。父子俩开始争辩毗湿奴的神性，儿子说毗湿奴无处不在，父亲用脚踢了踢柱子说，这里有吗？结果突然间，毗湿奴以一头狮子的面貌出现在希拉雅斯普面前，并且杀死了他。他儿子帕拉拉最终成为国王，他的儿子巴利（Bali）继承王位后有感于其父的信仰，于是建造了马哈巴利普拉姆城。

最早于公元 8 世纪，南印度圣人阿尔瓦（Thirumangai Alvar）用泰米尔语写的历史文献中将马哈巴利普拉姆古代遗迹描写为"海洋山"（Sea mountain）。自从马可·波罗之后，科罗曼德尔海岸（Coromandel coast）上的庙宇称作"七塔"，为当时水手们所熟知。马哈巴利普拉姆古代遗迹包括毗湿奴庙（Thirukadal-mallai）、大型巨石浮雕恒河的起源（Descent of the ganges）、瓦腊哈洞穴寺院（Varaha，梵文意思是公猪，这是供奉毗湿奴的庙宇，因为毗湿奴的化身就是一头长着獠牙的大公猪）、五战车遗址（Pancha Rathas，象征着班度族的战车，即印度古代梵文叙事诗《摩诃婆罗多》中班度的 5 个儿子），以及展示湿婆荣光的成千上万的石雕造像等。这个时期成群的宗教建筑大抵采用科罗曼德尔海岸的巨石雕刻而成。所有这些古代的石雕遗迹，仍闪耀着马哈巴利普拉姆古城昔日的辉煌。1984年，这些古代石雕打包收入世界遗产名录。由于时间的关系，此行我们只访问了其中的3个遗迹。

首先是海岸庙（Shore temple）。海岸庙因建造在孟加拉湾海岸边上而命名，其建造从帕拉瓦王朝（Pallava Dynasty）波罗密首罗跋摩一世（Paramesvaravarman Ⅰ）持续到波罗密首罗跋摩二世（Paramesvaravarman Ⅱ），从700年到728年。海岸庙包括同一平面上的三个主体建筑，从北端看上去，像是护法战车（Dharmaraja Ratha）的展现。庙宇可分为5层，高18米，15米见方，剖面呈金字塔形，主体建筑前面有一个作为门廊的小型建筑。三个建筑分别设有三个神坛（或者叫佛堂），两个大的供奉湿婆和梵天，最小的一个供奉毗湿奴。建筑坐西朝东，这样，每天早上的第一缕阳光便可照射在供奉神坛上的湿婆的本相林伽上。最东面的神龛是骑在南迪（Nandi，白牛，湿婆的标志性坐骑）上的湿婆像，殿堂外面雕有壁柱，下部为变形狮子。

整个庙宇靠海东侧一面由于常年受咸涩海风的侵蚀，雕像几近消失，根本辨认不出具体的图像，只有西部背风的一面，尚保留着足以辨识的各种雕像，尤其一幅湿婆像（Shivaskanda）尚可辨认，看得出早期的印度教艺术风格。湿婆像中是湿婆和他妻子乌玛（Uma，亦即雪山神女帕尔瓦蒂 Parvati，是光明和美丽的象征），以及他们的儿子战神韦陀（Skanda）和象头神犍尼萨（Ganesha）。

2004年的大海啸在其他地方夺人性命或摧毁建筑，但在这

孟加拉湾边的海岸庙，由于坐落在海岸上，海风侵蚀严重

海岸庙的湿婆石雕。由于常年受咸涩海风的侵蚀，海岸庙特别是朝海的一面大多石雕已漫漶不清，但这幅背风在石龛里，故保存尚且完好

里却为人们带来了福音。这个寺院主体部分曾经被浸泡在海水中或被掩埋在沙滩下，海啸将该寺院坍塌掩埋在沙滩里建筑冲刷出来，人们才意识到海岸庙原来就是欧洲航海日志中所谓的"七塔"的一部分，而另外"六塔"在哪里呢？是否至今尚掩埋在海水的沙滩下面？等等，考古学家尚不明了。被海啸冲刷出来的除了建筑主体外，还包括周边的大象、狮子、孔雀等动物石雕。阿格拉瓦教授介绍说 2004 年以后，每年金奈考古圈都来此发掘和清理，沙滩和海水下面还掩埋着大部分遗迹，不过政府决定不再挖了，留给后人。

海岸庙就在孟加拉湾岸边，靠海的一面设有铁丝网，很煞风景。阿格拉瓦教授说设铁丝网并不是为了阻断游人和大海的亲近，不，就是为了阻隔游人与大海的亲近，因为三年前有一对情侣在此跳海殉情。海岸庙所供奉的湿婆神像因被海风侵蚀殆尽，显然也失去了护佑功能。我突然想起周宁在《人间草木》中的一句话："在绝望中爱，在希望中死去，即使忧伤也幸福，即使孤单也热闹。"

参观完海岸庙后，我们去该城的另一处景点，即大型石雕"恒河的起源"，也称阿诸那浮雕或阿诸那苦修图（The Arjuna Penance），因为石雕表现了阿诸那（史诗《摩诃婆罗多》中的英雄）在这里苦修的场景（画面中一只脚站立的形象）和恒河如何自天而降的故事。《提毗薄伽梵往世书》说，国王跋者罗他（Bhagiratha）在这里修行时，把恒河（即银河）自九天引到人世间。这个巨大的花岗岩石块可以分作两部分，北半部即大型石雕"恒河的起源"，南半部则是将整个石头掏空，然后雕凿成柱子走廊的形制，在走廊内部的石壁上再雕以各种形象。其工程量之大，难以想象。亚历山大的远征，可能将古希腊的建筑和雕刻传入了印度，因而使那里在建筑和雕刻上都发生了变化。作为当时统一王朝的创立者——孔雀王朝，在阿育王统治下，政治思想发生了巨大的变化，反映在建筑上，便是以独柱形式的出现。这些独柱完全采用石料即成为石柱；石柱顶部的柱头是一些具有象征意义的动物或非生物形象；独柱的功能主要是宗教意义上的，它是一种中心的隐喻，一种向外放射的超自然力量的会聚点，这种超自然力量通过向外传播，而完成某种宗教教化的功能。在形式上，它们是将波斯的柱式加

大型石雕阿诸那苦修图（亦名"恒河的起源"），图中单脚站立的人即阿诸那，中间裂隙象征自天而降的恒河

以变化的结果。由于这种独柱丧失了用于支撑的力学功能，便完全变成了一种象征物。

"恒河的起源"石雕刻在面向东方的一块巨大的粉色花岗岩上，其长 30 米，高 15 米。巨石中部有一道贯通上下的自然裂隙，从而将画面分成南北两部分。裂隙内雕刻以各种人物形象，顶部有一水槽，下雨时雨水自上而下象征着自天而降的恒河。人像均以真人大小尺寸出现，大象和其他动物亦然。北段画面全部雕镌完毕，而南段画面的下部则未完工，两组画面一共有 146 个形象。画面形象还有《摩诃婆罗多》（*Mahabharata*，印度古代梵文叙事诗，意译为 "伟大的婆罗多王后裔"）中的故事与人物，如紧那罗（Kinnara，因其头上长角，又叫 "人非人"，是奏法乐的天神，形象为马面和鹿面，半裸体，持乐器）、乾达婆（Gandharva，不吃酒肉、只寻香气作为滋养的半神，亦服侍帝释的乐神之一）、阿仆萨罗（Apsara，仙女）、甘娜（Gana，湿婆的协侍）、纳嘎（Nagas，象征冥界的多头蛇），以及动物形象如羊、鹿、狮子等。整个画面形象众多，场面壮阔，工程浩大，表现逼真，给人震撼之强烈，可以用目瞪口呆来形容，很难想象古人是如何在如此大面积的巨石上进行想象、设计和制作的。

当地人至今仍生活在古代杰出雕刻的庇荫中，观赏这里时，周遭小商贩会拿着各种雕刻出的纪念品向你兜售，你会情不自禁地将这些现代的旅游雕刻品与眼前的伟大石刻作品联系起来，你也更会无法拒绝地买上一两件——因为实在是太便宜了！我买了一件皂石小象，镂空雕刻，大象里面还套个小象，工艺非常精巧，却只要 300 卢比（相当于人民币 30 元）！而且这里的商贩似乎并不敲诈游客，在好几个地方这种小象都是卖 300 卢比一件。

下一个参观点是五战车遗址。根据遗址中印度考古监察局的展示说明书，五战车建筑是在帕拉瓦王朝以木头制成的战车为原型而设计的，修建从摩诃因陀罗跋摩一世（Mahendravarman I）一直断断续续延续到其儿子那罗僧诃跋摩一世（Narasimhavarman I）时期（AD 630—680）。不知什么原因，五战车建筑最终也未能完工。遗址包括五座单体建筑，全部都是利用海滩上独立分布的整体巨石因材雕凿的。五个建筑分别用《薄伽梵歌》中班度的五个兄弟部族的名字命名：达马罗加战车（Dharmaraja Ratha）、彼玛战车（Bhima Ratha）、阿诸那战车（Arjuna Ratha）、修罗·萨哈戴瓦战车（Nakula Sahadeva Ratha）和卓帕迪战车（Draupadi Ratha）。每个建筑雕饰繁复，设计华丽，工艺精湛，均为战车形宫殿，真正浑然一体，任你再霸道的强拆队，也难动分毫。在这里又发现了斗拱和雀替结构，阿格拉瓦教授说是由印度传到中国的，我说汉画像砖中便出现了。没想到他对中国的情况颇为熟悉，他说那也是东汉，也就是公元以后的画像砖上才会出现，西汉的画像砖上绝不会有，因为印度最早出现斗拱结构是在公元前 1 世纪。这我倒没想到，一时之间我没把握，不敢回答。不过这是个非常有趣的课题，待我有空找些材料来看看。

这种用一整块巨大的花岗岩雕成的建筑，即使在印度建筑中也是独一无二的，同时也构成了南部印度达罗毗荼建筑早期的多样化风格，亦即带有明显的佛教因素。这种风格的建筑群

五战车遗址（正面）

五战车遗址建筑上的石雕十字斗拱

包括洞穴寺庙、整石雕成的战车型寺庙、浮雕，以及建筑寺庙。这种将山体或巨大岩石凿空的风格最早能追溯到孔雀王朝时期的岩凿建筑。这些岩凿建筑通常位于峭壁上的岩穴中，是印度的典型建筑类型。这种类型建筑的出现，是印度人固有的观念所致，即认为大地的隐秘处与神的领域之间存在着某种关系。从战车型寺庙和洞穴圣所的风格中我们可以看到早期佛教阿旃陀石窟（Ajanta Caves）和埃洛拉石窟（Ellora Caves）的影子。历史学家认为很有可能拏喇辛哈帕尔曼王在公元 642 年对查鲁奇亚王朝（Chalukya Dynasty）的战争中打败了普拉凯辛二世（Pulakesin Ⅱ），将其工匠作为战利品带到泰米尔地区，从而创作了这些石雕。如果说海岸神庙和"恒河的起源"浮雕令我们震撼得目瞪口呆的话，五战车建筑则令我们震撼到五体投地。我们不能想象如此巨大的整块花岗岩体是如何被一凿一凿地錾剔、掏挖和镌刻，从而形成华丽繁缛的殿堂建筑群的。这是宗教，不，应该说是神的力量，凡夫俗子住不了如此坚硬而崇高的花岗岩战车圣殿。

传统是不会轻易消失的。石雕是帕拉瓦王朝艺术的精髓，也是南印度孟加拉湾沿海一带的地方特色文化，同时也是世界上最为出色的石雕艺术产地，以前是，今天依然是。

从金奈到马哈巴利普拉姆，沿途到处都是石质雕刻品，从十几米高的神像，到几厘米的装饰品，都在路边摆着，其工艺之精湛，形式之多样，令人叹为观止。雕刻技艺除了在民间传承外，这里还有一座雕塑学院，这也是政府在 20 世纪创办的全印度唯一一所传统雕塑艺术学院。每年大约招生 40 人，分别有木雕、石雕、铜刻、传统庙宇设计、佛像绘画及最初级的雕塑模具制作等。现有 150 多名在校生，学制是四年。

雕像一般用錾刻和打磨不同的技艺制作出双色效果，看上去很有立体感。惜乎无法携带，不然我真的想买一个大件带回去。贪欲如举债，想买与不能带的纠结折磨了我一路。不过即便不能拥有，观赏同样令人身心愉悦。

晚上 7 点，抵达本地治里。我们下榻在海滨宾馆（Seaside Guest House），宾馆后面就是孟加拉湾。此时中国已入冬，山东的东海或北戴河海边上，你绝对待不住 5 分钟，而这里，即便入夜，气温也在 28℃ 左右。没有羡慕嫉妒，只有恨。据说本地治里著名的哲学家诗人奥罗宾多就是在这里隐居，并常在孟加拉湾海边上冥想，从而成为印度南部精神文化的领袖。泰戈尔晚年也曾居住于此。海面上一片漆黑，深邃得没有尽头，海浪规律地拍打着礁石，感觉到无边的海风吹来，没有一丝雾霾——突然觉得自己可以像佛教高僧或印度苦修圣哲那样冥想了：宇宙，人生……未及禅定，"喂，吃饭去！"同伴的呼声惊醒了我，恍若隔世。开着窗户，枕着孟加拉湾的海涛声，晚上我睡得很踏实，甚至梦到了海。"我在清晨醒来，我的灵魂还是湿的。远远地，海洋鸣响并发出回声。"我猜智利诗人聂鲁达写这句诗的时候，境况应该跟我差不多。

本地治里原来是法国殖民地。实际上在历史上本地治里被法国和英国几次易手，一会儿法属，一会儿英属。无论政治上是什么归属，但传统上此地是法属。法国印记太重了，有著名的法国学院、仲马街、罗曼·罗兰图书馆、沿街那种 cosy（小而温暖）风格的法式建筑、警察所戴的那种法国红穗高帽。据说每逢 7 月 14 日法国国庆节时，很多人举着法国三色旗，唱着《马赛曲》，在大街上游行庆祝。法语至今仍是本地治里的官方语言之一，本地人夹杂着法语和泰米尔语口音的印度英语，连库马尔都很难听懂。而对我来说没什么区别，反正都听不懂。精神的东西是难以描述的，但却是最本质的，对我来说充塞着整座城市的法式风情与浪漫气息，则是明确无误的。

李安的电影《少年派的奇幻漂流》（Life of Pi）最终使本地治里（影片中叫"朋迪榭里"）名声大振。90 后的张鹰飞刚刚抵达本地治里便深深地喜欢上了这座城市，因为电影《少年派的奇幻漂流》中关于这座城市的背景知识，使他对这座城市多了一分的理解和偏爱。影片中派的父亲经营的动物园拍摄地是一个真实的场景，即热带植物园，在这里你可以真切了解到本地治里何以因其特殊的气候和地理环境，成就了印度作为香料之国的美称。这里 99% 以上的植物不但让人叫不上名字，且从未见过。温暖的气候和多样化的繁茂植物，再加上法国的浪漫，本地著名的哲学家奥罗宾多（Sri Aurobindo）为印度人构想了一个理想的精神世界。奥罗宾多创立的新宗教流派叫"整体吠檀多"理论体系，是从早期的吠檀多（Veda-anta）理论发展而来，宣称宇宙是由现象世界和精神世界两个世界所组成，精神世界由现象世界演化而来。20 世纪 60 年代由法国人米拉（Mirra Alfassa），后被尊称为"圣母"（The Mother），将奥罗宾多的精神世界付诸实施，建造了一个乌托邦城，称"黎明之城"（Auroville）。许多不同国别、不同语言、不同文化的人生活在该城内。不过这个乌托邦社会并非共产主义，来此不是为了享受生活，恰恰相反，每个人都要努力地工作，而且只能领到一笔微薄的生活费，每个月 2000 卢比。工作是为了快乐，为了服务他人，为了做爱做的事，为了自我精神上的满足，过一种平等的、健康的、有创造的和"不持有的生活"。城里有 2200 多名固定居民，来自 45 个国家。城里的建筑格调是统一的，所有的建筑材料都是自己加工，实用、简约、纯手工、无污染。食物自产自销，属于纯绿色食品。黎明之城建立的宗旨是从人类的物质文明的束缚中解脱出来，追寻一个精神层面的居住环境。在这里，你能认识到怎样作为一个正常的，而不是被物欲控制的人。对人类而言，生活的维持只需基本的物质，而生命的过程则需精神。从这方面来看，黎明之城也称得上是一种宗教。

被称为"现代玄奘"的中国学者徐梵澄（1909—2000）在黎明之城待了 27 年，他把这里叫作"阿罗新村"。徐梵澄是真正学贯中西的学者，毕生经营东西方精神哲学。他著作等身，但却淡泊名利，只作为中国社科院宗教研究所的一介普通研究员，最后"安静得甚是寂寞"，这与他在此间 27 年的静修显然是有关的。与徐梵澄这种"不持有"的学者比起来，自己算是贪婪或名利熏心了，老觉得当学者太寂寞，恨不得去做艺人。而缺乏精神追求，即使一心向学，学问也只是商品，科研则为倒卖。

人无法在自身中认识自己，只能在与他人的伦理关联中获得定位与认识。同样，黎明之城，包括整个印度，是否也可以作为我们这个唯物主义社会的一个伦理关联呢？现在我们毫无

约束地朝着追求物质和物欲的方向发展，并且我们一再为此感到自豪：瞧，印度根本赶不上我们。然而，是否如同黎明之城一样，可能人家不是不能，而是不想一味放纵地用物质来满足社会，满足人们无限的欲望呢？对物质的贪欲终究导致精神的贫乏，难怪圣雄甘地把禁欲说成是通往人类精神力量（Satyagraha）的台阶，难怪印度的圣人都是在苦修中大彻大悟。

早饭在宾馆餐厅吃，有面包、果酱、炸面圈，以及煎蛋（Omelette）等，没有任何肉类食品，素得一塌糊涂，不过酒店的咖啡不错，现磨的。岩画大会于上午9点在距酒店10千米之外的本地治里大学召开。大巴车穿过本地治里主城区到达会场，这是一个观察城市风情的好机会。

实际上本地治里可以分成两部分：法属区和泰米尔区。法属区称"白城"，自然是一派法式风情，系规划而建，街道由南向北，顺着现在的运河平行垂直地排列，如格子般整整齐齐，至今仍住着许多法国人或持法国护照的居民。泰米尔区则为本地人居住。泰米尔人肤色很深，说古老的泰米尔语，故称"黑城"。统治印度南部将近1000年的朱罗王朝（Chola Dynasty）就是泰米尔人所建。中世纪时，他们排斥曾在印度盛行的佛教，大力复兴婆罗门教，在印度南部修建了大量庙宇，据说至今仍有3万座。婆罗门教也就是现在的印度教，跟真人一样大小的彩色石雕人像往往趺坐在墙上或街角的屋檐下，亲切得仿佛要与路人聊天。佛教伦理学注重沉思内省，佛教艺术便强调宁静平衡，以古典主义的静穆和谐为最高境界；印度教宇宙论崇尚生命活力，印度教艺术便追求动态、变化，以巴洛克风格

跌坐在屋檐处的迦楼罗仿佛正亲切地与路人交谈

在印度，神庙更多是日常生活的一部分，雕塑在大门上方的湿婆神好像是等你回家的家人

ARULMIGU
SRI MANAKULA VINAYAGAR TEMPLE

南部印度风格的达罗毗荼神庙，门厅部分的檐口水平挑出，上为密檐式方锥形塔，塔身呈现出繁缛的巴洛克风格

的激动、夸张为终极目标。而晚期大乘佛教被印度教同化蜕变为密教，密教艺术也趋于巴洛克式的繁缛绚烂。从公元 10 世纪起，印度各地普遍建造婆罗门教庙宇。形式和规格都参照农村的公共集会建筑和佛教的支提窟，用石材建造，采用梁柱和叠式结构。其外形从台基到塔顶连成一个整体，布满雕刻，建筑形式各地不同，北部的寺院体量不大，有一间神堂和一间门

厅，都是方形平面，共同立于高台基上。神堂上面是一个方锥形高塔，塔身密布凸棱，塔形曲线柔和，塔顶也是扁球形宝顶；南部印度巴洛克的繁缛风格的达罗毗荼神庙，门厅部分的檐口水平挑出，上为密檐式方锥形塔，最上端是一个扁球形宝顶，神堂是一间圣殿，四方正方位开门，整个庙宇象征婆罗门教湿婆、毗湿奴、梵天三位一体神。

泰米尔区虽然显得比较脏乱和嘈杂，但更有活力和亲和力。"黑城"里的出租车很便宜，我们6个人，有点小气，曾经包一辆SUV出租车一整天才3000卢比（相当于人民币300元），不过问题是你先得活着。这里的出租车（据网上说整个印度）是我见过的史上最疯狂的，特别是那种三轮出租车，就是著名的tutu车，国内也叫火三轮，这种车上黄下绿，在熙熙攘攘的街道根本不减速地狂奔，这时你能感觉和联想到斯里兰卡泰米尔人的猛虎组织。不过最终我们安然抵达目的地，神技乎？神迹也！司机眉间印堂点着朱砂红，证明确实有梵天神在护佑。尽管与这一脸大胡子的泰米尔司机根本不搭调，但我还是无端想起了歌曲《倾尽天下》里的一句唱词："血染江山的画，怎敌你眉间一点朱砂。覆了天下也罢，始终不过一场繁华。"正如《吠檀多》所云："物质世界是虚幻的，只有梵天是实的。"

出租车最别致的是其喇叭，装在司机的右手上方，用手捏的橡皮球喇叭，声音不大，亦不刺耳，但很特别，不同于一般汽车的电喇叭，一听到这声音就知道是出租车。通过声音来管理，这简直是一项发明！要知道这种疯狂的出租车一旦都采用电喇叭，这个城市便永无宁日了！一切都在神的掌控和管理之下，在表面的混乱下，其实非常井井有条，没有人要伤害你，很多人的钱包都塞在屁股兜里；亦无盗抢之虞，在这里人人都有着像少年派那样清澈明亮的眼神。

依法治理，仅仅是一个单向管理，并且仅针对犯法者，即以惩恶的办法来管理社会。不过这个社会上作奸犯科的人只是少数，而大部分是守法之人，如何调动这部分人参与到社会秩序的维护和建设？这显然需要宗教的介入，宗教的功能是惩恶扬善，是一种双向管理。这种管理模式的效用就在于不只是让一位"警察"常驻心头来监管你，更重要的是要邀请一位"天使"时时在你面前奖励你。善显，恶则隐；扬用，惩则废。一个好的社会，或对管理层来讲，扬善应该远远大于惩恶，因为扬善是一种投入，更需要付出，是比惩恶更难做的事。

本地治里大学是印度排名前十的大学，不仅院系专业齐备，师资力量雄厚，而且校园面积广大，景物怡人。岩画会议在学校宾馆礼堂召开。三天会议是此次印度之行最主要的目的，同时也是最乏味的节目。对我来说，同样乏味，但不得不听，功利大于兴趣。此次印度之行，不但没有满足原来的好奇之心，反而更进一步打开了神秘之门。

新西游记：巴基斯坦访古

一、塔克西拉

2017 年 4 月底至 5 月初，我与南京大学的水涛和河北师大的朱爱二位教授应邀访问巴基斯坦旁遮普省的拉合尔女子大学，勘察和参观巴基斯坦境内的考古遗址和几处历史名胜，为将来联合考古发掘做准备。

我们第一个参观的地方是塔克西拉（Taxila）博物馆与法王塔遗址。

塔克西拉在《大唐西域记》中译为"呾叉始罗"。书云："呾叉始罗国，周二千余里，国大都城周十余里。酋豪力竞，王族绝嗣，往者役属迦毕试国，近又附庸迦湿弥罗国。地称沃壤，稼穑殷盛，泉流多，花果茂。气序和畅，风俗轻勇，崇敬三宝。伽蓝虽多，荒芜已甚，僧徒寡少，并学大乘。"此地自古即以北印度之高等知识传播地而闻名。4 月 1 日至 2 日，在拉合尔女子大学设计艺术学院院长里法特（Rifaat）教授的陪同下，我们参观塔克西拉博物馆以及比尔山丘（Bhir Mound）、西尔卡普（Sirkap）和法王塔（Dharmara Jika）三处遗址。

塔克西拉博物馆门面很小，但名气很大，位于巴基斯坦首都伊斯兰堡西北约50千米处

　　塔克西拉博物馆门口的三角梅，本为藤蔓，进取心太强，以至长成大树，直若鲤鱼跳龙门。自然垂象，气度不凡，预示着这是个不一般的地方。

　　入口处的墙上那幅画像正是塔克西拉遗址考古发现者——英国人约翰·休伯特·马歇尔爵士（Sir John Hubert Marshall，1876—1958）。1902年，马歇尔在伦敦博物院的推荐下，担任了英属印度的考古调查局局长，在他的主持下发掘了哈拉帕、摩亨佐·达罗和塔克西拉等文化遗址。之后，考古界的大帅哥，就是后来探方的发明者惠勒爵士（Sir Mortimer Wheeler，注：在欧洲，考古学被视为一项高贵的职业，从事久了都被封为爵士了），也在这里主持过发掘。

　　塔克西拉博物馆以收藏这种被称作犍陀罗（Gandhara）风格的佛教艺术造像而著名。大家看着好像在哪儿见过这种风格的人像？高高的鼻梁、圆领通肩大衣，衣饰百褶，一手轻拈衣角，头发呈波浪形并有顶髻，对，是希腊风格。公元前 326 年，亚历山大大帝侵占印度次大陆，带来武力征服的同时，也带来了地中海的文化建设。亚历山大大帝东征的目的，据他自己说是为了传播先进的希腊文明，这是他的老师亚里士多德再三叮嘱他的事情。所以希腊的雕刻艺术加上佛教的人物，便诞生出犍陀罗艺术。这是最早的佛教艺术风格，因为在此之前，佛教一如伊斯兰教，是没有偶像崇拜的。

塔克西拉有很多著名的早期佛教遗址，其中最著名，或者说与中国人相关的是法王塔遗址。法王是对佛陀释迦牟尼的尊称，这个时候的塔就是 Stupa，我国史书上翻译成"窣堵波"。

法王塔遗址的塔刹、塔身已倒塌，现仅存塔基。值得注意的是法王塔这里石构建筑中大小石块结合的砌筑方法，居然在 2000 年后中国川西的大渡河流域非常盛行。

马歇尔爵士

惠勒爵士

塔克西拉博物馆犍陀罗
风格的佛像

酷似亚历山大大帝的佛像

这是早期的窣堵波，位于塔克西拉博物馆一
进门的地方

　　这个遗址之所以对中国人重要是因为据史料记载,公元405年晋代高僧法显到达此地,并在此居住了长达 6 年之久。著名的唐代高僧玄奘在公元 650 年来到塔克西拉,在此讲经、说法整整两年。这里正是唐玄奘西游取经的最后一站,《西游记》中"西天"的原型。

　　这些建筑经历两千年后依然有模有样,而我国两千年前的建筑在地面上已经不可能看到了!

　　这种用大小石头结合垒砌的建筑方法据说来自希腊和马其顿等地中海地区(后文中就可以看到在西尔卡普希腊人的遗

从塔基的规模可以想见法王塔当初高大伟岸的样子

围绕着法王塔周围有一圈小房子，是和尚学习念经的禅房，据说唐玄奘在此住
过两年

址上，石墙也是按照这种大小石块结合的方法砌成的），不过
有趣的是两千年以后，在我国川西甘孜大渡河流域，也发现
了这种用大石主砌、小石填缝的砌墙方式。文明的迁播与流
传远远超出了我们的认识。

伊斯兰堡法王塔遗址公元前后的石构建筑（上图）；现在甘孜大渡河流域房屋石墙的砌筑方式（下图）

二、西尔卡普遗址

西尔卡普是我们在塔克西拉参观的另一个公元前 2 世纪的城址，但延续时间较长。城址分四个部分：前希腊部分、希腊部分、斯基泰部分、帕坦部分。

遗址中间是一条中轴大道，两边为房屋。靠中轴大道一侧的房子都很小，是个长窄形，猜猜是干什么的？

实际上中轴大道就是街道，这种临街的长窄形房屋就是商店。临街的除了商店外还有神庙、祭坛等，都是典型的希腊城市布局。《周礼·考

西尔卡普遗址全景

遗址中间是一条中轴大道，两边为房屋

工记》中记载我国的城市规划是按照"前朝后市，左祖右社"的原则设计的，这实际上与希腊的城市布局和规划很像，不知两者之间可有关系。

由于有不同的族群，且有不同的信仰，所以西尔卡普遗址上有各种风格的神庙与祭坛。

这是一个神殿的基址。这个基址的特别之处在于两侧的三种风格的门与柱的雕刻，分别呈现出北方草原的斯基泰或帕坦、希腊以及印度三种不同风格的门雕。岁月沧桑，古风逼人！

晚上下榻塔克西拉博物馆的招待所。说是招待所，但却大有来历——这是马歇尔和惠勒的故居。这是一座独体单层别墅，四间卧室、一间客厅、一间餐厅，用巨石砌筑，墙体很厚，冬暖夏凉，水教授有幸住到马歇尔爵士曾经居住的房子。院子里古树参天，高大的古树枝头有灰鹤筑巢，夜间偶尔低鸣，犹如人言。早上被鸟鸣吵醒，到院子里居然花香袭人。鸟语花香，恍若仙境！据说马歇尔就是在这里完成了塔克西拉、摩亨佐·达罗和哈拉帕三部考古发掘报告。

树上有灰鹤筑巢，鸣若人语。里法特的父亲是巴基斯坦著名的考古学家，20世纪60年代末是塔克西拉博物馆馆长，里法特就出生在这里。她确认了我的观察，说从她小时候起这些灰鹤就住在这棵树上！鹤是长寿动物，说不定认识马歇尔和惠勒。

花园里有很多橘树，去年的橘子落了一地，无人捡拾；或挂在树上，与今年的花朵一起，花果并现，又是一种风景。里法特告诉我，她父亲在此当馆长时规定园子中的橘子不准摘，

最早的佛教窣堵波，塔身塔刹已毁，仅存塔基的圆球部分，但在遗址中仍很抢眼，虽历千年，却风采依然

希腊的太阳神殿。阿努姆（Anum）站在神殿十字的中央

神殿已毁，仅存基址。从左至右：北方草原的斯基泰或帕坦风格、希腊风格、印度风格

不准吃，只供观赏。显然这项规定被贯彻到了今天。塔克西拉对里法特教授来说是一趟怀旧之旅，这里的一切仍如她儿时的记忆，一丝一毫都未变化，树上仍是那只灰鹤，地上仍留存着她小时候掉下来的橘子，老厨师的儿子继承了爸爸的职业，厨房里仍飘散出儿时熟悉的饭菜香味……儿时的记忆仍原封不动地保存在老地方，仍在延续——时光可以回去！这种童话般的奇妙感觉在中国已不复存在！

久矣夫，塔克西拉！两千岁的高龄，居然还风韵犹存，这在世界上是绝无仅有的。塔克西拉梵语的意思是"石头之城"，可以说名不虚传！遗址上有很多古树，虽已枯死，但依然挺立，似乎在陪伴着遗址。突然想起三毛的诗：要做一棵树，站成永恒，没有悲欢的姿势。

三、哈拉帕文明

哈拉帕（Harappa）是距今 4600—3900 年前的印度河文明，比我们的夏代还早，相当于传说中的炎黄时期。哈拉帕文明发现最集中的地方有两个：一个就是旁遮普邦拉威河畔（印度河支流）的哈拉帕，另一个是信德邦印度河畔的摩亨佐·达罗，两个地方都属于巴基斯坦。哈拉帕文明之所以享誉整个世界，就是因为它是世界上出现最早的文明社会，其标准便是城市、文字、青铜器。

惠勒爵士于 1946 年发掘出了哈拉帕城墙。城墙原始高度为 13 米，底部宽度为 15 米。城墙是一个城市的象征，城市是

这是居住区，用红砖砌筑。房屋建设规划统一，建筑一致，布局规整，很难想象这是世界上最早出现的城市

惠勒于 1946 年发掘出来的哈拉帕城墙

文明的象征，而文明则是衡量一个社会发展进步的标尺。说起来很容易，考古学家只要找到城墙，就找到了城市，也就找到了文明，在我国也就说离夏代不远了。可问题没这么简单，多厚的墙算是城墙？多厚的墙只能算你家后院的围墙？考古学家讨论几千年前的事往往就像谈他家昨天发生的事一样，张口就来，相不相信则由你了。

我们参观了处公元前 2450 年的哈拉帕的一处街道遗址，包括一个谷仓、一个临街的洗浴平台、一个铜器商人的库房等。这里出土了博物馆展出的主要铜器，还有大量的印章，上面的图案被认为是文字，但至今仍没有破译，无人识读。

哈拉帕印章，多用天青石刻凿。一般结构为一只瘤牛或独角兽、大象，然后周围有符号（文字），与我国的巴蜀图语很

哈拉帕印章

哈拉帕谷仓

像，只是至今都未被释读。

这是一处古老的清真寺。注意，这座清真寺不但修建在哈拉帕城墙之上，而且是用哈拉帕城墙的砖修建的。哈拉帕砖的质量很高，因为烧制温度很高。19世纪中叶英国人在旁遮普平原上修建从拉合尔到木尔坦的铁路时，找不到合适的石子铺设铁轨，于是就到哈拉帕遗址拆砖作为铁轨路基。从拉合尔到木尔坦的铁路至今尚在营运，可见哈拉帕红砖质量之好！不知道这趟火车票中是否包含文物费，毕竟这是一趟在古董上奔跑的火车！至今哈拉帕遗址上盗洞比比皆是，盗什么呢？哈桑馆长明确告诉我：盗砖！

这是惠勒发掘出来的遗址，由于保护不善，红砖被陆陆续续偷掉，以致现在都辨认不出是什么遗迹了。

虽然已进入文明社会，但哈拉帕时代的祭师却多为女性。公元前3000年就有如此精美的青铜造像（据认为是用失蜡法浇筑），由此可证哈拉帕的文明程度之高。

尽管我们有"黄帝造车，任重致远"的说法，但那毕竟只是个传说。但相当于黄帝时代的哈拉帕文明中，却真真切切出现了车。我国的车有可能来自哈拉帕吗？这是个问题。

公元前1500年之后，也就是快到我国的商代时，哈拉帕文明突然衰落。为什么？实际上哈拉帕的危机一直潜藏在它的繁盛之中。那种高大的城墙、坚固如堡垒一样的住宅、统一如军营般的规划，等等，这一切都是为了防御。经考古学家人骨研究发现，50%的人骨都有创伤，而15.5%人骨都有颅面外伤（Craniofacial trauma）。这就是说整个哈拉帕时代就是一个战争

哈拉帕文化出土的陶俑

哈拉帕文化出土的牛车陶俑

时代，全民皆兵！文明的繁盛就是为了衰败，文明的发达就是为了崩塌，只是崩塌和衰败的方式不同而已！考古学家感兴趣的就是何以昌盛，而又在一种什么方式中消亡。

最新的分子人类学研究表明，哈拉帕时期流行肺结核和麻风病。所以有些考古学家认为，哈拉帕文明也可能最终毁于战争与流行病。这个时期的战争主要是与来自北方的雅利安人的对峙。哈拉帕是达罗毗荼人，经济形态为农业，而雅利安人是游牧人，农人被游牧部落所征服是早晚的事。情况一如我国，譬如与哈拉帕大致同时期的良渚文明也是突然崩塌，肯定也是出自战争与疾病，或者洪水，只是未加证实而已。不过历史时期以后，汉族人建长城成功抵御了游牧部落入侵与抢劫。我国是一个例外，农业部落没有被游牧部落征服，而是成功地融合了。印度次大陆则是哈拉帕灭了之后，不断将达罗毗荼人挤压到南部地区。

游牧部落与农业部落的战争是东亚历史发展的一条主线，事实上印度史诗《摩诃婆罗多》和《罗摩衍那》描写的也正是这个过程。

摩亨佐·达罗遗址出土的城市废墟亦属哈拉帕文明。英国人大卫·W. 达维伯特和意大利人艾特雷·文森特于1978年前往摩亨佐·达罗遗址实地考察后，发表了《公元前2000年的原子弹破坏》一书，提出了大胆且极具冲击性的假设。两位研究学者推断，印度两大叙事诗《摩诃婆罗多》《罗摩衍那》中有关古印度战争的描述是古代的核战争。

《摩诃婆罗多》中提到某种武器从天而降时描述道："一柱

哈拉帕遗址出土的砖砌圆形建筑，考古学家们认为是稻谷脱粒场

炽热的烟雾火焰，像一万个太阳般明亮，熠熠冲天而起。它是一种无人知晓的武器，是钢铁的雷霆、死神的信使，它使整个城市化为灰烬。""狂风骤起，云朵轰然升起，尘土和砂石如雨点般落下，尸体被烧焦，难以分辨，头发和指甲全掉落。连食物也变得有毒了。"

哈拉帕文明消失了，但文明仍继续向前发展。英国考古学家走了，但考古梦却依然要做下去。用大白话说："我想挖哈拉帕遗址。"

这个红砖砌的圆盘基址是哈拉帕人种稻收稻的考古学证据，据说直到今天，印度次大陆的农民依然在这样一个场地上用捧打的方法给稻子脱粒。

脱粒可以用人工捧打，也可赶一群牛羊上去踩踏。我曾经在藏南看到藏族人赶一群驴在场上脱粒的场景，当时觉得很怪异，很不解，现在看来一切皆有因果。印度次大陆对西藏的影响，良有以也！

距今 4000 多年前的遗迹保存到今天依然如此完好，这就能引发考古学家想发掘的冲动。把一个古代的东西经过发掘完整地暴露出来，这就是考古学家探索历史的方式与快感。

四、旁遮普平原

旁遮普平原南亚次大陆西部的广阔平原，仅 10 万平方千米，大部分在巴基斯坦。这里气候干燥，年降雨量仅在 500 毫米左右，相当于我国甘青地区的黄土高原。但其地下水充沛，灌溉发达，有印度河等 5 条大河纵贯平原，盛产小麦、稻谷、甘蔗、棉花等。每年 4 月 1 日，我国大部分地区还是乍暖还寒、莺飞草长之时，旁遮普平原已经到了夏季收麦季节了，这几天最高温度可达 42℃！

从这个麦子生长的密度来判断，这里的小麦亩产应该在 500 公斤左右（更可能在 400~500 公斤之间），这个亩产与青海湟水河谷的水浇地小麦亩产可有一比，算是高产了。《大唐西域记》中说"地称沃壤，稼穑殷盛"，此言不虚。

旁遮普 500 毫米的年降水都集中在 7、8 两个月下，而春季无雨可下，属旱季。旱到什么程度呢？举个例子：按照甘青地区收麦习俗，麦子成捆在地里垛在一起，上面还要加一个根朝上，穗朝下的麦捆，作为"帽子"戴在麦垛上，但旁遮普平原收麦是麦垛不用"戴帽"，因为这是旱季，根本不下雨！

《大唐西域记》还说这里"泉流多，花果茂"。因为旱，所以这里的水果很甜，特别是旁遮普平原的芒果，非常有名。

旁遮普平原再往北是大普图哈高原地区（Pothohar Region），这个地区最主要的河流是索安河（Soan River），意思是天鹅河（Swan River）。早在 1928 年，英国人瓦迪亚（D. N. Wadia）就在索安河谷发现了旧石器时代的石器工具；不过到了 1936 年，考古学家赫尔穆特·德·特拉（Hellmut De Terra）才将其命名为索安文化（The Soanian）。索安河谷发现的旧石器时代晚期的索安文化，主要是旧石器时代晚期的石器，两面器和勒瓦娄哇技术很发达，时代在距今 500,000—125,000 年之间，与我国西藏定日县苏热地点石器，乃至于与云南宜良和宁夏水洞的旧石器都非常相似。我国已故的旧石器考古学家张森水认为，索安旧石器和西藏旧石器之间，定然有着某种联系。

因为天旱，旁遮普平原收割后的麦垛不用"戴帽"

甘青地区的麦垛是这个样子，戴个"帽子"是为了防雨

　　我们一直以为横亘在中国和南亚次大陆之间的喜马拉雅山是阻碍两边来往的一道屏障，但从考古学的角度看，这恰恰是一条文化交流的通道，近年来越来越多的西藏考古学材料证明了这一点。近年来在四川稻城皮洛遗址出土的阿舍利手斧，有可能来自喜马拉雅南麓；西藏阿里桑达隆果墓地出土的玻璃珠与白沙瓦地区的巴拉遗址（The Bara）的玻璃珠十分相似，而曲龙遗址玻璃珠被认为属于南亚地区生产的印度太平洋珠拉制珠；公元 8 世纪前后孔桑桥遗址出土的籼稻，被认为来自南亚；格布赛鲁墓地印度圣螺做的圆形贝饰和砂铀等则明确为南亚产地……

　　不过关于旁遮普平原，我们今天要讲的是一个如同鲤鱼跳龙门般惊艳却又真实的进化故事。达尔文进化论有一个观点，现在世界上的物种是在自然作用下长期演变而形成的。陆生的是由海里的变来的，飞行的是由陆地上的演变而来。这个过程"是一个在自然选择作用下累积微小的优势变异的逐渐改进的过程，而不是突变式的跳跃"。而那些神创论或不相信进化论者就反驳达尔文说，既然是缓慢演变，长期发展而来，那我们怎么没见过"中间过渡型"动物？你达尔文说陆地动物从海洋来（或相反），翅膀动物从陆地来，为什么没见过半鱼半兽、半鸟半兽（有四条腿又有翅膀）或半人半兽的"中间过渡型"动物？

　　达尔文对此的解释是化石记录不完全。化石的形成是普遍和随机的，为什么单单漏掉了过渡类型呢？过渡类型动物的缺失（Missing link），成为进化论的软肋。直到 20 世纪 80 年代

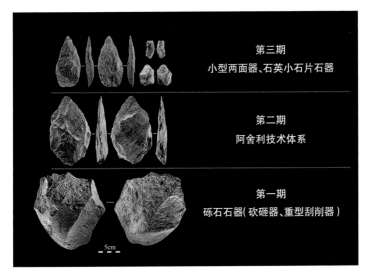

第三期
小型两面器、石英小石片石器

第二期
阿舍利技术体系

第一期
砾石石器(砍砸器、重型刮削器)

5cm

皮洛遗址出土的两面器

初,密歇根大学的菲力普·金格瑞西(P. Gingerich)和俄亥俄州大学医学院的汉斯·泰维生(Hans Thewissen)在旁遮普平原找到了始新世早期(5500万—4800万年)热带浅水的特提斯海道(Tethys)的一种鲸,叫巴基斯坦鲸(Pakicetus),也叫步鲸,就是由海洋动物向陆地动物进化的中间过渡类型。

1994年就在泰维生发表步鲸研究报告的同时,金格瑞西在旁遮普东南方的俾路支斯坦的4700万年前的地层中,又发现了另外一个更为进化的过渡型鲸化石,名为罗德侯鲸(Rodhocetus),是一种体形接近海豚的原鲸类群。

考古学家认为所谓进化只是一种适应,动物对自然环境适应,而人则是对文化适应。如是,会不会真有一天,我们再回到原处。

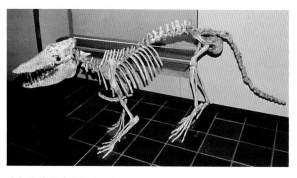

这条鲸的骨骼大部分看起来很像狼,但是头骨却很像原始鲸类的头骨,包括大型锯齿状的三角形牙齿。不过最特别之处在于它有行走用的四足,且四肢的骨头格外粗壮,暗示着这是一头既可以游泳又可以走路的鲸,所以科学家称其为"游走鲸"(Ambulocetus natans)或"步鲸"(Walking whale)(左图);复原后的样子(右图)

五、种姓制度

种姓制度(Caste)曾在印度与南亚其他地区普遍存在。一般认为,种姓制度是公元前 600 年左右,随雅利安人入侵印度而创立的社会制度,被称为瓦尔纳(Varna)的种姓制度将社会分为四个等级,即婆罗门(Brahmin)、刹帝利(Kshatriya)、吠舍(Vaishya)和首陀罗(Shudra)。婆罗门即僧侣阶层,为第一种姓,地位最高,从事文化教育和祭祀活动;刹帝利即武士阶层,为第二种姓,仅次于婆罗门,负责行政管理和作战;吠舍即平民,为第三种姓,经营商业贸易;首陀罗为第四种姓,地位最低,从事农业和各种体力及手工业劳动等。同时,各种姓派生出许多副种姓(或称亚种姓、次种姓),进而衍生出更多分支。除四大种姓外,还有一种被排除在种姓外的人,即所谓的"不可接触的贱民",又称"达利特"。他们的社会地位最低,最受歧视。

婆罗门、刹帝利是社会上层，没什么可说的；吠舍属于中等种姓，在古代吠舍是可以做商人的。吠舍不算低种姓，除了没有政治权利外，其他权利在古印度都是有保障的，尤其是人身权和财产权都是不能被上两阶种姓随意剥夺的，这个种姓大抵就相当于其他国家的普通公民。比吠舍低一级的首陀罗一般都是做用人，再往下的贱民就有很多权利不能享受了，比如交通座次买票、经商、受教育、受医疗的医院范围等等都会有限制。贱民又称"不可接触者"（Untouchables），多由罪犯、战俘或是跨种姓婚姻者及其后裔组成。因为他们的身份世代相传，不能受教育，不可穿鞋，几乎没有社会地位，只被允许从事非常卑贱的工作，例如清洁秽物或丧葬。前四个等级的人严禁触碰贱民的身体，贱民走过的足迹都要清理，甚至连影子都不可以交叠，以免玷污他人。

印度宪法宣布种姓制度为非法，印度政府在学校和议会中规定了特别配额，以帮助最底层的人。在获得就业和教育以及其他机会方面，不允许存在种姓歧视。但这并不意味着种姓制度是非法的或已经消失。种姓群体作为政治压力群体，在民主制度下运行得非常好，种姓制度可能提供人们似乎需要的心理支持。经济学家和政治学家发现，种姓制度并不是经济发展或政治民主的真正障碍。

1947年印度脱离殖民体系独立后，种姓制度的法律地位正式被废除，各种种姓分类与歧视被视为非法，然而在实际社会运作与生活上，种姓制度仍发挥着重要作用，扎根于心中的种姓观念一如既往。

在瓦尔纳之外还有一种被称作贾蒂（Jati）的人群，传统上用于描述印度具有凝聚力的一群人，例如，部落、社区、氏族、次氏族或宗教派别等。贾蒂人的社会地位也非常低下，每个贾蒂人通常都与职业、地理或部落相关。不同的宗教信仰或语言分组也可能会定义一些贾蒂人。一个人的姓氏可以反映出一个社区协会，因此，甘地＝香水销售商，朱比＝洗衣工，斯里瓦斯塔瓦＝军人，等等。

前面说这么长的开场白并不是为了介绍印度的种姓制度，而是为了介绍给我们当保镖的穆罕默德（Muhammad Asim）。鉴于巴基斯坦的反恐局势，为了保障我们的安全，每次外出，都会有一个荷枪实弹的特警跟着，他就是穆罕默德。

穆罕默德就是贾蒂人，不属于贱民，但属于低级种姓的其他落后阶层，跟我们的司机一样。为了低调，里法特教授特意让他换了身便装。保镖穆罕默德与司机法沃达虽然不属于瓦尔纳体系中的贱人，但是不可以和我们同桌吃饭。在中国，像这样一起出差的肯定在一起吃饭，在同一旅馆下榻，但在巴基斯坦不行，他俩不能和我们同桌吃饭，只能等我们吃完后，他俩才能吃我们剩下的。我很不习惯，想着叫他俩一起吃饭，但最终没这么做，因为这样可能会伤害更多的人。晚上睡觉也是不管的，如果是冬天，就在车上过夜；若是夏天，随便在草地上或街上就睡了，难怪印巴城市晚上大街上睡的都是人！穆罕默德与法沃达那天晚上就睡在我屋后的草坪上，两人聊天到深夜，我在屋里傻傻分不清是人语还是鹤鸣。

穆罕默德家在旁遮普平原的奇查瓦特尼（Chichawatni）。在我们经过奇查瓦特尼的时候，他本拟请我们在他家吃午饭。我们原本因为要赶路不打算去了，但我们确实非常希望到他家看看，他也很高兴邀请我们去他家看看，于是我们就去了。这真是大开眼界的一次参观，我第一次认识到生活也可以这么过。

孩子们很欢乐，穆罕默德也很欢乐，因为他觉得他生活得很幸福，很体面！正是因为这一点，他才力邀我们到他家参观。从他家走出来，我也坚信，幸福与金钱无关，与财产无关。不过依然有一丝深深的悲哀，这些孩子肯定多数都不能上大学，譬如情况好一些的印度国立大学，执行"种姓预定制度"，即要求必须为来自低种姓、部落和"落后阶层"的中学

进去一看，小院非常干净，干净到什么都没有！也没有农具，你无法判断这是一个什么样的住户

左边院墙上有个门洞，里面居然还有个内院。穆罕默德说那是厨房，做饭的区域。用整整一个院子当厨房，好奢华阔气

穆罕默德和他的女儿们

前院两间屋子，一间是穆罕默德住，另一间是孩子们住。他有三个女孩、一个男孩，这是孩子们的卧室

这是穆罕默德和他妻子的卧室。有冰箱，有电视，还有墙上的瓷器等。除了床，家里没有一件家具！日子照样过，生活照样继续！看看人家，我们还有什么想不开的

毕业生保留一定的入学名额，仅 22.5%！而其他大学情况就很难说了。种瓜不能得瓜，种豆不能得豆，人生不能通过自己的努力和奋斗来改变，这才是最大的绝望！

六、拉合尔市

拉合尔墙城（Walled city），又称老城（Old city）或内城（Interior city），是沙贾汗国王统治拉合尔时的象征。墙城内的主要建筑是瓦萨尔·汗（Masjid Wazir Khan）清真寺，建于公元 1635—1942 年。该寺院现在还在使用。该寺院建成时，前面还修建了一个有 24 家商店的巴扎，作为寺院的一部分。

瓦萨尔·汗清真寺及其与寺院一体的巴扎（商铺）

现在在拉合尔市能吸引游客目光的古迹或建筑，一般都是两个时期的：一个是莫卧儿王朝（Mughal Empire，1526—1858）时期的，"莫卧儿"意即"蒙古国"，是成吉思汗和帖木儿的后裔巴卑尔自乌兹别克南下入侵印度建立的印度封建王朝；另一个就是英国殖民南亚次大陆时（1757—1947）英国风格的建筑。

莫卧儿时期的建筑除瓦萨尔·汗清真寺外，还有夏利玛尔花园（Shalimar Garden）。据说沙·贾汗太爱他的泰姬了，在很多地方都建造了夏利玛尔花园以供泰姬消夏。夏利玛尔花园完整体现了经典的莫卧儿时期的建筑美学思想：对称的草坪和松柏，缓缓流动的水渠，从高处引水的喷泉，象征镜面的池塘，池塘上的水榭与表演舞台，等等。

拉合尔另一处著名的莫卧儿时期的古迹是拉合尔城堡（Lahore Fort）。我们又一次看到具有标志性的莫卧儿时期的花瓣形拱门建筑和著名的镜宫。拉合尔城堡不仅建筑保存完好，就连很多壁画至今色泽艳丽如初。

墙城又叫内城，是一般居民集中居住的地方，同时也是商贸的集市，寸土寸金，十分拥挤。

我以为拉合尔全是纳逊派，结果发现居然也有什叶派！前几年两派争斗，互有死伤。派别之争成为拉合尔主要的社会问题之一。

在英国殖民时期，随着英国统治者的到来，新的趋势影响了欧洲建筑元素的建筑形式与南亚传统装饰技术和材料的融合。拉合尔的建筑师们提倡哥特式和帕拉第奥式或新古典主义风格的同时，还将印度教和撒拉逊式的形式与西方的建筑元素

莫卧儿时期的夏利玛尔花园

沙·贾汗当年就像我这样盘腿坐在大理石雕刻的观赏台上欣赏池塘中央水榭上的各种表演

宝石镶嵌工艺（Mughal inlay art）是莫卧儿时期特有的艺术，这幅作品中不同形状和色彩的花草叶都是用不同的宝石镶嵌而成

城堡壁画

融合在一起，并在两种不同文化的建筑元素之间创造了和谐。他们的主要目的是将欧洲的建筑形式与本土的建筑元素相结合。他们建造了各种宏伟的、复杂的纪念碑，并专注于宗教、教育、官方和公共建筑，如市场、博物馆、总邮局、医院和火车站等。

拉合尔城市交通非常拥挤，中国的轻骑三轮摩托车是城市最普及的出租车，各种各样的轻骑遍布拉合尔市的大街小巷。中国人在巴基斯坦的确很受优待，好几次听到巴基斯坦人对我

这个城堡主要是为泰姬以及内宫所建。这种比周边道路低凹下去的小块草坪是专门为内宫女眷歇息游戏所用，是古代波斯的传统

内城的商铺

具有什叶派文字和旗帜的什叶派活动地

拉合尔博物馆

中国产的轻骑三轮摩托车是城市中最普及的出租车

说：We are brothers（我们是兄弟）！虽然南亚次大陆被英国殖民了 190 年之久，但印巴人对英国人却无憎恨，更多的是崇敬。

我希望中国除了轻骑摩托外，现在援巴修建的地铁、轻轨以及公路、铁路也能像英国的建筑一样成为这个城市的亮点。

七、帕坦美女

2015 年我参加白沙瓦大学巴拉伽利（Bara Gali）校区（距阿伯塔巴德 Abbottabad 北 30 千米的大山之中）召开的国际考古会议。第一次去巴基斯坦，我对那里的一切都感到新鲜好奇。当时会议上美女之多，令人不禁疑惑：这是开考古会议吗？

让我感到非常疑惑的是：这些美女真的是来参加考古会议的，而不是来选美的吗？不要骗我，这关乎我以后要不要来巴基斯坦挖哈拉帕文化遗址哦！而且美女总是成群结队而来，令人"猝不及防"。

参加国际考古会议的女考古学家们

开会时我的隔壁住着白沙瓦大学一位年轻教员的一家。他妻子不到 30 岁，已经是 4 个孩子的妈妈了。这位年轻的妈妈有着典型的帕坦女人的白皙与美貌。

2016 年我到巴基斯坦女子大学拉合尔学院访问，到校园一看，才真正明白什么叫美女如云！拉合尔位于巴基斯坦中部，这里主要是帕坦人、旁遮普人、信德人。

出于"对美做出反应"的这种朴素的男性本能，我上网一查，才知道这就是传说中惊艳过亚历山大大帝的帕坦美女！口说无凭，帕坦女性之美，是有案可查的！据说帕坦人也叫普什图人，就是耶稣的长相，是人类标准的长相。而最美丽的帕坦女人，据说是巴基斯坦西北开伯尔-普赫图赫瓦省的帕坦女人，

看似一家人,不是一家人。开会时,住在我们隔壁的白沙瓦大学的考古学老师一家

也就是兴都库什山区的帕坦人。之所以是最美丽的人,原因是这个地区历史上一直是欧亚大陆的交通孔道,帕坦人从而成为波斯人、希腊人、塞种人、月氏人、贵霜人、亚达人、突厥人、粟特人、大夏人、阿拉伯人乃至蒙古人的混血。

组成帕坦美女基本因素的波斯女性大家一定不陌生,著名的姬蔓·芭奴，也就是为大家所熟悉的泰姬，就是波斯公主。

能让莫卧儿帝国沙·贾汗皇帝老儿爱得死去活来的泰姬一定美得倾国倾城，活着的时候在巴基斯坦的拉合尔城堡中给她建镜宫（宫殿内部全部用镜子装饰起来）和夏利玛尔花园供她居住和消暑，死了则在自己居住的红堡旁边修建泰姬陵供他时时思念爱妻。

在历史上，帕坦女人的美貌曾经是退兵御敌最强大的武器。亚历山大东征到兴都库什山时，一批粟特人逃到了山中的一个四面绝壁、易守难攻的地方，曾经由亚历山大委派做大夏总督而后来背叛他的欧克西亚提斯以及他的妻子女儿也在那里，并成为这些反抗亚历山大的粟特人的首领。亚历山大率部到达时，发现这座山四面都是悬崖峭壁，根本无法进攻，而那

帕坦美女落落大方，非常配合我们拍照

沙·贾汗在巴基斯坦拉合尔城堡为波斯公主姬蔓·芭奴建造的镜宫

些粟特人和大夏人也早已储备了足够的粮草准备长期死守。亚历山大先跟他们谈判，说投降可允许他们安全返乡。但这些粟特人凭仗天险，有恃无恐，对亚历山大轻蔑地说，找会飞的人来攻打我们吧！结果亚历山大在军中招募了 300 名善于攀缘的死士，用绳索和小铁钩沿着最险要和无人把守的绝壁趁黑夜爬了上去。第二天这些兵士突然出现在粟特人和大夏人面前，宛若神兵天降。粟特人和大夏人顿时吓坏了，不战而降。战神一般的亚历山大虽然打败了欧克西亚提斯，然而却倾倒在欧克西亚提斯女儿罗克塞妮的美貌之下。原来亚历山大看上了欧克西亚提斯美丽的女儿罗克塞妮，并且决定娶她为妻。"一双笑靥才回面，十万精兵尽倒戈。"上行下效，后来部队里居然有一万多军士都在当地娶了帕坦女人做妻子。这便是关于帕坦女人美貌的真实历史事件。

2017 年 3 月底，我又一次来到拉合尔女子学院，又一次被校园里如云的美女所惊艳！我们去参观建筑系，建筑系的老师组织了 20 多位美女学生，手持中巴国旗，在中巴国歌声中列队欢迎我们！

接待我们的是美术与平面设计系的师生，说是请我们吃饭，不如说是请我们参观全系的美女教师，那是比吃饭还要优渥的礼遇。吃饭只是个由头，全系在一起欢聚才是目的，只是便宜了这三名来自中国的男性访客，还吃什么饭，简直秀色可餐矣！

各个院系的座谈只是个开头，更大的惊喜在后面，我们简直是到了"西梁女儿国"。拉合尔女子大学每年 3 月底有一个"女生的金色夜晚"（Golden night for hostel girls），这是学生自己举办的节日，校方不管。不过学生会邀请相关的老师和副校长参加。我们是副校长的客人，所以副校长邀请我们一起参加。这个聚会不能有男性，但我们是今晚"唯三"的男宾。外国男人在她们眼里不算男人。这个节日已经因故暂停三年了，今年重启，今晚的金色之夜注定是一个疯狂的夜晚！

在金色夜晚，不断地被人邀请合影成为我们的主要节目。曾几何时有这种宠幸？恍惚之间，头脑发昏，心智迷乱，还以为是"掷果盈车，看杀卫玠"呢！

年轻真好，疯狂真美。这种纯女生聚会的狂欢只有在伊斯兰国家才能看到；如今我们不仅看到了，还亲身经历并参与，也算是奇遇了！

所以女孩，特别是未婚时期，都是享乐至上，有狂欢的能

姑娘们每人手持一面五星红旗，列队欢迎。面对这样的阵势，我们都走成一顺儿了

学校为这次活动在曲棍球场搭建了一个巨大的帐篷

力。狂欢并不是一种聚会和场合，而是一种文化和能力。来拉合尔女子学院如同唐僧进了女儿国，圣僧拜佛到西梁，国内衡阴世少阳。农士工商皆女辈，渔樵耕牧尽红装。

物以稀为贵，其实一进入巴基斯坦境内，我们就时不时地被邀请合影拍照。水教授威猛英武，很有男子汉气概，故而受美女邀影者居多。

我和朱爱肯定属于"老少咸宜"那种，常常被一个家庭要求合影。

尽管巴基斯坦是个伊斯兰国家，女子地位低，身体不许暴露，但从我们接触的感觉来看，她们其实在某些方面比我们中国的女孩开放，毕竟我们有近两千多年的封建思想，不

我们是今晚"唯三"的男宾

是宗教，却胜似宗教。此外，巴国整个男少女多，一个男的可以娶很多妻子，具体规定是，在一个地方一次最多可以娶四个妻子！也就是说你还可以在其他地方一次娶四个！只要你有钱，养得起，你就尽情地娶吧！

其实我们的女孩也经常被巴基斯坦女孩邀请合影，好巧，这正合了我们的心愿：双方都愿意！

2019 年 1 月，我又一次去巴基斯坦，在旁遮普大学和伊斯兰堡大学去打量美女。虽然时值数九寒天，但拉合尔白天温度在 20℃左右，校园里繁花似锦，美女如云，所谓人面桃花也。

正值午饭时间，男女学生三三两两坐在草地上、路边或树底下吃着自带午餐，歇息聊天，这是帕尔·西涅伊·默西

走到哪里，水教授总是优先被女性邀请合影的对象

我则属于老少咸宜的那种，常常被一个家庭要求一起合影

《五月的野餐》和菲利普·德·安杰利《草地上的野餐》的东方版或现实版。

冷不丁走过来一个绝世佳人，倾国倾城，看得我们这些中国人都心花怒放。为了对美做出积极的反应，我们已摸索出一套行之有效的经验。但凡偶遇一美女，就让我们的女生上前请求合影，然后就是一通狂拍，一个闭月羞花，一个沉鱼落雁，相得益彰。不过请注意：假如平白无故对准一个不认识的美女拍照，那是不可以的，那叫耍流氓。

好色之心，向美之情，人性之光，天赐之灵！专志此章，算是为帕坦美女立传。

男女学生三三两两坐在
草地上吃着自带午餐

夏鼐：读书人生 马列信念

一、逢书必读：一种生命态度与生存选择

夏鼐被视为"学阀"或"学霸"，有一个非常重要的原因，也是最能影响后人的，便是夏鼐的读书人生。作为一介书生，夏鼐是逢书必读，遇考必赢，读书犹如一日三餐般不可或缺。整个十卷的《夏鼐日记》，几乎每天都有读书的记录，读什么书，读了多少页，等等。这里我们只引两则日记来感受一下：

5月2日 星期日

仍住在医院中。阅毕 Peake and Fleure, *The Law and the Prophets*（皮克与弗勒：《法律和圣经中的预言书》）（PP. 1—181），又阅了小半部 Sven Hedin, *Riddles of the Gobi Desert*（斯文·赫定：《戈壁沙漠之谜》）。住医院还有好几天，我只带了这两本书来，颇有闹饥荒的危险。

5月3日 星期一

……斯文·赫定的书看完了（PP. 1—376），幸得小陈送了书籍及鸡蛋、橘子来，不致闹饥荒。（《夏鼐日记》

之二，第 106 页）

这只是在医院的两天时间，夏鼐读了两本书，550 多页。而且是英文的，阅读速度之快，令人吃惊。不过当你读完整整十卷本《夏鼐日记》后，你会更吃惊地发现这种阅读方式和阅读速度，贯穿夏鼐的整个生命。夏鼐妻子李秀君曾描述过夏鼐的日常读书："他在家读书，每天早上起来脸还没洗，就看书，晚上下班后，大衣不脱又拿着书看。一般他读书时，我不打断他，只是到该吃饭的时候，我把饭、菜做好，端上桌，叫他来吃饭，否则他会忘了吃饭的。"这真是字面意义上的废寝忘食了。

夏鼐读书，所涉范围十分广泛，考古、历史、文学、艺术、数学、天文、地理等无所不包，而且不受外部环境的干扰，车上、病房、工地、大街公园、商店都是他读书的地方。颜真卿云："三更灯火五更鸡，正是男儿读书时。"这是劝学励志诗，但对夏鼐来说，读书更像于谦《观书》里说的："书卷多情似故人，晨昏忧乐每相亲。"夏鼐自己说"念书成了瘾"，也就是传说中的嗜书成癖："我的念书成了瘾，用功这字和我无关，要克制欲望以读书才配称用功，上了瘾的人便不配称用功。"得意时读书，忧伤时读书，病痛时读书，思乡时读书，烦闷时读书，孤独时读书，酒醉时读书，结婚时读书，逃难时读书，山河破碎时读书，河清海晏时读书……天下无书不可读，人间有闲皆能阅，所谓书生者也！读书已然是一种生命选择与生存态度。遇考必赢，则是一种生命境界。正是因为"必读"，才能"必赢"，一因一果。由此我们可以看出一个事实：

夏鼐读书不仅杂、多、快，并且从不间断地持之以恒，更是细读了、读懂了、记住了。正是有了"必读"和"必赢"这种生命选择和生命境界，才有了后来夏鼐百科全书式的学识和全覆盖式的考古学研究方向。我们常常用"通今博古""学贯中西"等修辞来形容某人的学识渊博，但这些话用在夏鼐身上，仅是客观描述，丝毫没有修饰的成分。

《夏鼐日记》十卷，煌煌烨烨，掷地有声，但其文风却是微言大义，言简意赅。夏鼐每日记录自己的读书情况，包括书名、作者、自己的阅读过程，甚至加以评语，形成一种独特的书目提要，同时也形成了《夏鼐日记》一书的特点，试举一例：

> 9 月 3 日 星期四
>
> 接格兰维尔教授的信，决定后天返回伦敦。今日大雨，下午停工，至图书馆阅书。阅毕托马斯·哈代的《还乡》。此书描写风景，似较《卡斯特桥市长》为佳，情节亦佳，令人有"多情自古空余恨，好梦由来最清醒"之感。唯结尾落小说家旧套。犹如读《西厢记》在"草桥惊梦"以后，不欲再读以下四折，此书 Book Ⅳ（第 4 册）之四章，亦可删也。（《夏鼐日记》之一，第 67 页）

夏鼐这种读书过程和书目提要形成一道道笔底烟花，使得文风骨瘦如柴的《夏鼐日记》变得丰盈斑斓，犹坐览图书馆一般。逢书必读，这是一段高贵得让人振奋、脆弱得让人忧伤的书生意气，是一种生命态度与生存选择。

二、实事求是:马克思主义考古学研究方法

中华人民共和国成立之后,夏鼐便开始认真学习和奉行马克思主义。《夏鼐文集》第一册编选了夏鼐自 20 世纪 50 年代以来理论方面的文章 26 篇,除了第一篇写于 1941 年,没谈及马克思主义外,其余每篇都提到马克思主义。从中可以看到夏鼐是如何从一位乾嘉学派成员变成一名马克思主义者的。横看成岭侧成峰,马克思主义在不同的学者眼里,有着不同的理解。在夏鼐眼里,马克思主义的核心就是实事求是。举凡讲话回顾和展望中国考古学,必然提到实事求是或尊重客观事实的马克思主义原则和学风。事实上马克思主义在夏鼐眼里更多是一种与乾嘉学派"无征不信"或新史学派以征实为旨归的学术训练背景相吻合的实事求是的唯物主义原理,真正的马克思主义尊重客观事实,实事求是。

什么是"实事求是"?这个里面包含着一个"假设—验证"的科学认知和研究模式,所以夏鼐认为,"我们信奉马克思主义的理论,并不只是由于这些理论出于马克思,而是由于它符合客观的真理,符合考古实践中所证实的客观事实"。在考古学中贯彻实事求是的科学精神和学风,就是要我们的研究包括工作要"符合于考古实践中所证实的客观事实",这不仅应了"修学好古,实事求是"的本意,同时也强调和突出了实践性这一马克思主义的理论特征。

实际上考古学的每次发现和进步,大抵是通过田野发掘来实现的,也就是"实事求是"思想的实践。最典型的就是齐家

文化的时代问题，夏鼐根据可靠的发掘资料，改订黄河上游新石器文化编年体系，规范考古学上的文化命名，提出中国新石器文化发展多元说。1924年安特生为西北地区的考古学文化排序时，将齐家文化排在马家窑文化之前。其实在夏鼐之前，已经有人开始质疑安特生这个排序，如尹达、比林·阿尔提都认为仰韶文化要比齐家文化为早；巴尔姆格伦也认为马家窑文化中素面陶的制作技术以及纹饰都远逊于齐家陶器，但他仍沿袭了安特生的文化序列，只是将此素面陶粗糙技术的现象归因于"退化"；白哈霍夫也将齐家文化放在马家窑文化的后面，以为是与辛店文化相关；安特生自己也认为齐家文化中的家畜业颇为发达。虽然很多学者对安特生的排序有异议，但却又不能证实自己的观点。1945年夏鼐在甘肃阳洼湾发掘了两座齐家文化的墓葬。在墓葬的填土中，出土一片马家窑文化的彩陶片，这便从地层上证明了马家窑文化早于齐家文化。

夏鼐在谈沈括对考古学的贡献时，其中一条就是实事求是。评价沈括从唯物主义出发，实事求是，亲眼观察出土的古器物，得到了正确的结论，对于当时的一些《礼图》，认为"未可为据"，指出"此甚不经"等："如蒲谷璧，《礼图》悉作草稼之象。今世人发古冢得蒲璧，乃刻文蓬蓬如蒲花敷时；谷璧如粟粒耳。则《礼图》亦未可据。"

正是基于考古学科实践特征的考虑，夏鼐认为"实事求是"是马克思主义的核心，同时也是中国考古学所需要的指导思想。

寻求规律：马克思主义考古学研究范式。在《改造我们的学习》一文中，毛泽东给"实事求是"这四个字下了新的定义："实事"就是客观存在着的一切事物，"求"就是我们去研究，"是"就是客观事物的内部联系，即规律性。连起来即从客观存在着的一切事物（实事）出发来研究（求）它们的内部联系（是）。

这样的一个新定义完全是唯物主义的话语方式。作为马克思主义者的夏鼐对此深以为然，他认为无论以文献为对象研究历史还是以物质为对象研究历史，其目的和宗旨都是为了寻找客观真实与规律，用以复原古代社会情况及社会发展。马克思主义唯物性在历史和考古学上除了字面上的物质文化的外在形式外，更重要的是其内涵、规律。研究历史和社会发展中的客观存在与规律，这是马克思主义考古学唯物性的内在思想要求。早在1953年夏鼐给北京大学历史系考古专业讲授专业课时便已提出建设马克思主义考古学体系的问题，他提出所谓唯物论（存在决定意识，认识开始于经验，寻求客观规律、社会发展的原则）是了解及解释各种现象的理论，在考古学方面，第一点是承认社会的物质生活是第一性的现象，是不依赖人们意志而存在的；第二点就是承认客观真理的存在，并且可以由科学来认识它的规律。他在讲到考古学的理论方法时一再申言：

考古学的目的是研究人类的古代情况，研究任务不同……阐明这些历史过程的规律。……历史的科学应该是阐明历史过程（Processes）的规律。当然，资产阶级的历史科学家，包括考古学家，有些人是不承认历史过程有客观

规律。因之，他们以为历史事实之外，只有史料鉴定学和
历史编纂学，而没有阐明历史过程规律的史学。（夏鼐：
《什么是考古学》，《夏鼐文集》第 1 册，第 236—246 页）

承不承认历史发展过程中的规律，是唯物主义和唯心主义
的一条分界线。这样一个表述和高度，指导了 20 世纪 60 年代
以后的中国考古学家们在类型学研究中对于器物发展规律和逻
辑关系的探究。"规律"甚至最终成为中国马克思主义唯物史
观最为重要的标识，在一定程度上，我们甚至可以认为"规
律"是社会主义国家对于马克思主义的理解与发展。尤其是在
我国 1949 年以后马克思主义话语体系的建设过程中，"规律"
"历史逻辑""历史的必然存在"等，便首当其冲。发展到今
天，马克思主义已经融进考古工作者的血液里，我们的思维方
式、话语体系、叙事模式、价值判断、观察问题的角度等等，
无不带有鲜明的马克思主义印记。在我们的认识和知识结构
中，"规律"已经同客观存在和物质世界等同起来。中国马克
思主义考古学的体系就是在这种不断重复和补充中，逐渐形
成、确立和完善的。

马克思主义考古学认为历史发展规律存在于各类遗迹遗物
的形成过程中，这是一种普遍现象。把规律提到现象这样一种
不仅可以被理解，还可以被感知的层面来认识，实际上是对规
律的一种否定之否定的认识，同时也是对规律的强调和普及。
这样一个在马克思主义理论指导下的考古学体系，既区别于经
典马克思主义，同时也区别于苏联的马克思主义考古学，更区

别于柴尔德的马克思主义考古学。其中尤其是对各种运动和事物规律的强调，成为中国马克思主义考古学最重要的特色之一。夏鼐认为，不同的学科，甚至不同的学派之所以不同，只是因为探寻不同的规律而已。

当然考古学的研究也可以在历史科学中已经获得的关于历史发展过程的一般规律之外，探求一些新的规律或考古学所特有的规律。但是美国于 20 世纪 60 年代所兴起的新考古学派，似乎走到了另一个极端。他们以为考古学是一种研究文化过程（Cultural process）的一门科学，目的是获得文化动力学（Cultural dynamics）的规律。（夏鼐：《什么是考古学》，《夏鼐文集》第 1 册，第 236—246 页）

尽管"规律"不是马克思和恩格斯本人的写作术语，但在其传播和发展过程中，却成为苏联马克思主义和中国马克思主义最有代表性的术语。包括"规律"在内的话语方式和话语体系，也是中国马克思主义考古学研究范式的外在形式和表象。在《夏鼐文集》中，"规律"便是高频使用的一词，同时也成为中国马克思主义考古学话语体系中最重要的术语。比较夏鼐20 世纪 50 年代和 70 年代发表的文章，我们可以看到马克思主义话语体系（或者说叙事模式）从初创到完善的过程。在 1953年的《考古学通论讲义》中，夏鼐就直接使用"辩证的""唯物的"和"实践的"三个马克思的原文语言贴标签式地直接套用在他的《考古学通论讲义》中，生怕人们不知道或忽略了马克思主义。在他的 20 世纪 70 年代末 80 年代初的文章中，情形就完全不同了："我们不仅是研究遗迹遗物，还要研究古代社会的自然环境，要通过实物来研究古代社会组织、经济状态和文化面貌，以求人类社会发展的规律。我们还要利用现代自然科学技术方法帮助我们的考古研究。"不著一字，尽得风流。同样的主旨内容，夏鼐在这里却没有使用任何一个马克思的原文术语，甚至没提"马克思"三个字，但马克思主义的思想精髓却尽在其中，这就是中国马克思主义考古学的话语体系和叙事模式。

三、透物见人：马克思主义考古学研究目的

早在 1961 年，夏鼐就明确提出"透物见人"的考古学宗旨和理论指向："我们搜集资料，整理资料，应该有理论做指导，力求所得资料能够合用，具有科学性，可以作为建立理论的基础。我们决不能忽视资料。陶片的研究，不是见物不见人，而是要由物中看出人类，不能先有成见，由教条出发，硬将资料套上去。"考古学的研究对象是物，但研究目的不是物，而是人，是古代社会，所以透物见人实际上成了考古学家与古物古董爱好收藏者的分水岭："考古学研究的主要对象便是这些具有社会性的实物，是器物的整个一类型（Type），而不是孤单的一件实物。后者是古董……考古学的目的是研究人类的古代情况。"

不过问题没这么简单，不同的流派有着不同的解释和定义。透物见人，这个人是谁？见的是什么样的人？不同的考古学派所见到的是不同的人。传播学派看到的是人群的移动、族群的迁徙和文化的传播，而作为马克思主义考古学家来说，更

多关注的是人的能动性、阶层的构成、社会组织方式、生产力水平、生产关系、权力的分配、运动规律等。曾经有个考古学家举过一个著名的例子，用以说明不同流派考古学之间的区别。就一把出土的石斧而言，过程论者可能会问它的适应功能是什么，后过程主义认为它有可能还意味着男性的第二性征，而马克思主义考古学家则会想知道从这把石斧的使用中谁会受益，它是社会中所有人都能获得的，还是只有少数人垄断了这一工具？用于制造物品的石头是少数人进口的吗？等等。过程论者和马克思主义的考古学家都是唯物主义者，但他们对唯物主义和考古学在识别和解决社会问题方面的贡献的理解却是截然不同的。所以透物见人显然是中国马克思主义考古学更应该考虑的一个问题，是学派体系建设的基本内容。或者说得更具体一些，是中国马克思主义考古类型学研究的目的和主旨：

> 考古学的最后目标，是要恢复古代社会情况和社会发展史。根据历史唯物主义来综合考古材料，以求出有关下列各方的结论：文化和种族的系数；生产工具、经济组织和社会制度；上层建筑，如艺术、宗教等。我们要知道各个社会自身的规律性的发展是主要的现象，而征服、移民、借用等现象只是次要的。个别的古物或古迹，只有综合起来复原古代社会情况和社会发展，才有它的意义。但是这只是考古学的最后目标。我们不能希望每一次发掘都可达到这个目标（夏鼐：《田野考古方法》，《夏鼐文集》第 1 册，第 207—235 页）。

从某种角度来看，透物见人是经济基础决定上层建筑这一马克思主义辩证法的考古学认知，对这个问题的回答者最早应该是郭沫若，但直到夏鼐，这个问题才被清晰和明确地加以回答定义。

我们认为在以夏鼐为代表的几代考古人的努力建设下，中国马克思主义考古学体系已基本建立，尽管很多方面尚需完善，譬如透物见人只是一个理论框架和指向，如何见人？是否有待中程理论的介入？见什么人？理论体系即便完善之后仍需与时俱进，我们将如何在新时代坚持马克思主义，马克思主义如何发展，等等。建立中国马克思主义考古学体系远不止在科研工作中做到自觉地坚持马克思主义的指导地位，把马克思主义的基本原理、观点和方法运用到考古学研究所涉及的各类课题中，而是要有一整套在马克思主义思想指导下的理论、方法论及其研究范式与研究体系。夏鼐认为马克思主义的实践特征表明马克思主义不是一种提供现成方案的理论结论、课题指南和研究方向，更多是一种动态关心社会发展和人类命运的实践性理论，其生命力和持久性除了在于经典马克思主义的叙说和思想外，还在于与时代的互动对撞之中，这才是我们坚持马克思主义、完善马克思主义考古学体系的时代意义所在。

夏鼐所呼吁的透物见人，已然成为我国特色考古理论体系的一部分，也是马克思主义考古学体系的一项基本内容，也呼应着马克思主义经济基础决定上层建筑这一马克思主义辩证法，或者说可以理解为是对中国考古学实践的理论指导；同时也是中国传统学术特征的表达，因为也正是马克思主义实

践性的特征，迎合了中国古代哲学和东方思维中崇尚实用主
义的传统。

四、结语

20世纪70年代出现的新马克思主义研究思潮，诸如生态
学马克思主义、女权学马克思主义、分析学马克思主义、文化
马克思主义，后马克思主义等，均说明马克思在一个世纪之
后，其思想的光芒依然闪耀夺目。在这样一个全球马克思主义
的语境下，我们再来回顾夏鼐的马克思主义观和马克思主义考
古学理解，自然也具有其深刻的现实意义，同时还具有富有个
性的东方色彩。因为东方哲学特别是远东哲学中最主要的特征
就是实用主义，所以选择以实践性为特征的马克思主义事实上
更是一种东方传统和中国思维的表达。马克思主义不仅是中国
考古学在国际学术界的标志，同时也是我们自我认同的标识。
纪念夏鼐，回顾夏鼐的马克思主义考古学体系，就是在发扬一
种老吏断狱般严谨的考信和实证精神、一种实事求是的科学态
度、一种通天彻地的百科全书般的学术眼界。

尊祖与收族

——滕雪慧《瓜瓞绵延山海间——临海传统宗祠研究》序

　　作为姓氏家族的身份证，宗祠建筑是传统中国宗法制度的物质体现，其目的不仅是为了"尊祖"，更重要的是为了"收族"，"是故奉先则幽者歆，以合族则涣者萃，以建宗则统者一"（严嵩语）。一方面，包含在宗祠中"怀抱祖德""慎终追远"，所谓"萃子孙于一堂序昭序穆，享祖宗以万稷报德报功"的崇祖思想，反映出中国古代以祖先崇拜为核心的信仰观念；另一方面，"天子坐明堂，以临长百官；祖宗安祠宇，以福庇子孙"的宗族制度，通过血缘纽带将亲族家庭联系在一起，通过祖先观念将一个族群的人们加以身份认同；此外，宗祠建筑和宗祠文化在社会中所扮演的伦理道德之教化和娱乐庆典之功能，同样也是这个古老的东方民族文化的特色。无论从古建筑角度还是文化、社会乃至民俗的角度，对宗祠研究的出版物可谓夥矣！但能对一个地区的宗祠全方位地系统和深入研究，正是滕雪慧这本书的用心之处。

建筑体本身首先是宗祠研究的核心，滕雪慧在这方面所花费的时间与精力相应地要多一些。临海宗祠建筑梁架中的梁托、垫斗、抬梁、插梁、直木斜撑、牛腿，以及檐柱柱头等，都有着极为浓郁的地方特色，在对这些建筑特色进行研究时，该书除了使用传统的古建方法之外，还使用了更为客观的数据统计和分析。书中把临海的宗祠建筑按地区分成东、中、西三个部分，然后从建筑外观和结构（结构与装饰）等方面进行数据比较和表格量化分析，从而给我们带来一个三地宗祠建筑之间异同和区别的客观呈现和数据结果，这无疑是一种更为科学的态度。

一如县（地）名，临海县是个沿海地区，所以反映在建筑方面文化特色理应与海相关。比如东部滨海宗祠建筑中的梁架结构和檐柱装饰非常有地方特色，而体现在这两者上的海洋文化因素尤为引人注目，如前廊单步梁为鱼形，上金檩与脊檩之间梁托呈鱼龙形，檐柱与挑檐枋之间的牛腿刻成卷曲鱼龙形，檐檩和挑檐枋之间亦设鱼形托木，以及装饰中有关"鱼"的因素，等等。作者不仅从古建角度对其进行总结与归纳，同时对其之所以如此的原因也进行了探讨：清初有迁海之灾，一时户口星散，居民流离失所，但康熙二十二年（1683）展界后，特别是为了恢复沿海地区经济，实施奖励开垦政策，大量客籍迁入沿海地区之后（大批沿海百姓重返家园），沿海经济不但得以迅速恢复发展，而且很快达到一个繁荣阶段。滨海宗祠用材的讲究，装饰的华丽正是以这种繁荣经济为支撑的；此外，尚有环境方面的因素，临海县（东部地区）气候受海洋主体调节，是典型的海洋性气候，八九月间经常有台风侵袭，为了减小台风和季风的影响，屋面举架一般较矮，坡度平缓。这带来了梁架间距离较近，装饰空间局促的问题。正因如此，可以增加梁间装饰空间的插梁架被普遍使用。西部的丘陵多山地区，无论在梁架结构和檐柱装饰方面，都较为朴素，没有过多的装饰，在线条上以刚直有力为主，从而与东部地区形成对照，而中部地区正是二者的结合和过渡。从历史和环境两方面原因的探讨，使我们对整个临海宗祠建筑面貌、背景以及形成的原因，不仅知其然，同时也知其所以然，有了一个较为立体的体系认识。

除了空间分析外，时间上的分析则反映出滕雪慧在读博期间所接受的考古学训练。《建筑构件的时代风格分析》和《檐柱柱头装饰及柱础》等章节中，滕雪慧为我们提供了一份风格递变清晰的建筑构件分期表，这不仅有助于读者对于宗祠古建年代与风格的认识，同时也为其他古建年代的判断，提供了便捷的参照。

当然，宗祠所反映的不仅是建筑和制度，同时也反映了道德信仰和文化精神。中国人没有宗教，尽管韦伯、任继愈等人认为儒教是宗教，但即便儒教是宗教，那也更多的是文人的宗教，而对于一般老百姓，特别是对农民以及引车卖浆者流而言，真正的宗教应该就是以宗祠为中心的归根溯源的崇祖信仰和序昭序穆的等级和秩序观念。以朱熹为代表的儒家士大夫将血缘宗法文化提升到前所未有的理论高度，创造了理学理论体系，并以自己的行为实践向社会示范。朱熹多次来台州，淳熙年间为左宣教郎，主管台州崇道观，至各地讲学，宣扬其政治哲学和学术思想。朱熹的理学精神尤其为宗祠发达的江浙地区提供了一种文化的核心力量，正如基督教新伦理中的理性为资本主义提供了精神气质（Ethos）一样（韦伯语）。宋时临海有胡氏宗祠，其《石鼓胡氏宗谱》云："后唐明宗天成二年追太尉为武略公，于所寓之地建祠以祀，兄弟配享，称之曰伯翁叔守贤宫，讲为二世祖，子孙实出于是。宋太平则恭铨、世将、文显辈率皆置身廊庙，驰名寰宇。诗礼之传，功德之显，各雄其业。惟铨仕宋高宗朝为大学士，号澹庵。世将亦仕高宗朝资政殿大学士、四川置制使，谥忠献，建炎间复谪于台，题名巾子山，值回禄乃建府治于石鼓。凡节序则会于祠，行祭奠礼，排行立第，条目灿然，名曰会祭堂。"这里我们可以清楚看到宗祠文化所发挥的社会功能，宗祠中"恭铨、世将、文显辈率皆置身廊庙"，其目的在于"驰名寰宇"，而做到这一点的途径便是"诗礼之传，功德之显，各雄其业"这样一种理学精神。

宗祠楹联匾额中各种说法如"望重枢衡""功存史胄""名著古今""世德流芳""经纶济美""志奠社稷""瀛洲杰士"等等，其核心就是通过"光宗耀祖"来实现个人的社会价值，这是中国传统文化的一个特质。不仅在封建社会，即便在现代社会，这个特质同样存在，而且同样有着积极意义。有人在韦伯的语境中探讨浙江经济模式，正是基于此，将中国传统文化模式称为"祠堂模式"，而将西方文化模式归纳为"教堂模式"，并以祠堂模式为背景，对浙江模式的形成和发展、浙商精神的特质进行了学理化的阐述（张炎兴：《祠堂与教堂——韦伯命题下的浙江模式研究》，中国社会科学出版社，2012 年），这是宗祠文化研究中的一个新领域，是对宗祠文化所扮演的社会角色的新表述。

将宏大叙事和鞭辟入里的微观分析结合在一起的分析方法，同样也见诸《宗祠发展史》等其他章节的考察中。作者将临海宗祠的发展与整个中国宗祠发展以及社会的发展联系起来叙述，使其融为一体，为读者在阅读和观照临海宗祠时，提供了一个更为广阔的背景和纵向拓展的景深。

宗祠所承担的文化教育与社会教化等职能，同样也是举足轻重的，书中对此也进行了恰如其分的分析与归纳。"守本分耕读第一"，"步云云有路，好从诗礼问前程"，通过立塾学，置学田，颁酬酢，设牌位等一系列方式来劝学和奖学，通过教育来获得权力，从而光宗耀祖，这也正是宗祠文化的主旨之一；同时这也是中国封建社会科举取士中将教育同权力相捆绑这一政治制度的民间折射。临海素有"小邹鲁"和"文化之邦"的美誉。自唐广文博士郑虔来台州开办学馆、启蒙教化之后，民众耕读，教育发达，名人辈出。在历代科举中，出过3位状元，1位榜眼，1位武探花，共有进士357人，其中最盛的宋代达217人。清光绪年间，建有中学堂2所，高等小学堂6所，初等小学堂30所。历经漫长岁月的风雨沧桑，临海成了名城、名人、名迹、名特的"四名"之城，其中"名人"，应置首位。"文化之邦"的美誉还不止如此，历史上曾留下了文武五状元、同朝五宰辅、兄弟四进士、父子三巡抚等千古佳话，谢灵运、郑虔、骆宾王、朱熹、戚继光、徐霞客、朱自清等诸多名人都在临海留下了历史印记。一个蕞尔台州（临海），就拥有如此辉煌的教育名人录，这与该地宗祠文化的发达是密切相关的。

经过将近三年的调查和整理，滕雪慧完成了《瓜瓞绵延山海间——临海传统宗祠研究》一书，该书所涉及的宗祠其他方面如管理活动、祭祀活动、匾额与楹联等等，无须我一一介绍，相信读者看过之后，不仅会对临海地区的宗祠文化有一个整体的概观，同时会对江浙地区的传统文化产生一些新的启示。

《台州文物散论》序

最近我正在进行国家重点课题"青藏高原史前考古研究"的结项工作，我像个猿人一样整日摆弄石器，琢磨着用什么样的石器猎获什么样的动物，离周遭环境和现代社会很远很远。这应该不只是我个人的感觉，所有搞专业考古的恐怕都这样，身在现代，心在史前，用褒义词称之为"敬业"。不过，最近看了台州博物馆副馆长张峋行将付梓的新作《台州文物散论》后，突然发现，原来考古也可以距现代、距社会，以及距生活很近。

不仅是台州，整个浙南地区的考古发掘进行得并不多，史前文化面貌不清，更谈不上文化序列，大多先秦文物均为采集品。这对文物工作者来说，要确定其时代与文化属性是一件非常困难的事。整个先秦史迹和青铜文化两编，看得出作者深谙"交叉断代"的考古类型学方法，在我国被称为"横联法"，这是我国最为经典和传统的考古学研究方法。作者在对下汤遗址进行分析时认为"下汤遗址出土的Ⅳ式罐，夹炭红陶，表里涂上红衣，胎骨掺入未碳化稻草和稻谷壳，质地粗松。敛口、腹鼓，矮圈足，与口沿两侧齐平有两个桥形耳，素面。这与上山遗址出土的 A 型 I 式的加炭红衣陶器形几乎一模一样，所别者，是上山遗址这件罐是平底的。下汤遗址出土的 IV 式罐，也近似于小黄山遗址的双耳罐"。通过类型学，把下汤遗址和上山遗址联系起来，从而为下汤遗址文化属性和时代的确认，找到了依据。对于路桥、瓯海、湫山乡等地出土的青铜器，除了运用考古类型学对器物进行形制分析外，作者还对这批中原风格的青铜器之所以出现在浙南的历史原因和文化背景进行了深入分析。也就是说对出土器物除了进行考古学研究外，还进行了历史性的探讨，这一点殊为可贵。例如，对三门县发现的一对既有古韵又有创新意味的宋代青铜仿古贯耳瓶进行形制、纹饰、时代等考古研究之后，作者进一步指出，关于它出现的缘由，从大的时代背景讲，应该和宋代的复古运动或者说复古风潮有关。并进一步具体到台州地区："从台州的区域文化背景看，北宋时期，以承继道统、振兴儒学为目标，且与复古运动相表里的'宋学'在台州得到了初步的发展。南宋时期，由于政治、文化重心的南移，'宋学'演变为朱子学、陆学和浙东学派，而台州被视为辅郡，亦成为上述三大儒学流派的文化整合之地，有'小邹鲁'之称的台州复古风潮更盛。"值得注意的是这种对器物进行考古和历史分析的综合研究，是这本书的一大特色。对于经院式考古学家们来说，其研究往往止步于物质文化的形态研究，剩下的是历史学或人类学的事。这种泾渭分明的学科划分显然不适于第一线的文物研究，高大上的东西往往不实用，纯粹的学科研究每每不能解决实践中的实际问题，或符合现实社会的需求。对出土遗迹遗物进行历史角度的回答后，文物便鲜活起来，引起了普通人的关注，引发了文物工作者的感情，从而成为我们生活的一部分。这是基层文物工作者的贡献，也正是此书闪光的地方。

比之专业考古学者的专精，一线文物工作者更需要的是广博。《台州文物散论》一书包括先秦史迹、青铜文化、佛道遗存、岩画石雕、墓葬墓志、人物考论、台州文史札记等七个部分，举凡台州出土的文物，莫不论及，成为查询地方文物资料方面最便捷和最全面准确的工具书。张峋一直从事第一线的文物工作，所谓第一线是指县和乡一级的基层文物工作。第一线的文物工作者的特点是从旧石器到近现代革命文物，从石器、陶器、青铜器，到笔墨纸砚、木雕石刻，以及民情旧俗等，不仅要关注，而且要很熟悉。比起高校或研究所的职业考古学家，他们更靠近社会，更贴近生活。他们有着更为宽泛的地方知识和更为真切的社会生活体验，从而对文物也有着更深厚的感情，对工作也有着更为强烈的热爱。在经院式考古学者眼里，考古是工作、是研究；而在基层文物工作者眼里，考古更多是生活、是爱好。这个区别注定了该书的平易近人，充满了时代和生活气息。

在这一点上，这本书尽管论及的均为文物，但因其写作方法、研究角度、内容对象，以及写作目的的不同，看上去更靠近包罗万象的地方史志研究，较之专业考古研究，更富"资治、教化、存史"之功能。所谓存史，即"补史之缺、参史之错、详史之略、续史之无"，该书"墓葬墓志"等后三章的存史价值，即在于此。对于郑氏族谱考订，辑补了文献之阙疑，丰富和确认了郑虔在台州的史实。在分析仙居县㳠山乡出土的青铜器窖藏时，将这些青铜兵器与这一带发现的有关"勾践遗迹"的非物质文化关联在一起，此举不仅使非物质文化成为"有据可依"，有了借以依托的物质基础，更重要的是反映了基层工作者的一种诉求，即对文物除了考古学研究外，还应进行历史和其他学科的研究。这也是"资政"之要求。

当然，地方史志不仅仅是"存史"和"资政"的"官书"，也是百姓生活必备之书，能够起到"扬善惩恶，表彰风化"的教育作用。渔樵耕读、孝悌忠信、惆恤宗族、安贫乐道、修身笃学、惩恶扬善等不仅作为主题屡屡见诸墓志碑铭，更是需要我们继承和发扬的中国传统文化之精髓。对墓志碑铭的厘定和地方名人的专论，更多是对中国传统文化的发扬，而不仅仅是学术研究，尤其是在物欲横流的社会，此举当视为一种大众最乐意接受的教化。

"斫去桂婆娑，人道是，清光更多"，《台州文物散论》正是因为少了学究气，才更接地气，具有更现实的社会意义。目前大众考古正成为一种流行，但何为大众考古？普及和通俗化并非其定义，而仅是方式和要求。这里我不想定义"大众考古"，只想对"大众考古"进言：资政和教化一定要收入麾下。

希望作者以后继续沿着这条亲民和贴近社会的路线走下去。与此同时，也希望作者在以后的研究中采用更加实证的历史个案研究方法，而不是采用将器物与宏大历史背景相关联的人类学研究路线。

是为序。

从实证到验证

——《跨湖桥文化研究》读后感

如同欧美考古界一样，整个 20 世纪，中国考古学都是在文化历史学派的影响之下发展起来的，认为事物（包括历史、社会以及文化）都是循着由简单到复杂、由低级到高级这样一种直线进化（Linear evolution）的方式发展起来的，所以其关注点在于定义文化内涵、确认文化的时空范围、建立文化序列、厘清源流关系等方面。通俗地讲，文化历史学派只关心文化是什么样子，而很少去考虑为什么会是这个样子；他们仅仅热衷于建立各种各样的理论和假说，而从来不去对这些理论和假说进行验证。

20 世纪末，《驻马店杨庄——中全新世淮河上游的文化遗存与环境信息》《龙虬庄——江淮东部新石器时代遗址发掘报告》《舞阳贾湖》等一批田野发掘报告的面世，意味着新考古学浪潮在中国考古界的全面到来，开启了过程考古学研究的新局面。新考古学认为考古学更应关注文化发展的过程，亦即通过文化所表现出的人与自然环境之间的互动过程（简称人地关系），从而解决文化的个案问题，故又称过程考古。过程考古的核心也是进化论，不过不同于文化历史学派，新考古学所谓进化并不是一个由低级到高级、由简单到复杂的直线发展过程，而只是一个对自然环境的适应过程。根据莱斯利·怀特（Leslie White）的定义，所谓"文化进化"（Cultural evolution）乃是人类对环境的超肉体的适应方式（Exosomatic means）。换句话说，动物是通过身体生物性状的（体内的）改变来适应环境，而人类则是通过文化（超肉体的）来适应环境，所以文化的性质与面貌是由环境的限制而决定（Environmental constraints），由此又称文化生态学。新考古学认为文化变迁的原因是文化发展中"进化过程"所致，这个过程与文化所处的环境息息相关，故变迁每每发生在一个可预见的框架中（Predictable framework），并且文化可以通过对其因素和成分的分析来加以理解。要理解一种文化，首先要从其所处的环境入手。

正是在这种语境下，许多现在归类为科技考古的内容与课题蓬勃兴起，如孢粉分析、动物考古、环境研究、气候演变、概率分析，以及各种实验室检测分析数据，等等，一时之间，这些都成为一份理想考古报告所必须涉及和包含的部分。新的考古报告所呈现的是传统器物类型学研究之后，更倾向于对环境、生态以及生业方面的数据的提取、展示以及分析，因为这些数据对于文化个案的分析和研究有着更为直接的关系和意义。用非考古专业学者的话来讲，新考古学发掘报告能看懂了。其实陷入型式划分中的传统考古学研究，不要说非专业学者，即便是考古专业的学者，读起来也是非常吃力的。对于历史时期的考古学家而言，史前考古学的类型学研究同样是看不懂的。

　　新考古学给考古报告的编写所带来的主要变化和影响就是增加了人、社会和环境的内容。由蒋乐平主编出版的《跨湖桥》田野发掘报告，便是一部新考古学研究范式影响下的研究著作，即除了分型分式的传统类型学研究之外，更多关注环境生态与经济、渔猎采集以及动植物研究等方面。一如其他新考古学田野发掘报告，实证研究同样也是《跨湖桥》一书的亮点，即各种实验数据、表格与报告等。不过我们应该看到我国这种基于抢救性的考古发掘，其研究也仅限于初级理论指导下的实证，既无问题导向，亦无可预见的框架。换句话说，20世纪末在中国出现的新考古学，只是一种没有理论和假说的实证，而非验证。虽然20世纪末中国新考古学是在西方过程主义考古学的影响之下发展起来的，但是在方法论上却更倾向于孔德的实证主义（Positivism），其与无征不信的乾嘉考证学派有着诸多相似之处，而不是过程考古学派的假说验证（Hypothesis testing）。这也就是为什么有些学者认为20世纪末的中国新考古学发掘报告中那些科技实证数据与整个报告研究似乎是两张皮，而不是一个整体的原因。新考古学不仅要关注文化是什么样子，而且更要思考为什么会是这个样子。这也正是新考古学为什么认为能够完成这种"文化过程"的重构和复原的原因。从方法论来看，新考古学主张必须按照更为科学的方式来分析考古遗存，建立在假说−演绎模式之上的验证（Hypnotic deductive）。验证是实证的升级版，即在理论和假说指导下的实证，是实证朝着更为科学方向的前进。二者的主要区别在于，实证基本上是采用归纳法来完成，而验证则必须在演绎法中进行；一个是终结，另一个则是推演。

整整10年之后，《跨湖桥》田野发掘报告的主编蒋乐平，又出版了他对跨湖桥遗址的综合研究《跨湖桥文化研究》一书。从田野报告到综合研究，10年之后，同一主题、同一作者，应该说这是研究的深入，比如对生业的研究。生业是新考古学所主要关注的一个话题，因为人地关系主要就是从生业方面来观察。所谓生业，就是古人的吃喝拉撒住。通过实验考古学和检验数据，我们确切地知道了8000年前人类的许多生活细节，比如通过陶釜口沿或壁上的残留物分析，我们得知跨湖桥人吃的是经过蒸煮加工的包括禾本科、豆科以及坚果类等植物；通过甑、釜等器物，我们知道食物的加工方式包括煮、蒸、烤等；通过浮选和孢粉分析，我们知道当时的环境气候，知道跨湖桥人在种植水稻之外，尚有许多采集经济的存在，比如菱科的菱角和莲科的芡实，以及胡桃、栗子等。对于人类历史而言，其实任何考古发现均为实证，无论我们进行何种方式和程度的解释。

《跨湖桥文化研究》一书中最引人注目的是由实证到验证的转变，作者不仅仅满足于是什么的描述性的初级理论，而试图运用能解释为什么的中程和高级理论。以跨湖桥遗址发现的保存完整的橡实的食物储藏坑为例，我们可以观察到实证与验证之间的转换是如何发生的。通过在地面掘坑用以储藏橡子的做法，事实上在我国整个新石器时代的考古遗址中是非常罕见的，所以综合报告考虑到杭州这种地下水位较高的地方，认为地下掘坑除了储藏之外，还为了去除橡子中的鞣酸涩味。橡实不仅在南方地区，其实在我国黄河流域的北方地区，也是人们的日常食物。唐代张籍有诗云："岁暮锄犁倚空室，呼儿登山收橡实。" 唐代皮日休的《橡媪叹》云："秋深橡子熟，散落榛芜冈，伛伛黄发媪，拾之践晨霜。移时始盈掬，尽日方满筐，几曝复几蒸，用作三冬粮……"即便是大诗人如杜甫者，亦食橡子，《新唐书·杜甫传》说杜甫"客秦州，负薪采橡栗以自给"。在实证主义方法论中，这种文献的描述可以作为跨湖桥灰坑中藏储橡实为人类食用的例证，甚至还可以作为二重证据法案例。不过新考古学则主张更加直接和科学的验证。所谓科学，就是一种可验证的论断。通过对石磨棒和石磨盘植硅体和残留物的提取和化验，我们得知橡实确实是石磨棒和石磨盘所加工和食用的对象。 广谱革命认为从旧石器时代晚期或新石器时代早期开始，人类开始食用橡实；而跨湖桥的考古资料和得以验证后的最新研究表明，中国的情况亦然，至少从新石器时代早期便开始食用。

在《独木舟、先越和南岛语族》一章中，作者将跨湖桥遗址发现的独木舟与南岛语族的扩散联系起来，这是一个非常有趣的话题。19 世纪中叶，西方人类学家柯恩等人根据现代语言中词汇的分布，将西南太平洋四大群岛地带的苏瓦迪士"基本词汇表"中南岛语系的祖语（Proto−Austronesian）拟测出来，看它们包含着什么样的文化内容与环境信息，再据此印证于其他古代文化与地理区域。这些拟测出来的南岛语系的祖语有"甘蔗、椰子、香蕉、竹子、苇、稻米"等200多个词，学者们认为"大量的与居住于海边和特殊的热带植物有关的原南岛语语汇很强烈地指示着他们的老家位于热带，并且位于岛屿地区或是大陆上的海岸地带"，换句话说就是福建、台湾一带。不过最近有的学者认为南岛语族扩散的最早源头，应扩展到现今已经消亡的、但在壮侗语族和闽、粤等汉语方言中尚保留浓厚的"古南岛语底层因素"的华南百越地区。

南岛语族的扩散只是一种假设，这个扩散是何时发生的，在一个什么样的范围和程度，以及以何种方式发生的，等等，还不是很清楚，还需要从多学科的角度做大量的研究工作来验证。从目前的考古资料来看，跨湖桥遗址出土的独木舟是目前已知的时代最早的航海工具。日本也发现了绳纹时期的独木舟，实际上这种被称作 dugout canoe 或 logboat 的独木舟在环太平洋，包括南太平洋都有发现，所以学者们认为环太平洋文化圈、还有南太平洋的石锛、拉皮塔（Lapita）等考古学文化圈的形成，以及整个南岛语族的扩散都是借助这种独木舟的传输和运送来实现。

跨湖桥遗址出土的独木舟显然是南岛语族扩散理论的部分验证。如果仅独木舟而言，会有孤证之嫌，但这仅仅是考古学组合中的诸文化因素之一。与上面谈到的橡实、石锛、绳纹或栉纹陶器、印纹陶、土墩墓、悬棺和崖葬、石棚墓、贝丘遗址、杆栏式建筑，包括学者们最近注意到的巨人像（Colossus, Moai）和蹲踞式人形，以及人面像岩画等等，都是具有环太平洋地域分布特征的文化因素。目前环太平洋西岸地区距今1万年前的考古学文化包括浙江上山和跨湖桥文化、俄罗斯远东地区的新石器时代陶器、日本的早期绳纹文化、朝鲜半岛的栉纹土器时代考古学文化（Jeulmun pottery period），这些早期新石器时代文化都围绕和分享着海洋这个具有共性的自然环境。按照前面莱斯利·怀特对于文化的定义，具有海洋共同自然环境的各个文化之间，也应该具有更多的共性，无论从传播的角度还是进化的角度来看。直接将跨湖桥与北美印第安史前文化相比，也许会有人认为太突兀和太遥远，而事实上学者们经常将日本的绳纹文化与北美太平洋沿岸的前哥伦布文化（史前文化）相提并论，认为前者影响了后者。与绳纹文化相比，跨湖桥有着诸多共同的文化因素。绳纹文化被认为是公元前14500—公元前300年的日本史前文化，早期绳纹文化（距今10000—7000年）应该与跨湖桥时代相当，其文化内涵，也有诸多相似之处，比如绳纹陶、石锛、橡实、朱漆或生漆的使用，特别是独木舟、杆栏式建筑等有着很多可以比较的方面。跨湖桥文化与绳纹文化之间是什么关系，以及两者之间是如何影响的等问题的深入研究将会极大地推动南岛语族扩散研究的深入发展，同时也会更进一步加深我们对东南沿海地区海洋文化的研究。

从实证到验证的学术路线将引领着从陆地到海洋的学术研究方向。对于我国所处的地理位置而言，西部和北部与欧洲相连的欧亚草原大陆上自古以来就一直上演着民族迁徙的波澜壮阔的历史大剧；而在东部和南部，在辽阔的太平洋上，同样也永不停歇地变换着文化迁徙的场景。跨湖桥出土的象征海洋文化的独木舟和象征农业文化的稻米很有可能成为后来为两大文明的源头。尤其是独木舟，将其放在海洋文明的语境中，作为南岛语族的证据链之一，跨湖桥遗址有着更为深远的文化意义。对于我国东南沿海的考古学文化研究而言，南岛语族的考古学文化，或者说海洋文化将是今后越来越多的考古学家需要涉足的一个重点领域。

考古的延伸

——读蒙和平的《消失的三峡古镇》

久矣夫！我在重庆万州武陵镇考古发掘了十年，这是一座真正的江边古镇。从石阶路的宽窄可以判断出镇子的大小；同样，从石阶被磨蚀的程度可以想象镇子的古老与久远。不过你已经看不到这个古色古香的老镇子了，它已全部被淹没在水下。现在你站在江边，无论如何也不能想象平静的水面下有一座城市。作为一名考古工作者，我来武陵是为了寻找和保护以往的文明，然而对于那些正被拆得一片狼藉的现代文明却熟视无睹或者说无可作为——多少年以后的考古学家一定会觉得这非常可笑，连我自己也觉得很可笑，也很疑惑。2003 年当奉节古城被炸毁时，许多市民身着白孝以表达他们对这座古城的哀悼，哀悼他们失去的不仅是生活家园，更重要的是精神和情感家园。蒙和平的《消失的三峡古镇》可以说是对三峡地区被淹没的江边古镇的祭文，是对江城传统生存环境和生活方式的伤逝。

一下船，你便可以看见从江边通往镇里的那条长长的石阶路。从石阶路的宽窄可以判断出镇子的大小，从石阶被磨蚀的程度可以想象镇子的古老与久远。

据统计，从重庆到宜昌全长 648 千米的长江三峡水库要淹没 20 个县（区、市），277 个乡镇，1680 个村，6301 个村民小组，其中涉及的城（集）镇 129 个，这里包括城市 2 座，县城 11 座，场镇 89 个，其他建制的集镇 27 个。这些城镇意味着什么？恩格斯早就为我们定义过：城邦乃是文明最主要的象征之一。不过对于一般人来讲，"文明"这个词太过抽象，很不好理解。蒙和平则将文明还原成我们所熟悉的一把石斧、一条青石板路、一堵阶梯形的风火墙、一口盐井、一双刺绣鞋垫、一盆辣子鱼、一首《竹枝词》、一副在天井内的竹椅上摇着蒲扇纳凉的悠闲景象、一群挑担背篓的男人和女人——文明是可以群、可以观、可以兴、可以怨的鲜活人生。

《消失的三峡古镇》讲述了十几个关于三峡两岸古镇的故事。蒙和平说她是一个独行侠，只身徒步考察三峡古镇，其目的就是为了与这些古镇告别，否则将是永远的伤痛。倾入如此之情感，其文字无疑像生命般动人。蒙和平也恰巧描写了武陵镇："我站在寒风寒水的江边，天低云暗，四野无人，江水的哗哗声充斥着一片寂静的环境。凄厉江风浸透骨髓，伤感则充斥着我的内心……那么有名的一个古镇，只剩遍地的砖头瓦砾了。它什么时候灰飞烟灭的呢？我孤独寂寞地站在那里，望着那一片曾经繁华热闹、历史悠久的武陵镇，已经空空如也，抑制不住地失落与伤感。"对这些千百年来形成的古镇有着如此真挚的情感，我们这些从事考古专业的人顿时相形见绌。至少作为从事考古工作的我，在三峡文物保护中缺乏一份来自心灵的真情。这种心灵的真情并不是浮光掠影式的考察就能获得的，而是源自生于斯、长于斯的故乡情愫。蒙和平是道地的重庆人，她在峡江地区下过乡，在长江上当过水手。这些阅历可以从通篇的人文情怀中读出来，作者之于古镇的情感与关怀表现在整篇字里行间，表现在每一细节之中。

即使是对某些考古现象做客观分析时，亦可感受到作者一以贯之的家乡情怀："在巴渝地区，人们说盐，都是说盐巴。何以谓之巴？巴是方言，指饼状食物。诸如新麦出来了，可以做成'麦巴'，还有'米巴''苞谷巴'等。圜底罐里最后烧成的结晶盐，在底部形成圆形块状，那当然就是盐巴了。圜底罐在极有特色的巴渝方言里，创造了'盐巴'这个词。"这似乎有些语言考古学的味道！这种古是我们这些不谙巴渝方言与风俗外来人所不能考的。

2002 年我带着 30 个文博系本科生在万州武陵陈家坝进行考古发掘，晴天野外考古，雨天室内上课。山乡野村，蓦然想起郑板桥名句："蓬门僻巷，教几个小小蒙童。"

在一些应该是非常客观的景物环境白描中同样也能感受到作者来自血缘的人文关怀："洋渡镇的清净，是我内心深处颇为欣赏的，是一种想象中的世外桃源。高低不平的青石板街和街两旁黑红木屋，把人带回悠远的历史中去。我信马由缰地漫步街头，独自一人享受和阅读它。满镇无声无息，只是默默地任你解读……一间连一间的房屋断了线，一个大缺口。走拢一看，原来里面是个大院落。院落中间很大一块地坝，四周还是那种黑红的老木房子。不过，这些老木房全是两层，而且每栋屋的楼上都有走廊，看上去，那些齐腰深的木走廊好像连在一起，拉通了的。这些房屋基本上围成一个圆圈，它们都向着一个方向——一座戏台。"这种静谧突然热闹起来，顿时有了声音，有了色彩，有了影像，也有了历史。在古镇的寂静中阅读出千年生机，这是另一番考古。

在这一点上，我愿意把蒙和平的《消失的三峡古镇》看作是一部普及与通俗化的考古学读物，使考古得到一种新的阅读和理解方式；或者说用一种新的方式去阅读和理解考古。蒙和平在书中有一段话，或许更能明晰地表达这层意思。书中提到当她要去洋渡镇时，"考古队的人不解，说：那里没有考古工地。他们不知道我是去考自己心中的古。我心中的古是丰都鬼城。每次下乡发掘，我都要带明清的笔记小说，特别是《子不语》《耳谈》之类的鬼怪小说，以此来抵消发掘的枯燥和生活的平淡"。

2003 年大坝二期水位涨到 135 米之后，眼望着三峡完全变了模样时，我不禁怅然所失。老三峡已经不复存在了，它只留驻于我们每个人的心中，它是一种精神文化的博物馆。每个人心中的三峡都应该是三峡的一部分，应该将其陈列在老三峡这个精神文化的博物馆里，以供后人们再来翻检以前的三峡时，尽管是乌菟之微，但至少从陈列品的角度上，每个人心中的三峡应与郦道元笔下的三峡和唐代《竹枝词》中的三峡有着同样的资料价值。弗洛伊德在他的客厅里一直摆放着一只古希腊的长颈瓶，这是一个象征，他说他是一个人类心灵的考古学家，挖掘的是人类的内心世界。我在三峡已经发掘了许多古代的物质文化，但我更希望像弗洛伊德一样，发掘这个地区的精神文化，更想建立起一个三峡精神文化博物馆。因为三峡人文精神之于中国文化，正如同希腊神话精神之于欧洲文化；三峡诗词之于中国文学，就如同希腊神话之于欧洲文学。

三峡文物保护这样一个跨世纪的巨大工程，定然会有很多专业方面的著作和文章问世，不过学者们这些卷帙浩繁的三峡考古专著对于普通老百姓的影响力恐怕抵不上林俊杰的一首时长 4 分钟的《江南》；其发行量也很难超过有 8000 册之多的《消失的三峡古镇》，所以考古通俗化也是我们考古人的一项任务。一方面，学问需越来越专精；另一方面，还须推广考古，因为我们的任务就是解释过去，就是让普通人们懂得过去。另外，考古学的科学性体现在其材料的真实性和完整性，因此传统考古学要求考古学家要像机器一样精准与客观，完全排除主观与自我。正是因为丧失了"自我"，考古学离"人"越来越远。"我思故我在"，在这里把笛卡尔的话理解成一种治学态度可能更合适。多一些自我不会影响考古学的科学性，反倒会拉进过去与现在的距离，拉进科学或学科与人的距离，会更有利于考古的普及与通俗化。

我正在撰写两部关于三峡地区考古发掘的学术专著，若按重量计算的话，这两部书当在 4 斤以上，真可谓"掷地有声"。但是我从未奢望能够通读它们的读者在全国范围内超出 50 人——如同我以前的学术著作一样。如果我的这种自我学术评价无意中伤害了某些考古同行的感情的话，请原谅，我们应该有勇气正视这一现状；同时我们还应该想开一点，也许其他如地质、机械、数理化等学科的专业书籍可能连 30 名读者都达不到。据说霍金的《时间简史》和列维·斯特劳斯的《图腾制度》的销售量逾百万册，什么时候我们的考古书籍，无论任何一本的销售量若能在百万册以上的话，那便是我们所期待的考古学的黄金时代。

我希望有更多像《消失的三峡古镇》这样的著作来填补社会与考古学之间的沟堑，以通往考古的黄金时代。

知识考古学与认知考古学
——《建构神圣——良渚文化的玉器、图像与信仰》序

20 世纪 90 年代中期，认知考古学的概念在中国还比较模糊，伦福儒（A. C. Renfrew）、霍夫曼（T. Huffman）、比奇（D. Beach）、弗兰纳利（K. V. Flannery）等人的认知考古学著作还没翻成汉语时，俞伟超先生就说过，考古学研究不能只停留在物质资料的分析层面上，更应该揭示这些物质文化创造者的精神和心理世界。当 90 年代末福柯的《知识考古学》被翻译成汉语出版后，俞先生便兴冲冲地研读起来。之后在一次交谈中我问及此书，俞先生只淡淡地说了一句话："不好懂，不是谈考古的。"

米歇尔·福柯（Michel Foucault），被称为"思想系统的历史学家"，大思想家和大学问家，但他一生过得却像个疯狂的艺术家。"从存在中取得最大收获和最大乐趣的秘诀，就是过危险的生活"，"逼近所有界线之外的界线，超越痛苦与快感、真伪或在极限体验中，在日子的疯狂中，创造艺术般的生活"。

俞先生说得对，此书的确不是考古书，而是哲学书，福柯只是借用了"考古学"一词。考古学在这里不是一门学科的名字，而是一个表示研究方法的动词。"美术考古学""认知考古学"等都是偏正结构，而"知识考古学"却是"正偏"结构，重点是知识。例如《临床医学的诞生》的副标题是"医学感知的考古学"，《词与物》的副标题是"人文科学的考古学"，可见"考古学"在福柯那里一直只是一种研究方法。

《知识考古学》谈的不是考古学，而是用考古学的方法去研究知识，因为知识已经被掩埋得很久了。与今天的考古学家的区别在于，不是在今人的世界发掘古人的遗迹，而是在对古人知识的追忆中揭示现实世界存在的根源。当考古学家用传统、继承、逻辑、延续来梳理历史时，他却以断裂、变异、扭曲将历史拆卸开来。

我国的考古学已经发展到了 21 世纪，但我不认为我们对现代性的建设不同于 20 世纪，也不认为我们的理性主义和逻辑中心已经发生改变，但我们可以清晰地看到我们考古学的研究范式已经明显发生了变化：除了原来以类型学为主的研究范式转向多学科的研究范式外，最主要的是认知考古学的介入，使我们在认识方面，对物的存在方式，以及那个在对物做分类时知识的秩序的存在方式，发生了深刻的变化。这个变化就是人不仅作为客体，同时也作为主体的介入。这就是为什么在谈认知考古学时我要从福柯开始谈起，以及为什么说《知识考古学》事实上与考古是有关的。

正如作者徐峰自己说的，《建构神圣——良渚文化的玉器、图像与信仰》（下面简称《建构》）一书侧重于形而上的研究，属于精神文化领域的考古，也就是考古学上的"透物见人"，我觉得直接袭用国际考古学界所通用的"认知考古学"应该更恰当。按我国传统观念和话语方式，则是器与道或技与艺之间的关系。该书是关于良渚玉器、图像、祭坛、墓葬、神话等主题思考的一个汇总，虽然主题多样，但是以玉器为核心，作者尽可能地将涉及良渚文化方方面面的材料纳入一个连续秩序的理解空间中，这个空间的名字叫"神圣"。该书就是围绕着良渚文化，去探讨神圣有哪些具体的表现，神圣空间有哪些类型，良渚人建构神圣的动力是什么，神圣空间与仪式的关系又是什么，等等，也就是作者自己所说："我所要做的，就是借由良渚人留下的物质遗存重建和呈现这一神圣的世界。良渚文化共同体让其精神生活集中体现在以玉为核心的符号体系里。良渚文化的历史可以被解读为玉器和仪式被群体视作神圣的历史。有趣的是，这个神圣世界具有两重含义：一是由良渚人建构的；二是我个人的解读，是我对良渚人精神世界的一种重建。"

　　如果说传统考古学、过程考古学等是在以启蒙精神和理性主义的现代性语境下所形成的话语方式的话，而认知考古学则是对现代性的反动，正如福柯所说的，只有从 19 世纪之后，知识才与人联系在一起，人既作为知识的主体，又作为知识的客体而产生。作为知识的主体，人被推向了中心的位置，成为全部知识和事物的主宰；作为客体，人也成为被研究的对象。福柯在其《知识考古学》中谈到早期的"认识型"，即建立在相似性分类结构中的知识；然后是古典时期通过事物之表象的理性分析来进行认识的连续演化了，最后则进入以本质、起源、结构为原则，把事物联系起来的现代。在现代时期，自然不再是物体，而是非实体性的、功能性的力，如电、光、热、磁等，科学的对象是视而不见的，只能被抽象地理解。尽管福柯研究的不是考古学，但他的《知识考古学》却为我们认识考古学提供了一个新的观察视角。现代性语境下的考古学太过强调"物"，无论是历史文化学派的"型"，过程主义的规律与普遍性，还是后过程主义的质、能动性等，都可以放在福柯的三个认识阶段的框架下理解。而认知考古学的出现，似乎是对福柯关于人在知识中的作用论断的回应：人既是主体又是客体，人被理解为这样的存在，只有在他的内部，知识才成为可能。所以，这时的知识形式是人文科学，哲学形式是人类中心主义，而考古则进入认知考古学的范畴。

在《语词与事物》一书的最后一页，福柯写道："人将被抹去，如同大海边沙地上的一张脸。"从埃利亚德"神圣的存在"引申出来"神圣空间"的概念，用以研究良渚文化中具有象征意义的遗物与遗迹，并对良渚人的象征体系和精神世界进行分析，从而形成真正意义上的中国认知考古学的话语方式，这是该书最大的特点。结语部分跳出良渚文化，概括地观察了史前及青铜时代其他地区的神圣中心，指出神圣空间是人类日常生活的一个重要组成部分。神圣空间的兴、败、转移、再造，是它们永恒的宿命。神圣空间是一个多元的，可以复制的，无限的存在。"当我们从神圣与世俗的空间分类视角来看待考古遗存，实际上是承认人类在制作日常世俗器物的同时也

在制作一些与另外一个世界，与神灵有关的物品建筑和图像。"而这些反过来也构建了具有特质象征体系的良渚人。

关于人及其能动性（Agency）的讨论，即便是后过程主义，其观点也不尽一致。安东尼·吉登斯（Anthony Giddens）对过程主义及其以前的考古学重点批评就是忽略了人的能动性，在他们的考古学中"个人是迷失的"（The individual is lost），人只是"盲目遵循社会规则的被动受骗者"（Passive dupes who blindly follow social rules）。最典型的是马克思主义考古学，把人的能动性提到社会变革动力的高度，即阶级斗争。当然也有反对者，譬如朱利安·托马斯（Julian Thomas），他认为人的能动性不是观察过去社会有效视角，文化决定论者（Culturally determinist）的立场倒是更加能说明问题。

到了福柯，又与后过程主义考古学中人的能动性的说法发生了根本的改变，即人不是能动的创造者，而是一个在知识面前的被建构者。如果在《知识考古学》的语境下来理解的话，这里关心的只是话语和话语实践。这里的考古学既不是一种关于创造的心理学，主体的权威性不在考古学家的思考之列，也不是一种创造的社会学，广而言之，也不是一种创造的人类学。如同福柯的考古学一样，作者并不试图恢复表述者在话语表达时刻所赋予话语的思想、希望、目的、经验和欲望。考古学不是对起源的最深层秘密的回归，只是对话语－客体的系统描述。这种考古学研究方法，不仅是以往的西方思想家所不熟悉的，也是我们现代考古学家所不熟悉的。秉承尼采"重估一切价值"的信条，这是一种"重新书写"（Rewriting）人类知识活动的考古学努力。

哈贝马斯把现代性理解为一个方案、一项未竟的事业，而不是一种哲学；福柯认为他的知识考古学也不是一种理论，而仅仅是一个范围（Domain），一个研究的领域，两人都在表达与前人决断和知识上的断裂，这要有足够的胆识与自信，因为决断和断裂是一种再生。从《建构》的书名上我们也可以看到作者的雄心和企图，该书是"以良渚文化的考古学材料为主体和载体而进行的一场精神文化考古的探索，也可谓史前思想史的研究"。说这话同样是需要胆识的，同时也是对俞伟超先生最后在 21 世纪初进一步认为精神文化领域的考古是"考古学中最精彩的"这一说法的呼应。

福柯对现代性的定义是："愚蠢的封建主用铁链捆绑奴仆，资产阶级却用民众的思想来束缚他们。正是在人们柔弱的脑神经之上，奠定起至善大帝国不可动摇的根基。"也正是在这个意义上，我说这是一本富有新意的认知考古学专著，我也非常愿意在此推介给广大读者。

痛苦的欢乐

——纪念俞伟超先生

幽咽而遥远的单簧管引领我进入阅读俞伟超先生《古史的考古学探索》一书的最佳状态。格什温的《蓝色狂想曲》是俞先生生前最喜爱的音乐之一。我想他这部著作中的许多文章一定是在《蓝色狂想曲》音乐的伴随下写成的。《古史的考古学探索》中可以听到格什温：痛苦的欢乐与沉静的激情。

俞先生是位学者，但更是一位思想家。学者思考的都是可以解决的问题，而思想家总是在思考那些无法解决的问题。实际上它们之间是一种因果关系，学者的最终使命在于殚精竭虑地试图回答那些没完没了的学术问题，而那些属于圣贤大哲的思想家们的使命则在于制造或提出一个个使人殚精竭虑的问题。

考古在俞先生眼里不再是一种职业或一门学科，而是一种生活方式，正如格林·丹尼尔一再申言："如果考古学不能给人带来快乐，那它就一钱不值。"不过这种快乐常常是以伤感、迷茫，甚至痛苦的形式出现在俞先生面前。作为思想家，俞先生"常有恍惚之感，甚至苦闷"，如行吟问天的屈子一样。考古学是什么？一个经历了 100 多年的时间发展到 21 世纪的学科，居然还要被 19 世纪的疑问质询，俞先生思考的显然不只是技术路线，而是考古学的全部，即人类历史进程的真相。考古学能否探明人类历史的真相？考古学如何去探明人类进程的真相？这首先是个考古学的理论和方法论问题。

作为我国考古类型学的奠基人苏秉琦先生用蒙德柳斯带有进化论思想的类型学断代法对宝鸡斗鸡台西周的陶鬲进行研究后，这种用类型学对器物进行相对年代确认的断代方法一跃成为中国考古学研究中最主要的方法论；20 世纪 50 年代末到 60 年代苏先生分别对洛阳中州路的东周墓地和仰韶文化进行类型学研究之后，类型学又因其揭示了器物发展过程中所谓的逻辑关系而进一步上升到考古学理论的地位；到 20 世纪 80 年代初苏先生提出区系类型说后，类型学便在中国考古学研究中被奉为圭臬。司马迁在《报任安书》中提到他写《史记》的目的就是要"究天人之际，通古今之变，成一家之言"，苏先生简洁地把司马迁的三句话转换为"区、系、类型"，成功地运用于考古学，使其成为中国现代考古学研究的目的与任务。俞伟超先生克绍箕裘，用形式更为通俗、内涵更为广泛、眼光更为远大的两个词加以概括："古今一体，中西合璧"（俞先生曾提到曹兵武先生将他的"古今一体"加上"中西合璧"，这样不仅凑成一幅对仗工整的联句，同时也形成一个完整和系统的考古思想）。实际上时空关系就是考古学的全部。不过有一点我们必须强调，这里的全部仅仅是指 19—20 世纪考古学的全部，因为任何一门学科及其理论都是在不断地去故而就新的方式中发展起来的。回顾一下中国考古类型学的初创、发展、成熟与完善，整个过程似乎都是在一个人和一个学科的影响下发展起来的。这个人就是达尔文，这个学科则是生物学，尤其是生物分类学。证明这一点，只需轻松地援引达尔文的一段话：

> 我们的分类将成为，尽可能地使之成为生物的谱系，那时将真的显示出所谓"创造的计划"了。当分类有了确定目的之时，它的规则将会更加简单。我们没有得到任何谱系或族徽；我们必须依据各种长久遗传下来的性状去发现和追踪自然谱系中的许多分歧的系统与支线。残迹器官（即遗型）将会确实无误地表明长久亡失的构造的性质。称作异常的、又可以富于幻想地称作活化石的物种和物种群，将帮助我们构成一张古代生物类型的图画。（达尔文：《物种的起源》，科学出版社1996年版，第435页）

如果我们把达尔文这段话中的"生物"或"物种"两词改成"器物"的话，便也可完整地移录过来作为我们当代考古类型学的指导思想与方法论，而且这是目前为止最为完整的表述，它表达了当代考古类型学的全部内涵。

所以俞先生的思考定然不会到此为止。那么作为当代中国考古学理论和方法论的类型学能否揭示"人类历史进程的真相"呢？显然俞伟超先生认为不能，否则就不会提问了。俞先生是在写完《考古学是什么》中的"类型学"和"地层学"两章后，才产生对考古学作为一个学科发展方向的疑问。考古类型学解决的只是一个时空问题，我们不应该也不可能赋予其太多的使命。20 世纪 80 年代在有关中国文明起源的争论时，张光直先生以一个西方考古学家的眼光对中国考古学家们关于文明的定义及其争论感到很不理解，他说为什么要讨论中国文明来自何处这类问题，而不是讨论文明前的社会产生文明的内部的动力问题。张先生的疑惑毫无遮掩地暴露出类型学的缺陷：以类型学（包括地层学）为理论和方法论的中国考古学家只能讨论关于文明起源于何时何地这种时空性的问题，而其他如人类行为、观念意识，包括文明产生的内部动力等"人类历史进程的真相"，则是考古类型学所无法胜任的，也正是中国考古学家所无法讨论的。

从 20 世纪的 80 年代末，俞先生开始思考类型学以外的考古问题。众所周知，俞先生喜欢与青年学子待在一起。他不嗜酒，一杯酒从头至尾慢慢喝着，能长时间耐心地倾听着年轻人的高谈阔论，与其说他在听，不如说他在思考；在他谈话时，辄以断指击案，可见其思考之痛。俞先生于 20 世纪 90 年代初发表的《图腾制与人类历史的起点》一文就是基于对人类及其文明产生的内部动力的思考而写就的。从此以后，俞先生似乎全力投入到如何通过考古学来揭示人类历史进程真相的思考。他后来的文章如《中国新考古学论纲》《考古学体系与人类历史进程关系的新思考》以及《人类进步过程中物质、精神、社会三方面的关联性》，可以说是俞先生对中国考古学及其发展的新认识。

久矣夫，俞先生一直在探究人类社会进步的根本动力。2003年 4 月底，我与裴安平、许永杰、卜工等人去小汤山医院探望俞先生，在大家谈论他病情的时候，他突然对我说："这些日子我在病床上才想明白，人类社会进步的根本动力就是个人的聪明才智。"答案何其朴素！一旦说出来，居然不敢相信，诚所谓大音希声，大象无形。我知道，这应该是他的天鹅之鸣——尽管尚未鸣出。"我很高兴我想到了，可惜我写不了了！"我听了有些伤感，倒不是伤感他的"可惜"，而是伤感他的"高兴"。因为他的"可惜"很可能是因其"高兴"——殚精竭虑地思考所致。好在尽管"可惜"，但毕竟是"高兴"的。

考古更多是一种生活态度，是一种生活方式。"思考本身就是痛苦的欢乐"，这是俞先生常说的一句话。但愿俞先生在天之灵依然欢乐，长乐未央！

怀念张在明

2021 年 6 月 28 日中午，我一个人驾车从同德宗日的考古工地返回西宁，天气炎热，途经服务区纳纳凉，歇歇脚，看了一眼手机，一条信息惊得我如坠冰窟：陕西文物考古研究院的张在明研究员病逝！

张在明大我 5 岁，是西北大学 77 级考古专业学生，我是 79 级的。第一次听说他是 1980 年在西北大学，77 级的学长们鼓动我们这些刚进校的新生为竞选区人大代表的老张投票。既然是学长大哥们的怂恿，我们这些新生只能跟随景从，恐怕跟不上，不带我们玩了。我还记得看过他的竞选宣言，说不出好，但觉得句句话都说在自己心里，非常欣赏，甚至景仰。竞选结局无果而终。自此虽然没见过老张，但这个名字在心里很高大。

我在上大学前踢足球曾踢过专业队，进校后便参加了一场历史系队跟地质系队的足球比赛。那场比赛我踢进一个球，历史系赢了。据说这是历史系第一次踢赢地质系。踢完后历史系队的后卫跑过来跟我说了三个字："你很好！"事后才知道，他就是老张。从此我管他叫老张，他管我叫小汤。我很烦他这种"倚老卖老"，但他真的长得很显老。

20世纪80年代初，思想开放，西北大学在学生宿舍前有一块专栏板，专供学生使用。虽然只有三四平方米，却容纳了学校几万学生的不羁思想与花样心声，其中最著名的就是蔡大成的退学声明。另一个印象深刻的就是老张写给女儿的诗，外貌粗犷威猛的老张却有一颗如此柔软细腻的心，惊奇之余，我非常喜欢和欣赏老张的诗，真情流露，自然优美。

大学毕业后我回青海，他留陕西，天各一方，各忙各的。有一天我接到一封信，打开一看，是老张写的，两件事：一是告诉我他出了一本薄薄的诗集，随信寄来；另一件事是夸奖我，我与俞伟超先生合写了一篇关于图腾制方面的文章，他说写得很好，记得他的评价是"逻辑清晰，语言干净，非常欣赏"。其实我更欣赏他的诗文，思想深刻而激烈，文字优美而准确。我俩互相欣赏。

20世纪90年代末，全国文物考古界都在忙三峡水电工程的文保工作，我在万州武陵镇，他在忠县张飞庙。有一次去他工地参观，老张像小学生一样非常认真地将工地所有资料一一拿出来给我们看，甚至他的工地日记（不是发掘日记）。考古的日子从来就是干枯得像发掘出来的泥土一样没有滋味，居然被他写得有滋有味，有声有色，虽言简意赅，却诗意盎然。不过现在能记起来的只有日记中形容三峡冬日天气的八个字了：天阴如晦，被冷如铁。后来居然在网上看到老张的张飞庙考古日记。考古日记能在网上流传，什么都不用说，足见其好。

　　2010年四川考古所高大伦所长组织考察五尺道，我有幸和老张一起工作。但当时他心脏病时缓时急，常常发作。在筠连看到山腰处有一条似路又似水渠的遗迹，我和焦南峰都想上去看看，结果老张也死活要跟我们一起去。后来四川所的万娇也留下，跟我们一起上去进行踏查。一个小时的爬山对一般人来说不算什么，但对一个患有心脏病的人来说，却是要命的事。其实这是我们事后这么想，但当时并未意识到。老张也是好奇心多于对病情的评估。多少年以后我在巴基斯坦印度河谷搞考古发掘，很多人都问我，你不怕塔利班的恐怖袭击吗？我怕，我怕得要死，我怕他们袭击我们；但就我个人而言，我不怕死，只怕不得好死。我怕以后死在病床上，如果我会死在考古工地上，那正是我所期待的。这是心里话。

　　这次跟老张一起考察，我印象很深的是在参观李庄时老张所表现出的政治倾向之决绝和情绪之激烈，正是他嫉恶如仇的性格表达，不，这不是性格，这是他自身教育、素养和文化的底色。

　　还有一件事我至今记忆犹新。到了高县，焦南峰、老张和我约好晚饭后去泡脚，但晚饭前突然得知玉树地震，受灾严重。我在玉树搞过连续6年的考古、岩画还有寺院调查，对玉树颇有感情。听到玉树地震，心中颇为牵挂，于是就告诉老张说我不去泡脚了。老张和焦南峰得知后，也取消了一切活动。晚饭老张见我没来，想找我聊聊，但我心有戚戚焉，不想说话，便推拒了。一会儿，老张给我拿来1000元钱，托我捐给玉树抗震。后来我把老张的钱连同自己的捐款

2010 年老张在四川长宁考察 7 个洞

2010 年老张（左）、焦南峰（右）和作者（中）在云南考察五尺道

　　一并捐给了玉树。我知道，老张的款是给玉树捐的，也是冲着我捐的，从此老感觉欠他 1000 元钱似的。

　　2013 年，陕西师范大学出版总社组织秦直道遗迹考察，我又一次和老张、王子今等人一起工作。我是附骥之尾，滥竽充

2010 年考察五尺道的部分成员在李庄合影

数，混吃混喝混游览，而老张却是真正的秦汉交通史专家。几年之后老张把他撰写好的一本《秦直道考察》寄到我手里时，我才知道分量有多重：该书硬皮封面，煌煌烨烨，重达两斤多！

　　我一直以为老张叫张在民，直到王占魁先生在微信群中用《大学》开篇的第一句来悼念老张，我才知道他的名字是张在明，一个讷于言、敏于行、慈于心的性情中人。

九原郡内遗车辙

林光宫前拴马桩

堑山才越子午岭

堙谷又经车路梁

秦朝半两不堪磨

曾经直道在何方

桓侯翼德忠义庙

碧瓦飞甍临长江

千年之绪有人传

手铲考古亦姓张

三峡风流依然在

有人高唐代楚王

常哀民生之多苦

愁作飞花泪流觞

侠胆如剑情如水

归来仍是少年郎

人生苦短不满百

慈航愿随唐玄奘

在明明德，大学之道！哀哉，老张走好！